LES

AUTEURS LATINS

EXPLIQUÉS D'APRÈS UNE MÉTHODE NOUVELLE

PAR DEUX TRADUCTIONS FRANÇAISES

Ce discours a été expliqué littéralement, annoté et revu pour la traduction française par M. Materne, censeur du lycée Saint-Louis.

Imprimerie de Ch. Lahure (ancienne maison Crapelet)
rue de Vaugirard, 9, près de l'Odéon.

LES
AUTEURS LATINS

EXPLIQUÉS D'APRÈS UNE MÉTHODE NOUVELLE

PAR DEUX TRADUCTIONS FRANÇAISES

L'UNE LITTÉRALE ET JUXTALINÉAIRE PRÉSENTANT LE MOT A MOT FRANÇAIS
EN REGARD DES MOTS LATINS CORRESPONDANTS
L'AUTRE CORRECTE ET PRÉCÉDÉE DU TEXTE LATIN

avec des sommaires et des notes

PAR UNE SOCIÉTÉ DE PROFESSEURS
ET DE LATINISTES

TACITE
TROISIÈME LIVRE DES ANNALES

PARIS
LIBRAIRIE DE L. HACHETTE ET Cie
RUE PIERRE-SARRAZIN, N° 14
(Près de l'École de Médecine)

1853

AVIS

On a réuni par des traits les mots français qui traduisent un seul mot latin.

On a imprimé en *italique* les mots qu'il était nécessaire d'ajouter pour rendre intelligible la traduction littérale, et qui n'avaient pas leur équivalent dans le latin.

Enfin, les mots placés entre parenthèses, dans le français, doivent être considérés comme une seconde explication, plus intelligible de la version littérale.

ARGUMENT ANALYTIQUE

DU TROISIÈME LIVRE DES ANNALES.

I-VI. Agrippine, portant les cendres de Germanicus, arrive à Brindes, puis à Rome. Les restes de Germanicus sont déposés dans le tombeau d'Auguste. Célébration des funérailles.

VII. Drusus part de nouveau pour l'Illyrie.

VIII-XV. A son retour à Rome, Pison est accusé du double crime d'empoisonnement et de lèse-majesté. Après avoir plaidé sa cause, voyant que tout se déclare contre lui, il se donne la mort.

XVI. Tradition d'après laquelle Pison aurait eu des instructions écrites de Tibère contre Germanicus, et aurait été tué par ordre du prince, qui craignait ses révélations. Plaintes hypocrites de Tibère sur la mort de Pison. Il lit au sénat une lettre que Pison lui avait adressée au moment de mourir.

XVII-XVIII. Plancine et Marcus Pison sont absous. Des actions de grâces sont décernées à Tibère, à Augusta, à Antonia, à Drusus, à Agrippine, comme vengeurs de Germanicus. Le nom de Claude, omis d'abord, est ajouté après coup.

XIX. Récompenses données aux accusateurs. Incertitude des opinions sur la mort de Germanicus. Drusus reçoit les honneurs de l'ovation.

XX-XXI. Tacfarinas recommence la guerre en Afrique; mais ce soulèvement est réprimé par le proconsul L. Apronius.

XXII-XXIV. Lépida Émilia est accusée d'adultère et d'empoisonnement, et condamnée.

XXV-XXVIII. La loi Papia Poppéa, exécutée jusque-là avec la dernière rigueur, reçoit de Tibère quelques adoucissements. Commencements et révolutions des lois.

ANNALES. LIVRE III.   1

XXIX. Néron, fils aîné de Germanicus, est recommandé au sénat par Tibère. Son mariage avec Julie, fille de Drusus. Un fils de Claude est promis à Séjan pour mari de sa fille.

XXX. Mort de L. Volusius et de Sallustius Crispus, personnages d'une haute considération.

XXXI. Retraite de Tibère en Campanie.

XXXII-XXXVI. Troisième invasion de Tacfarinas dans la province d'Afrique, dont la défense est confiée à Junius Blésus.

XXXVII. Condamnation de quelques chevaliers romains prévenus du crime de lèse-majesté.

XXXVIII-XXXIX. Dissensions des Thraces.

XL-XLVII. Révolte des cités des Gaules sous la conduite de Julius Sacrovir et de Julius Florus. Battus par les légions de Germanie, les rebelles retombent sous le joug.

XLVIII. Tibère fait décerner des funérailles publiques à Sulpicius Quirinus.

XLIX-LI. C. Lutorius, chevalier romain, condamné comme coupable de lèse-majesté, est exécuté en prison.

LII-LV. Répression du luxe entreprise, puis abandonnée.

LVI-LVII. Drusus reçoit la puissance tribunitienne.

LVIII-LIX. Le tirage au sort des provinces est interdit aux prêtres de Jupiter.

LX-LXIII. Affaire des asiles chez les Grecs.

LXIV. Maladie d'Augusta. Le sénat ordonne des prières solennelles et la célébration des grands jeux.

LXV. Honteuses adulations. Tibère ne se montre pas moins dégoûté de la servilité des Romains qu'ennemi de leur indépendance.

LXVI-LXIX. C. Silanus est condamné comme concussionnaire et coupable de lèse-majesté.

LXX-LXXII. Infâme adulation d'Atéius Capiton. On place à Antium une offrande vouée à la Fortune équestre pour le rétablissement d'Augusta. Statue de Séjan dans le théâtre de Pompée. Blésus, oncle de Séjan, reçoit les ornements du triomphe.

LXXIII-LXXV. Junius met en fuite Tacfarinas et fait son frère prisonnier. Mort d'Asinius Saloninus et d'Atéius Capiton.

LXXVI. Mort et funérailles de Junia, sœur de Brutus, femme de Cassius et nièce de Caton.

Ce livre contient l'espace de trois ans :

Ans de Rome.	Ans de J. C.	Consuls.
773	20	M. Valérius Messala. C. Aurélius Cotta.
774	21	Tibère pour la quatrième fois. Drusus pour la deuxième fois.
775	22	D. Hatérius Agrippa. C. Sulpicius Galba.

ANNALIUM

LIBER III.

I. Nihil intermissa navigatione hiberni maris, Agrippina Corcyram[1] insulam advertitur, littora Calabriæ[2] contra sitam. Illic paucos dies componendo animo insumit, violenta luctu et nescia tolerandi.. Interim, adventu ejus audito, intimus quisque amicorum et plerique militares, ut quique sub Germanico stipendia fecerant, multique etiam ignoti vicinis e municipiis, pars officium in principem rati, plures illos secuti, ruere ad oppidum Brundusium[3], quod naviganti celerrimum fidissimumque[4] appulsu erat. Atque, ubi primum ex alto visa classis, complentur non modo portus et proxima maris[5], sed

I. L'hiver n'interrompit pas un instant la navigation d'Agrippine. Arrivée à Corcyre, île située vis-à-vis des côtes de Calabre, elle y passa quelques jours pour calmer son âme emportée par la douleur et incapable d'endurer une si grande infortune. Cependant, au premier bruit de son arrivée, tous ses amis, tous ceux qui avaient servi sous Germanicus, beaucoup d'inconnus même, habitants des villes voisines, les uns croyant flatter le prince, d'autres entraînés par l'exemple, étaient accourus à Brindes, port qui était pour elle en même temps le plus proche et le plus sûr. Du plus loin qu'on aperçoit la flotte en pleine mer, on se porte en foule non-seulement sur le port et sur le rivage, mais jusque sur les murs et sur les toits, par-

ANNALES.

LIVRE III.

I. Navigatione
maris hiberni
intermissa nihil,
Agrippina advehitur
insulam Corcyram,
sitam
contra littora Calabriæ.
Illic insumit paucos dies
componendo animo,
violenta luctu
et nescia tolerandi.
Interim,
adventu ejus audito,
quisque intimus amicorum
et plerique militares,
ut quique
fecerant stipendia
sub Germanico,
etiamque multi ignoti
e municipiis vicinis,
pars rati
officium in principem,
plures secuti illos,
ruere
ad oppidum Brundusium,
quod erat celerrimum
fidissimumque appulsu
naviganti.
Atque, ubi primum classis
visa ex alto,
non modo portus
et proxima maris,
sed mœnia ac tecta,

I. La navigation
d'une mer d'-hiver
n'ayant été interrompue en rien,
Agrippine aborde
dans l'île *de* Corcyre,
située
vis-à-vis des rivages de Calabre.
Là elle emploie quelques jours
à remettre *son* cœur,
emportée par la douleur
et ne-sachant supporter *son mal.*
Cependant,
l'arrivée d'elle étant apprise,
chaque intime de *ses* amis
et la-plupart-des militaires,
selon que chacuns
avaient fait des soldes (campagnes)
sous Germanicus,
et même beaucoup d'inconnus
des municipes voisins,
une partie (les uns) persuadés
que c'était un devoir envers le prince,
de plus nombreux ayant suivi ceux-là,
de se précipiter
vers la ville *de* Brindes,
qui était la plus prompte (proche)
et la plus sûre par l'abord
pour le navigateur.
Et, dès que d'abord la flotte
fut vue de la haute *mer,*
non-seulement le port
et les *points* les plus proches de la mer,
mais les murs et les toits,

mœnia ac tecta, quaque longissime prospectari poterat, mœrentium turba et rogitantium inter se silentione an voce aliqua egredientem exciperent. Neque satis constabat quid pro
tempore foret ; quum classis paulatim successit, nec alacri, ut
assolet, remigio, sed cunctis ad tristitiam compositis. Postquam duobus cum liberis [1], feralem urnam tenens, egressa
navi, defixit oculos, idem omnium gemitus, neque discerneres
proximos, alienos, virorum feminarumve planctus ; nisi quod
comitatum Agrippinæ, longo mœrore fessum, obvii et recentes
in dolore anteibant.

II. Miserat duas prætorias cohortes Cæsar, addito ut magistratus Calabriæ, Apulique et Campani, suprema erga
memoriam filii sui munera fungerentur [2]. Igitur tribunorum
centurionumque humeris cineres portabantur : præcedebant
incompta signa, versi fasces [3] ; atque, ubi colonias transgre-

tout enfin d'où la vue pouvait le plus s'étendre. Ils se demandaient
les uns aux autres, d'un air consterné, s'ils recevraient Agrippine
à son débarquement par le silence ou par quelque acclamation. On
doutait encore quel accueil serait le plus convenable, lorsque la
flotte entra lentement dans le port, avec un appareil triste et lugubre,
bien différent de l'allégresse ordinaire aux rameurs après un long
voyage. A peine eut-on vu sortir du vaisseau Agrippine avec deux de
ses enfants, l'urne sépulcrale dans les mains, les regards fixés
contre terre, ce ne fut qu'un seul et même cri de douleur ; et on
n'eût distingué ni hommes, ni femmes, ni étrangers, ni parents.
Seulement le cortége d'Agrippine, épuisé par une longue affliction,
montrait une désolation moins vive que les spectateurs, dont la douleur était récente.

II. Tibère avait envoyé deux cohortes prétoriennes, avec ordre
aux magistrats de la Calabre, de l'Apulie et de la Campanie, de
rendre à la mémoire de son fils les derniers devoirs. Les tribuns et
les centurions portaient les cendres sur leurs épaules ; en avant mar-
chaient les enseignes nues, les faisceaux renversés. Dans toutes les

quaque poterat
prospectari longissime,
complentur turba
mœrentium
et rogitantium inter se
exciperentne egredientem
silentio an aliqua voce. ,
Neque constabat satis
quid foret pro tempore ;
quum classis
successit paulatim,
nec remigio alacri,
ut assolet,
sed cunctis
compositis ad tristitiam.
Postquam egressa navi
cum duobus liberis,
tenens urnam feralem,
defixit oculos,
gemitus omnium idem,
neque discerneres
proximos, alienos,
planctus virorum
feminarumve ;
nisi quod obvii
et recentes in dolore
anteibant
comitatum Agrippinæ,
fessum longo mœrore.
  II. Cæsar miserat
duas cohortes prætorias,
addito
ut magistratus Calabriæ,
Apulique et Campani,
fungerentur
munera suprema
erga memoriam sui filii.
Igitur cineres
portabantur
humeris tribunorum
centurionumque :
signa incompta,
fasces versi
præcedebant ;
atque,
ubi transgrederentur
colonias,

et *tous les endroits* par où il pouvait
être découvert le plus loin,
se remplissent d'une foule
de *spectateurs* affligés
et qui *se* demandaient entre eux
s'ils recevraient *elle* sortant *du navire*
par le silence ou par quelque cri.
Et il n'était-pas-sûr assez
quoi était *mieux* pour la circonstance ;
lorsque la flotte
s'avança peu-à-peu,   [joyeux,
et-non avec un mouvement-de-rames
comme il a-coutume *d'être*,
mais toutes choses
étant disposées pour la tristesse.
Après que sortie du navire
avec *ses* deux enfants,
tenant l'urne funéraire,
elle eut fixé *ses* yeux *vers la terre*,
le gémissement de tous *fut* le même,
et tu n'aurais pas (on n'eût pas) distingué
les proches, les étrangers,
les sanglots des hommes
ou des femmes ;   [vant
si ce n'est que ceux-qui-venaient-au-de-
et *qui étaient* nouveaux dans la douleur
surpassaient *en lamentations*
le cortége d'Agrippine,
fatigué d'un long chagrin.
  II. César (Tibère) avait envoyé
deux cohortes prétoriennes,
l'ordre ayant été ajouté
que les magistrats de la Calabre,
et *ceux* d'Apulie et de-Campanie,
s'acquittassent
des devoirs suprêmes
envers la mémoire de *son* fils.
Donc les cendres *du prince*
étaient portées
sur les épaules des tribuns
et des centurions :
les enseignes sans-ornements,
les faisceaux renversés,
allaient-devant ;
et,
dès qu'ils traversaient
les colonies,

derentur, atrata plebes, trabeati [1] equites, pro opibus loci, vestem, odores aliaque funerum solemnia cremabant. Etiam quorum diversa oppida, tamen obvii, et victimas atque aras diis Manibus statuentes, lacrimis et conclamationibus dolorem testabantur. Drusus Tarracinam progressus est, cum Claudio, fratre, liberisque Germanici qui in Urbe fuerant. Consules [2] M. Valerius et C. Aurelius (jam enim magistratum occeperant), et senatus ac magna pars populi viam complevere, disjecti et, ut cuique libitum, flentes : aberat quippe adulatio [3], gnaris omnibus lætam Tiberio Germanici mortem male dissimulari.

III. Tiberius atque Augusta publico abstinuere ; inferius majestate sua rati si palam lamentarentur, an ne, omnium oculis vultum eorum scrutantibus, falsi intelligerentur. Matrem Antoniam [4] non apud auctores rerum, non diurna Actorum scriptura [5], reperio ullo insigni officio functam ; quum,

---

villes où l'on passait, le peuple en deuil, les chevaliers en trabée, brûlaient solennellement, selon la richesse du lieu, des étoffes, des parfums et d'autres offrandes funéraires. Les habitants même des villes écartées de la route venaient au-devant du convoi, sacrifiaient des victimes, élevaient des autels aux dieux Mânes, et témoignaient leur douleur par des larmes et des acclamations unanimes. Drusus s'avança jusqu'à Terracine, avec Claude, frère de Germanicus, et les enfants du prince qui étaient restés à Rome. Les consuls M. Valérius et C. Aurélius, qui avaient déjà pris possession de leur charge, les sénateurs, une grande partie du peuple, occupaient les chemins par troupes éparses, et chacun pleurait à son gré ; car l'adulation était loin de leur pensée, tous étant convaincus que Tibère dissimulait mal la joie que lui causait la mort de Germanicus.

111. Tibère et Augusta s'abstinrent de paraître en public, soit qu'ils crussent avilir leur majesté en donnant leurs larmes en spectacle, soit qu'ils craignissent que tant de regards attachés sur leurs visages n'en démêlassent la fausseté. Pour Antonia, mère de Germanicus, je ne trouve ni dans les histoires, ni dans les Actes journaliers de cette époque, qu'elle se soit montrée dans aucune cérémonie

plebes atrata,	le peuple vêtu-de-noir,
equites trabeati,	les chevaliers en-trabée;
cremabant,	brûlaient,
pro opibus loci,	selon les ressources du lieu,
vestem, odores	des étoffes, des parfums [railles.
aliaque solemnia funerum.	et autres *offrandes* habituelles des funé-
Etiam	Même *ceux*
quorum oppida diversa,	dont les villes *étaient* écartées *de la route,*
tamen obvii,	cependant venant-sur-le-passage,
et statuentes diis Manibus	et dressant aux dieux Mânes
victimas atque aras,	des victimes et des autels,
testabantur dolorem	attestaient *leur* douleur
lacrimis	par des larmes
et conclamationibus.	et des acclamations.
Drusus progressus est	Drusus s'avança
Tarracinam,	*jusqu'à* Terracine,
cum Claudio, fratre,	avec Claude, frère *du prince,*
liberisque Germanici	et les enfants de Germanicus [(Rome).
qui fuerant in Urbe.	qui avaient été *laissés* dans la ville
Consules	Les consuls
M. Valerius et C. Aurelius	M. Valérius et C. Aurélius
(jam enim occeperant	(car déjà ils avaient commencé
magistratum),	*leur* magistrature),
et senatus	et le sénat
ac magna pars populi	et une grande partie du peuple
complevere viam,	remplirent la route,
disjecti et flentes,	épars et pleurant,
ut libitum cuique :	comme il avait plu à chacun :
quippe adulatio aberat,	car l'adulation était-absente,
omnibus gnaris	tous sachant
dissimulari male	être dissimulé mal
mortem Germanici	la mort de Germanicus
lætam Tiberio.	*être* agréable à Tibère.
III. Tiberius	III. Tibère
atque Augusta	et Augusta
abstinuere publico;	s'abstinrent de *paraître en* public;
rati inferius sua majestate	jugeant au-dessous de leur majesté
si lamentarentur palam,	s'ils se lamentaient publiquement,
an ne intelligerentur falsi,	ou de peur qu'ils ne fussent compris faux,
oculis omnium	les yeux de tous
scrutantibus vultum eorum.	scrutant la physionomie d'eux.
Non reperio	Je ne trouve pas
apud auctores rerum,	chez les écrivains de faits (historiens),
non scriptura diurna	ni dans l'écriture journalière (le journal)
Actorum,	des Actes,
Antoniam matrem [gni;	Antonia, mère *de Germanicus,* [que;
functam ullo officio insi-	s'être acquittée d'aucun devoir de-mar-

1.

super Agrippinam et Drusum et Claudium, ceteri quoque
consanguinei nominatim perscripti sint : seu valetudine præpediebatur, seu victus luctu animus magnitudinem mali perferre visu non toleravit. Facilius crediderim, Tiberio et Augusta, qui domo non excedebant, cohibitam, ut par mœror,
et, matris exemplo, avia quoque et patruus attineri viderentur.

IV. Dies quo reliquiæ tumulo Augusti inferebantur, modo
per silentium vastus [1], modo ploratibus inquies; plena urbis
itinera, collucentes per campum Martis faces. Illic miles cum
armis, sine insignibus magistratus, populus per tribus, concidisse rempublicam, nihil spei reliquum [2], clamitabant:
promptius apertiusque quam ut meminisse imperantium crederes. Nihil tamen Tiberium magis penetravit quam studia
hominum accensa in Agrippinam ; quum decus patriæ,
solum Augusti sanguinem [3], unicum antiquitatis specimen,

publique, quoique , indépendamment d'Agrippine, de Drusus et de
Claude, tous les autres parents soient expressément nommés. Peût-
être fut-elle empêchée par la maladie ; peut-être, accablée de sa douleur, n'eût-elle pas eu la force de contempler ce cruel spectacle. Cependant je croirais plutôt que Tibère et Augusta, s'étant renfermés
dans leur palais, l'y retinrent aussi, afin que leur douleur parût la
même, et que l'exemple de la mère justifiât l'oncle et l'aïeule.

IV. Le jour où l'on porta dans le tombeau d'Auguste les restes
de Germanicus fut marqué par un morne silence , et de bruyants
gémissements se succédèrent tour à tour. La multitude remplissait
les rues ; le champ de Mars étincelait de torches ; les soldats sous les
armes , les magistrats sans insignes, le peuple assemblé par tribus ,
tous s'écriaient que la république était perdue , qu'il ne restait plus
d'espérance. Ils le disaient publiquement et sans détour, comme s'ils
eussent oublié quels étaient leurs maîtres. Mais rien n'ulcéra plus
Tibère que l'enthousiasme qu'ils firent éclater pour Agrippine : ils
l'appelaient l'honneur de la patrie , le vrai sang d'Auguste, l'unique
modèle des vertus antiques ; et tous ensemble, les yeux tournés vers

quum, super Agrippinam
et Drusum et Claudium,
ceteri consanguinei quoque
perscripti sint nominatim :
seu præpediebatur
valetudine,
seu animus victus luctu
non toleravit
perferre visu
magnitudinem mali.
Crediderim facilius
cohibitam
Tiberio et Augusta,
qui non excedebant domo,
ut mœror par,
et,
exemplo matris,
avia quoque et patruus
viderentur attineri.
   IV. Dies
quo reliquiæ
inferebantur tumulo
Augusti,
modo vastus per silentium,
modo inquies ploratibus ;
itinera urbis plena,
faces collucentes
per campum Martis.
Illic miles cum armis ,
magistratus
sine insignibus,
populus per tribus
clamitabant
rempublicam concidisse,
nihil spei reliquum ;
promptius apertiusque
quam ut crederes
meminisse imperitantium.
Nihil tamen
penetravit magis Tiberium
quam studia hominum
accensa in Agrippinam ;
quum appellarent
decus patriæ,
solum sanguinem Augusti,
unicum specimen
antiquitatis ,

quoique, outre Agrippine
et Drusus et Claude,
les autres parents aussi   [mément :
aient été transcrits (mentionnés) nom-
soit qu'elle fût empêchée
par *sa* santé,
soit que *son* cœur vaincu par la douleur
n'ait pas supporté
de soutenir par la vue
la grandeur de *son* mal.
Je croirais plus facilement
elle avoir été retenue
par Tibère et Augusta,
qui ne sortaient pas de la maison,
afin que le chagrin *parût* égal,
et que,
à l'exemple de la mère,
l'aïeule aussi et l'oncle
parussent être retenus *chez eux*.
   IV. Le jour
où les restes *du prince*
étaient portés dans le tombeau
d'Auguste,
fut tantôt morne par le silence,
tantôt troublé par les pleurs ;
les rues de la ville *étaient* pleines ,
des torches *étaient* brillant
à travers le champ de Mars.
Là le soldat avec *ses* armes,
le magistrat
sans insignes,
le peuple par tribus
criaient-sans-cesse
la république être tombée,
rien de (aucun) espoir n'*être* de-reste ;
et cela plus vivement et plus ouvertement
qu'*il n'eût fallu* pour que tu crusses
eux se souvenir de ceux qui gouvernaient.
Rien cependant
ne pénétra plus *profondément* Tibère ,
que la faveur des hommes, (de la foule)
enflammée pour Agrippine ;
lorsqu'ils *l'*appelaient
l'honneur de la patrie ,
le seul sang d'Auguste,
l'unique modèle
de l'antiquité (antique vertu),

appellarent, versique ad cœlum ac deos, integram illi sobolem
ac superstitem iniquorum precarentur.

V. Fuere qui publici funeris pompam requirerent, compararentque quæ in Drusum, patrem Germanici, honora et
magnifica Augustus fecisset..« Ipsum quippe·, asperrimo hiemis, Ticinum[1] usque progressum, neque abscedentem a corpore, simul Urbem intravisse; circumfusas lecto Claudiorum
Juliorumque[2] imagines; defletum in foro, laudatum pro rostris; cuncta a majoribus reperta, aut quæ posteri invenerint,
cumulata. At Germanico ne solitos quidem et cuicumque nobili
debitos, honores contigisse. Sane corpus, ob longinquitatem
itinerum, externis terris quoquo modo crematum; sed tanto
plura decora mox tribui par fuisse, quanto prima fors negavisset. Non fratrem[3], nisi unius diei via, non patruum saltem
porta tenus obvium. Ubi illa veterum instituta, propositam

le ciel, ils suppliaient les dieux de conserver sa famille et de la faire
survivre à ses ennemis.

V. Pour des funérailles publiques, quelques-uns· eussent désiré
plus de pompe; on rappelait ce qu'Auguste avait déployé de magnificence et d'honneurs pour celles de Drusus, père de Germanicus.
« Il s'était avancé, au cœur de l'hiver, jusqu'à Ticinum, et n'avait
pas quitté le corps jusqu'à ce qu'on fût entré dans Rome : on avait
rangé autour du lit funéraire les images des Claudes et des Jules;
on avait pleuré sur son bûcher dans le forum, prononcé son éloge
du haut de la tribune; tous les honneurs inventés par nos pères ou
par leurs descendants avaient été prodigués. Germanicus, au contraire, n'avait pas même joui des distinctions ordinaires accordées
aux moindres maisons nobles de Rome. Il est vrai que l'éloignement
des lieux avait contraint de brûler son corps sans pompe dans une
terre étrangère; mais, plus le sort avait d'abord refusé d'honneurs à
sa cendre, plus il eût été juste de l'en dédommager. Son frère n'était
pas allé au-devant de lui à plus d'une journée, son oncle ne
s'était pas même avancé jusqu'aux portes de Rome. Qu'étaient de-

versique
et *lorsque* tournés

ad cœlum ac deos,
vers le ciel et *vers* les dieux ,

precarentur
ils *les* priaient

sobolem illi integram
la progéniture à elle *être* intacte

ac superstitem iniquorum.
et survivante aux méchants.

V. Fuere
V. *Des gens* furent   [pompe)

qui requirerent pompam
qui regrettaient la pompe (le peu de

funeris publici ,
des funérailles publiques ,

compararentque
et comparaient

honora et magnifica
les choses honorables et magnifiques

quæ Augustus fecisset
qu'Auguste avait faites

in Drusum,
pour Drusus,

patrem Germanici.
père de Germanicus.

« Quippe ipsum ,
« En effet lui-même (Auguste),

asperrimo hiemis ,
au *moment* le plus rude de l'hiver,

progressum
s'être avancé

usque Ticinum,
jusqu'à Ticinum ,

neque abscedentem
et ne se séparant pas

a corpore,
du corps,   [(Rome) ;

intravisse simul Urbem ;
être entré en même temps dans la ville

imagines Claudiorum
les images des Claudes

Juliorumque
et des Jules

circumfusas lecto ;
répandues-autour du lit *funèbre ;*

defletum in foro,
le mort avoir été pleuré sur le forum ,

laudatum pro rostris ;
loué du haut des rostres ;

cuncta reperta a majoribus,
tous les *honneurs* trouvés par les ancêtres,

aut quæ posteri invenerint,
ou que les descendants avaient inventés,

cumulata.
avoir été accumulés *sur lui.*

At honores solitos
Mais les honneurs accoutumés

et debitos nobili cuicumque
et dûs à un noble quelconque

ne contigisse quidem
n'être pas même échus

Germanico.
à Germanicus.

Sane corpus
Sans-doute *son* corps

crematum modo quoquo
avoir été brûlé d'une façon quelconque

terris externis,
dans des terres étrangères ,

ob longinquitatem
à cause de l'éloignement

itinerum ;
des chemins ;

sed fuisse par
mais *du moins* avoir été convenable

tanto plura decora
d'autant plus d'honneurs

tribui mox,
lui être accordés bientôt,

quanto prima fors
qu'un premier hasard

negavisset.
lui en avait refusé *davantage.*

Fratrem non obvium ,
Son frère n'*être* pas *venu* à-sa-rencontre,

nisi via unius diei ,
sinon par le voyage d'un *seul* jour,

patruum non saltem
son oncle n'*être* pas *venu* du moins

tenus porta.
jusqu'à la porte *de Rome.*

Ubi
Où *être allées* (qu'étaient devenues)

toro effigiem, meditata ad memoriam virtutis carmina, et laudationes et lacrimas, vel doloris imitamenta? »

VI. Gnarum id Tiberio fuit; utque premeret vulgi sermones, monuit edicto, « Multos illustrium Romanorum ob rempublicam obiisse, neminem tam flagranti desiderio celebratum: idque et sibi et cunctis egregium, si modus adjiceretur; non enim eadem decora principibus viris et imperatori populo, quæ modicis domibus aut civitatibus. Convenisse recenti dolori luctum et ex mœrore solatia[1]; sed referendum jam animum ad firmitudinem, ut quondam divus Julius[2], amissa unica filia, ut divus Augustus[3], ereptis nepotibus, abstruserint tristitiam. Nil opus vetustioribus exemplis, quoties populus romanus clades exercituum, interitum ducum, funditus amissas nobiles familias constanter tulerit. Principes mortales, rempublicam æternam esse[4] : proin repeterent solemnia; et, quia ludorum

venues les coutumes anciennes, l'image du mort placée sur le lit funéraire, les vers consacrés à la mémoire de sa vertu, les louanges, les larmes, ne fût-ce que des témoignages d'une feinte douleur? »

VI. Tibère fut instruit de ces murmures : pour les étouffer, il représenta au peuple, dans un édit, « que beaucoup d'autres grands hommes étaient morts pour la patrie, sans que leur perte eût causé des regrets aussi vifs; qu'au reste, cette douleur honorait le prince et les citoyens, pourvu qu'elle eût des bornes; car ce qui était permis à de petits États et dans les conditions médiocres ne convenait point aux chefs d'un grand empire et à un peuple-roi. Une douleur récente avait autorisé ce deuil et ces consolations qu'on cherche dans l'affliction même; mais les âmes devaient enfin retrouver leur fermeté, à l'exemple du divin Jules et du divin Auguste, qui, après avoir perdu, l'un sa fille unique, l'autre ses petits-fils, avaient dévoré leur chagrin. Il n'était pas besoin d'exemples plus anciens : le peuple romain avait toujours supporté avec courage la perte de ses généraux, de ses armées, l'extinction des plus illustres maisons. Les princes mouraient, l'empire était immortel. Ils n'avaient donc qu'à

illa instituta veterum ?	ces institutions des anciens ?
effigiem propositam toro ,	l'effigie exposée sur le lit ,
carmina meditata	les vers composés
ad memoriam virtutis ,	pour la mémoire de la vertu ,
et laudationes et lacrimas,	et les éloges-funèbres et les larmes ,
vel imitamenta	même *quand elles n'étaient que des* imita-
doloris ? »	de la douleur ? » [tions
VI. Id fuit gnarum	VI. Cela fut connu
Tiberio ;	de Tibère ;
utque premeret	et pour qu'il étouffât
sermones vulgi ,	les propos de la foule ,
monuit edicto ,	il avertit par un édit ,
« Multos	« Beaucoup
Romanorum illustrium	de Romains illustres
obiisse ob rempublicam ,	être morts pour la république ,
neminem celebratum	personne (pas un) n'*avoir été* accompagné
desiderio tam flagranti :	par un regret si ardent :
idque egregium	et cela *être* excellent
et sibi et cunctis,	et pour lui et pour tous ,
si modus adjiceretur ;	si une mesure *y* était ajoutée ;
decora enim non eadem	car les bienséances n'*être* pas les mêmes
viris principibus	pour les hommes *qui sont* princes
et populo imperatori ,	et pour le peuple souverain ,
quæ domibus	que pour les maisons (familles)
aut civitatibus modicis.	ou pour les cités médiocres.
Luctum et solatia	Le deuil et les consolations
ex mœrore	*qui résultent* du chagrin
convenisse dolori recenti;	avoir convenu à une douleur récente ;
sed jam animum	mais enfin l'âme
referendum	devoir être ramenée
ad firmitudinem,	à la fermeté ,
ut quondam divus Julius,	comme autrefois le divin Jules ,
filia unica amissa,	*sa* fille unique étant perdue ,
ut divus Augustus ,	comme le divin Auguste ,
nepotibus ereptis ,	*ses* petits-fils *lui* étant ravis ,
abstruserint tristitiam.	avaient renfoncé *leur* tristesse.
Nil opus	*Il n'était* en rien besoin
exemplis vetustioribus ,	d'exemples plus anciens , [romain
quoties populus romanus	*pour montrer* combien-de-fois le peuple
tulerit fortiter	avait supporté courageusement
clades exercituum ,	les défaites de *ses* armées ,
interitum ducum ,	la mort de *ses* chefs ,
nobiles familias	de nobles familles
amissas funditus.	perdues de-fond-en-comble.
Principes esse mortales ,	Les princes être mortels ,
rempublicam æternam :	la république éternelle : [ordinaires ;
proin repeterent solemnia ;	donc qu'ils regagnassent *leurs occupations*

Megalesium [1] spectaculum suberat, etiam voluptates resumerent. »

VII. Tum, exuto justitio, reditum ad munia; et Drusus
Illyricos ad exercitus profectus est, erectis omnium animis petendæ e Pisone ultionis [2], et crebro questu, « Quod, vagus
interim per amœna Asiæ atque Achaiæ, arroganti et subdola
mora scelerum probationes subverteret. » Nam vulgatum erat
missam, ut dixi [3], a Cn. Sentio famosam veneficiis Martinam,
subita morte Brundusii exstinctam, venenumque nodo crinium
ejus occultatum, nec ulla in corpore signa sumpti exitii reperta.

VIII. At Piso, præmisso in urbem filio, datisque mandatis
per quæ principem molliret, ad Drusum pergit; quem haud
fratris interitu trucem, quam, remoto æmulo, æquiorem sibi
sperabat. Tiberius, quo integrum judicium ostentaret, excep-

---

retourner à leurs travaux, et même aux plaisirs qu'allaient ramener
les jeux de la grande déesse. »

VII. Alors le cours des affaires recommença, chacun reprit ses
fonctions, et Drusus partit pour l'armée d'Illyrie, laissant tous les
esprits attentifs à la vengeance qu'on tirerait de Pison. Déjà on
murmurait beaucoup de voir un accusé parcourir en liberté les plus
belles contrées de l'Asie et de la Grèce, et, avec ces délais insolents
et perfidement calculés, anéantir les preuves de ses crimes. Car on
venait d'apprendre que Martine, cette empoisonneuse célèbre, envoyée, comme je l'ai dit, par Sentius, était morte subitement à
Brindes, et qu'on avait trouvé du poison caché dans un nœud de ses
cheveux, sans qu'il parût sur son corps aucun indice d'une mort
volontaire.

VIII. Cependant Pison, après avoir envoyé d'abord son fils à
Rome, avec des instructions pour apaiser le prince, se rend auprès
de Drusus, qu'il supposait moins intraitable sur une mort qui, en
lui ôtant un frère, le délivrait d'un rival. Tibère, afin de paraître

et resumerent etiam
voluptates, »
quia spectaculum
ludorum Megalesium
suberat.

VII. Tum, justitio
exuto,
reditum ad munia ;
et Drusus profectus est
ad exercitus Illyricos,
animis omnium erectis
ultionis petendæ e Pisone,
et questu crebro,
« Quod, interim
vagus per amœna
Asiæ atque Achaiæ,
subverteret
probationes scelerum
mora arroganti
et subdola. »
Nam vulgatum erat
Martinam
famosam veneficiis
missam , ut dixi,
a Cn. Sentio,
exstinctam Brundusii
morte subita,
venenumque occultatum
nodo crinium ejus,
nec ulla signa
exitii sumpti
reperta in corpore.

VIII. At Piso,
filio præmisso in Urbem ,
mandatisque
datis
per quæ
molliret principem,
pergit ad Drusum ;
quem sperabat
haud trucem
interitu fratris,
quam æquiorem sibi ,
æmulo remoto.
Tiberius, quo ostentaret
judicium integrum ,
auget liberalitate sueta

et qu'ils reprissent même
leurs plaisirs, »
parce que le spectacle
des jeux de-Cybèle·
approchait.

VII. Alors, le deuil-public
étant dépouillé (quitté),
on (chacun) revint à ses fonctions ;
et Drusus partit
pour les armées d'-Illyrie,
les âmes de tous étant-dans-l'attente
pour la vengeance à-demander de Pison,
et cette plainte fréquente s'élevant,
« De ce que, pendant-ce-temps
errant-par les lieux agréables
de l'Asie et de l'Achaïe,
il détruisait
les preuves de ses crimes
par un retard insolent
et perfide. »
Car il avait été divulgué
Martine
fameuse par ses empoisonnements
envoyée, comme j'ai dit,
par Cn. Sentius,
être morte à Brindes
de mort subite,
et du poison avoir été trouvé caché
dans un nœud des cheveux d'elle,
et aucunes marques   [taire)
d'une mort prise par elle-même (volon-
n'avoir été trouvées sur son corps.

VIII. Mais Pison ,   [ville (Rome),
son fils ayant été envoyé-en-avant à la
et des commissions
ayant été données à lui
par lesquelles
il adoucît le prince ;
se rend vers Drusus ;
lequel il espérait
non plus (moins) exaspéré
de la mort de son frère,
que favorable à lui-même,
un rival étant écarté.
Tibère, pour qu'il montrât
un jugement impartial,
rehausse par la libéralité accoutumée

tum comiter juvenem sueta erga filios familiarum nobiles
liberalitate auget. Drusus Pisoni, « Si vera forent quæ jace-
rentur, præcipuum in dolore suum locum respondit; sed
malle falsa et inania, nec cuiquam mortem Germanici exitio-
sam esse. » Hæc palam, et vitato omni secreto : neque dubi-
tabantur præscripta ei a Tiberio, quum, incallidus alioqui et
facilis juventa, senilibus tum artibus uteretur.

IX. Piso, Dalmatico mari[1] tramisso, relictisque apud Anconam[2] navibus, per Picenum[3], ac mox Flaminiam viam, asse-
quitur legionem quæ e Pannonia[4] in Urbem, dein præsidio
Africæ, ducebatur : eaque res agitata rumoribus, ut in agmine
atque itinere crebro se militibus ostentavisset. Ab Narnia[5],
vitandæ suspicionis, an quia pavidis consilia in incerto sunt,
Nare[6] ac mox Tiberi devectus, auxit vulgi iras, quia navem
tumulo Cæsarum appulerat; dieque et ripa frequenti, magno

exempt de prévention, accueillit avec bonté le fils de Pison, et lui
accorda les gratifications d'usage envers les jeunes patriciens. Drusus
répondit au père que, « si les bruits qu'on faisait courir étaient
fondés, il serait son plus mortel ennemi ; mais qu'il souhaitait qu'on
l'eût calomnié, et que la mort de Germanicus ne devînt funeste à
personne. » Il lui tint ce discours publiquement, évitant de le voir
en secret; et l'on ne douta point que Tibère n'eût dicté les réponses
de son fils, qui, ayant d'ailleurs l'indiscrétion et la légèreté de la
jeunesse, montra dans cette occasion toute la circonspection d'un
vieillard.

IX. Pison, ayant traversé la mer de Dalmatie et laissé ses vais-
seaux à Ancône, gagne ensuite par le Picénum, la voie Flami-
nienne, où il joint une légion qui, de la Pannonie, se rendait à
Rome pour passer en Afrique. On parla beaucoup dans la ville de ce
que, sur la route, et au milieu de leur marche, il avait affecté de se
montrer souvent aux soldats. Pour échapper aux soupçons, ou par
un effet de l'incertitude naturelle à la peur, il quitta la route à
Narni; descendit le Nar, puis le Tibre ; mais il aigrit encore les
esprits en débarquant auprès du tombeau des Césars. C'est de là
qu'en plein jour, au moment où la rive était couverte de peuple,

erga nobiles filios	envers les nobles fils
familiarum	de famille
juvenem exceptum comiter.	ce jeune-homme reçu poliment.
Drusus respondit Pisoni,	Drusus répondit à Pison,
« Si quæ jacerentur	« Si *les bruits* qui étaient semés
forent vera,	étaient vrais,
suum locum in dolore	sa place dans la douleur *commune*
præcipuum;	*devoir être* la principale ;
sed malle	mais *lui* aimer-mieux
falsa atque inania,	*ces bruits être* faux et vains,
nec mortem Germanici	et la mort de Germanicus
esse exitiosam cuiquam. »	n'être funeste à personne. »
Hæc palam,	Ces *mots furent dits* ouvertement
et omni secreto vitato :	et tout *entretien* secret étant évité :
nec dubitabantur	et ils n'étaient pas mis-en-doute
præscripta ei a Tiberio,	ayant été prescrits à lui par Tibère,
quum, incallidus alioqui	puisque, sans-artifice d'ailleurs
et facilis juventa,	et facile (ouvert) par la jeunesse,
uteretur tum	il usait alors
artibus senilibus.	de pratiques de-vieillard.
IX. Piso,	IX. Pison,
mari Dalmatico tramisso,	la mer de-Dalmatie étant traversée,
navibusque relictis	et ses vaisseaux étant laissés
apud Anconam,	à Ancône,
per Picenum,	à travers le Picénum,
ac mox viam Flaminiam,	et bientôt *par* la voie Flaminienne,
assequitur legionem	atteint une légion
quæ ducebatur	qui était conduite
e Pannonia in Urbem,	de la Pannonie dans la ville (Rome),
dein præsidio Africæ :	puis pour renfort à l'Afrique :
eaque res agitata	et ce fait *fut* discuté
rumoribus,	par les rumeurs,
ut se ostentavisset crebro	combien il s'était montré fréquemment
militibus	aux soldats
in agmine atque itinere.	dans la marche et *sur* la route.
Ab Narnia,	De Narni,
vitandæ suspicionis,	*en vue* d'éviter *tout* soupçon,
an quia consilia	ou parce que les résolutions
sunt in incerto pavidis,	sont en fluctuation aux *gens* timides,
devectus Nare	étant descendu par le Nar,
ac mox Tiberi,	et puis par le Tibre,
auxit iras vulgi,	il augmenta les ressentiments de la foule,
quia appulerat navem	parce qu'il avait fait-aborder *son* navire
tumulo Cæsarum ;	au tombeau des Césars ;
dieque	et en *plein* jour
et ripa frequenti,	et la rive *étant* couverte-de-monde,
incessere,	ils s'avancèrent,

clientium agmine ipse, feminarum comitatu Plancina, et vultu
alacres, incessere. Fuit inter irritamenta invidiæ domus foro
imminens, festa ornatu[1], conviviumque et epulæ, et, celebritate loci, nihil occultum.

X. Postera die, Fulcinius Trio Pisonem apud consules postulavit. Contra Vitellius ac Veranius ceterique Germanicum
comitati tendebant, « Nullas esse partes Trioni; neque se
accusatores, sed rerum indices et testes, mandata Germanici
perlaturos. » Ille, dimissa ejus causæ delatione, ut priorem
vitam accusaret obtinuit; petitumque est a principe cognitiô-
nem exciperet. Quod ne reus quidem abnuebat, studia populi
et patrum metuens : contra, « Tiberium spernendis rumoribus
validum, et conscientiæ matris innexum[2] esse ; veraque, aut
in deterius credita, judice ab uno facilius discerni ; odium et
invidiam apud multos valere. » Haud fallebat Tiberium moles

Pison, accompagné de nombreux clients, et Plancine, suivie d'un
cortége de femmes, s'avancèrent fièrement et avec un air de triomphe. Tout servait d'aliment à la haine, jusqu'à leur maison dominant le forum, et parée comme pour un jour de fête; ils y donnèrent un grand repas, et rien, dans un lieu si fréquenté, ne
pouvait demeurer secret.

X. Dès le lendemain, Fulcinius Trion se porta devant les consuls
pour accusateur de Pison; mais Vitellius, Véranius et les autres
amis de Germanicus soutenaient que Trion usurpait un rôle qui ne
lui appartenait point; qu'ils venaient eux-mêmes, non comme accusateurs, mais comme témoins, pour révéler les faits et exécuter les
volontés de Germanicus. Trion, s'étant désisté quant au délit principal, obtint la recherche des faits antérieurs, et tous demandèrent
pour juge Tibère. Pison ne le récusait pas non plus, redoutant
l'animosité du peuple et du sénat : il espérait tout d'un prince
aguerri contre les rumeurs populaires, et d'un fils qui avait eu part
aux intrigues de sa mère. « Un seul homme, pensait-il encore, dis-
tingue mieux la vérité de la calomnie ; les préventions de la haine
sont plus puissantes sur la multitude. » Tibère n'ignorait pas quel

ipse
lui-même

magno agmine clientium,
avec une grande troupe de clients,

Plancina
Plancine

comitatu feminarum,
avec un cortége de femmes,

et alacres vultu.
et *tous deux* joyeux de visage.

Inter irritamenta invidiæ
Parmi les excitations à la haine

fuit domus imminens foro,
fut *leur* maison dominant le forum,

festa ornatu,
de-fête (égayée) par la décoration,

conviviumque et epulæ,
et un banquet et-un régal,

et nihil occultum,
et rien de caché,

celebritate loci.
à cause de la fréquentation du lieu.

X. Die postera,
X. Le jour d'-après,

Fulcinius Trio
Fulcinius Trion

postulavit Pisonem
cita (accusa) Pison

apud consules.
devant les consuls.

Contra
De-leur-côté

Vitellius ac Veranius
Vitellius et Véranius

ceterique
et les autres

comitati Germanicum
qui avaient accompagné Germanicus

tendebant « Nullas partes
prétendaient « Aucun rôle

esse Trioni;
n'être à Trion *en cette affaire;*

neque se accusatores,
et eux non *comme* accusateurs,

sed indices
mais *comme* révélateurs

et testes rerum,
et témoins des faits,

perlaturos mandata
devoir rapporter les instructions

Germanici.
de Germanicus.

Ille, delatione ejus causæ
Celui-là (Trion), le rapport de cette

dimissa,
étant abandonné,   [cause

obtinuit ut accusaret
obtint qu'il accusât (d'accuser)

vitam priorem;
la vie première *de Pison;*

petitumque est a principe
et il fut demandé au prince

exciperet cognitionem.
qu'il reçût (se chargeât de) l'instruction.

Quod ne reus quidem
Ce que l'accusé même

abnuebat,
ne refusait pas,

metuens studia
craignant les passions

populi et patrum :
du peuple et des sénateurs :

contra,
il pensait au-contraire,

« Tiberium esse validum
« Tibère être *assez* fort

spernendis rumoribus,
pour mépriser les rumeurs,

et innexum
et engagé

conscientiæ matris;
dans la complicité de *sa* mère;

veraque,
et les choses vraies,

aut credita in deterius,
ou crues dans un *sens* pire,

discerni facilius
être discernées plus facilement

ab uno judice;
par un *seul* juge;

odium et invidiam
la haine et l'envie

valere apud multos. »
prévaloir auprès de *juges* nombreux. »

cognitionis, quaque ipse fama distraheretur[1]. Igitur, paucis familiarium adhibitis, minas accusantium et hinc preces audit, integramque causam ad senatum remittit.

XI. Atque interim Drusus, rediens Illyrico, quanquam patres censuissent, ob receptum Maroboduum et res priore æstate gestas, ut ovans iniret, prolato honore Urbem intravit. Post quæ reo, L. Arruntium[2], T. Vinicium[3], Asinium Gallum, Æserninum Marcellum[4], Sex. Pompeium[5], patronos petenti, iisque diversa excusantibus, M. Lepidus et L. Piso[6] et Livineius Regulus adfuere; arrecta omni civitate, quanta fides amicis Germanici, quæ fiducia reo : satin cohiberet ac premeret sensus suos Tiberius. Iis haud alias[7] intentior populus plus sibi in principem occultæ vocis aut suspicacis silentii permisit.

XII. Die senatus Cæsar orationem habuit meditato temperamento : « Patris sui legatum[8] atque amicum Pisonem fuisse,

---

fardeau il assumait en se chargeant de cette instruction, et à quelles imputations il était lui-même en butte. Il se contenta donc d'écouter, en présence de quelques amis, les menaces des accusateurs et les prières de l'accusé; puis il renvoya l'affaire en son entier au sénat.

XI. Dans cet intervalle, Drusus, revenu d'Illyrie, ajourna l'ovation que le sénat lui avait décernée pour la soumission de Maroboduus et pour ses succès dans la dernière campagne; il rentra dans Rome sans éclat. Cependant Pison cherchait des défenseurs : L. Arruntius, T. Vinicius, Asinius Gallus, Éserninus Marcellus et Sextus Pompéius, refusèrent sous différents prétextes; enfin M. Lépidus, L. Pison et Livinéius Régulus se chargèrent de sa cause. Rome entière était attentive : on était curieux de voir jusqu'où irait la fidélité des amis de Germanicus, la confiance de l'accusé, la dissimulation de Tibère. Jamais le peuple ne se permit sur son prince plus de murmures secrets ou un silence plus soupçonneux.

XII. Tibère ouvrit l'assemblée du sénat par un discours plein de ménagements étudiés. Il rappela « que Pison avait été le lieutenant

Moles cognitionis | Le fardeau de l'instruction
haud fallebat Tiberium, | ne trompait pas (était connu de) Tibère,
quaque fama | et *il savait* par quelle renommée
ipse distraheretur. | lui-même était déchiré.
Igitur, paucis familiarium | Donc, quelques-uns de *ses* familiers
adhibitis, | étant mandés-près *de lui*,
audit minas accusantium, | il écoute les menaces des accusateurs,
et hinc preces, | et d'autre-part les prières,
remittitque ad senatum | et renvoie au sénat
causam integram. | la cause entière.
XI. Atque interim | XI. Et cependant
Drusus, rediens Illyrico, | Drusus, revenant d'Illyrie,
quanquam patres | quoique les sénateurs
censuissent | eussent opiné
ut iniret ovans, | pour qu'il entrât jouissant-de-l'ovation,
ob Maroboduum receptum | à cause de Marobodus reçu à *soumis-*
et res gestas | et des actions accomplies [*sion*
æstate priore, | l'été précédent,
intravit Urbem | entra-dans la ville
honore prolato. | *cet* honneur étant ajourné.
Post quæ M. Lepidus | Après quoi M. Lépidus
et L. Piso | et L. Pison
et Livineius Regulus | et Livinéïus Régulus
adfuere reo | assistèrent l'accusé
petenti patronos | qui demandait pour avocats
L. Arruntium, T. Vinicium, | L. Arruntius, T. Vinicius,
Asinium Gallum, | Asinius Gallus,
Æserninum Marcellum, | Éserninus Marcellus,
Sex. Pompeium, | Sextus Pompéius,
iisque | et ceux-ci
excusantibus diversa; | alléguant-des-excuses diverses;
omni civitate arrecta, | toute la cité étant-en-suspens,
quanta fides | *pour voir* quelle-grande fidélité
amicis Germanici, | *serait* aux amis de Germanicus,
quæ fiducia reo : | quelle confiance à l'accusé :
Tiberiusne cohiberet | si Tibère contiendrait
ac premeret satis | et comprimerait assez
suos sensus. | ses sentiments.
Populus intentior iis | Le peuple plus attentif à ces *pensées*
haud sibi permisit alias | ne se permit pas une-autre-fois
in principem | à l'égard du prince
plus vocis occultæ | plus de propos secrets
aut silentii suspicacis. | ou de silence soupçonneux.
XII. Die senatus | XII. Le jour *de la séance* du sénat
Cæsar habuit orationem | César (Tibère) tint un discours
temperamento meditato : | avec des ménagements étudiés :
« Pisonem fuisse legatum | « Pison avoir-été lieutenant

adjutoremque Germanico datum a se, auctore senatu, rebus apud Orientem administrandis : illic contumacia et certaminibus asperasset juvenem, exituque ejus lætatus esset, an scelere exstinxisset, integris animis dijudicandum. Nam si legatus officii terminos, obsequium erga imperatorem exuit, ejusdemque morte et luctu meo lætatus est, odero seponamque a domo mea, et privatas inimicitias, non principis, ulciscar. Sin facinus in cujuscumque mortalium nece vindicandum detegitur, vos vero et liberos Germanici, et nos parentes, justis solatiis afficite. Simulque illud reputate, turbide et seditiose tractaverit exercitus Piso, quæsita sint per ambitionem studia militum, armis repetita provincia, an falsa hæc in majus vulgaverint accusatores, quorum ego nimiis studiis jure succenseo. Nam quo pertinuit nudare corpus et contrectandum vulgi oculis[1] per-

---

et l'ami de son père ; que lui-même l'avait choisi, sur le conseil du sénat, pour aider Germanicus dans l'administration de l'Orient. Avait-il aigri le jeune César par des hauteurs et des rivalités ? S'était-il réjoui de sa mort, ou l'avait-il hâtée par un crime ? Voilà ce qu'il fallait rechercher sans prévention. Pères conscrits, ajouta-t-il, si Pison a franchi les bornes de l'obéissance et du respect qu'un lieutenant doit à son général, s'il a triomphé de la mort de mon fils et de mon affliction, je le haïrai, je lui défendrai ma présence ; je vengerai mon injure privée, et non celle du prince. Mais s'il a osé contre mon fils un attentat dont les lois vengeraient le dernier des hommes, c'est à vous à consoler par une juste sévérité les enfants et le père de Germanicus. Examinons en même temps s'il est vrai que Pison ait semé le trouble et la division dans l'armée, brigué par des voies illicites la faveur des soldats, employé la force pour rentrer en Syrie, ou si ces bruits sont faux et grossis par ses accusateurs, dont le zèle excessif mérite aussi de justes reproches. En effet, pourquoi dépouiller le corps de Germanicus ? Pourquoi le livrer nu aux re-

atque amicum sui patris ,	et ami de son père ,
datumque a se	et *avoir été* donné par lui
adjutorem Germanico ,	*comme* aide à Germanicus ,
senatu auctore ,	le sénat *en étant* l'instigateur ,
administrandis rebus	pour administrer les affaires
apud Orientem :	en Orient :
illic asperasset juvenem	*si* là il avait exaspéré le jeune *prince*
contumacia	par *son* arrogance
et certaminibus ,	et par des querelles ,
lætatusque esset exitu ejus,	et s'il s'était réjoui de la mort de lui ,
an exstinxisset scelere ,	*ou* s'il *l*'avait fait-mourir par un crime ,
dijudicandum	*cela* devoir être jugé
animis integris.	avec des dispositions-d'esprit impartiales.
Nam si legatus	Car si le lieutenant
exuit	a dépouillé (méconnu)
terminos officii ,	les bornes de *sa* charge ,
obsequium	*sa* déférence
erga imperatorem ,	envers *son* général ,
lætatusque est	et s'il s'est réjoui
morte ejusdem	de la mort du même *général*
et meo luctu ,	et de mon deuil ,
odero seponamque	je *le* haïrai et je *l*'exclurai
a mea domo ,	de ma maison ,
et ulciscar	et je vengerai
inimicitias privatas ,	*mes* inimitiés privées ,
non principis.	non *celles* du prince.
Sin facinus detegitur	Si-au-contraire un attentat est découvert
vindicandum in nece	qui doive être puni à-propos-de la mort
cujuscumque mortalium ,	de qui-que-ce-soit des mortels ,
vos vero afficite	vous certes comblez
justis solatiis	de justes consolations
et liberos Germanici ,	et les enfants de Germanicus,
et nos parentes.	et nous *ses* parents.
Simulque reputate illud ,	Et en même temps songez à cela ,
Piso tractaverit exercitus	*si* Pison a manié les armées
turbide et seditiose ,	d'une-façon-désordonnée et séditieuse ,
studia militum	*si* l'affection des soldats
quæsita sint	a été recherchée *par lui*
per ambitionem ,	au-moyen-de brigues ,
provincia repetita	*si* la province *a été* reprise *par lui*
armis ,	avec les armes ,
an accusatores ,	*ou* si les accusateurs ,
quorum ego succenseo jure	desquels moi je blâme à *bon* droit
studiis nimiis ,	le zèle excessif, [*tion* plus grande
vulgaverint in majus	ont divulgué *en les élevant* à une propor-
hæc falsa.	ces *imputations* fausses.
Nam quo pertinuit	Car à quoi a-t-il tendu (que servait-il)

mittere, differrique etiam per externos, tanquam veneno in-
terceptus esset, si incerta adhuc ista et scrutanda sunt? Deflec
equidem filium meum semperque deflebo; sed neque reum
prohibeo quominus cuncta proferat, quibus innocentia eju
sublevari, aut, si qua fuit iniquitas Germanici, coargui possit
vosque oro ne, quia dolori meo causa connexa est, object
crimina pro approbatis accipiatis. Si quos propinquus sangui
aut fides sua patronos dedit, quantum quisque eloquentia
cura valet, juvate periclitantem. Ad eumdem laborem, ea
dem constantiam accusatores hortor. Id solum Germanic
super leges præstiterimus, quod in curia potius quam in for
apud senatum quam apud judices, de morte ejus anquiritur
cetera pari modestia tractentur. Nemo Drusi lacrimas, ne

gards du peuple et répandre, chez l'étranger même, le bruit d'
empoisonnement encore douteux et qui a besoin d'être éclairci?
pleure, il est vrai, mon fils, et le pleurerai toujours; mais je n'e
pêche pas l'accusé de produire tout ce qui peut appuyer son inn
cence et de dévoiler même les torts de Germanicus, s'il en a eu qu
ques-uns, et je vous demande de ne pas prendre, par condescen
pour ma douleur, des allégations pour des preuves. Si le sang,
l'amitié donnent à Pison des défenseurs, que ses dangers anim
leur zèle et leur éloquence. Je recommande à ses accusateurs
mêmes efforts et le même courage. Le seul privilége que je
pour Germanicus, c'est que la cause soit instruite dans le sénat p
tôt que dans le forum, par vous, pères conscrits, plutôt que par
juges ordinaires. A l'égard de tout le reste, observez les régles c
munes. Ne voyez point les larmes de Drusus; ne considérez p

nudare corpus	de mettre-à-nu le corps *du prince*,
et permittere	et de *le* laisser
contrectandum	devant être touché
oculis vulgi,	par les yeux de la foule,
differrique	et *le bruit* être répandu
etiam per externos,	même parmi les étrangers,
tanquam interceptus esset	comme s'il avait été emporté
veneno,	par le poison,
si ista sunt adhuc incerta	si ces *bruits* sont encore incertains
et scrutanda?	et à-examiner?
Equidem defleo	Certes je pleure
defleboque semper	et je pleurerai toujours
meum filium;	mon fils;
sed neque prohibeo reum	mais ni je n'empêche l'accusé
quominus proferat cuncta,	qu'il ne produise tous *les moyens*,
quibus innocentia ejus	par lesquels l'innocence de lui
possit sublevari,	puisse être soutenue,
aut, si qua iniquitas	ou, si quelque injustice
Germanici	de Germanicus
fuit,	a été,
coargui :	*cette injustice puisse* être démontrée :
oroque vos	et je prie vous
ne accipiatis pro approbatis	que vous ne receviez pas pour prouvés
crimina objecta,	les griefs reprochés,
quia causa est connexa	parce que *cette* cause est liée
meo dolori.	à ma douleur.
Si sanguis propinquus	Si le sang proche (la parenté)
aut sua fides	ou leur fidélité
dedit quos patronos,	a donné *à Pison* quelques défenseurs,
juvate periclitantem,	aidez *lui* qui est-en-péril,
quantum quisque valet	autant que chacun *de vous* a-de-puissance
eloquentia et cura.	par *son* éloquence et *son* zèle.
Hortor accusatores	J'exhorte les accusateurs
ad eumdem laborem,	au même soin,
eamdem constantiam.	à la même fermeté.
Præstiterimus Germanico	Nous aurons accordé à Germanicus
id solum supra leges,	ce *privilége* seul au-dessus des lois,
quod anquiritur	*à savoir* qu'on s'enquiert
de morte ejus	sur la mort de lui
in curia	dans la curie
potius quam in foro,	plutôt qu'au forum,
apud senatum	devant le sénat
quam apud judices :	*plutôt* que devant les juges :
cetera tractentur	que les autres choses soient traitées
modestia pari.	avec une modération égale (comme à l'or-
Nemo spectet	Que personne ne considère [dinaire).
lacrimas Drusi,	les larmes de Drusus,

mœstitiam meam spectet, nec si qua in nos adversa finguntur[1]. »

XIII. Exin biduum criminibus objiciendis statuitur, utque,
sex dierum spatio interjecto, reus per triduum defenderetur.
Tum Fulcinius vetera et inania orditur : ambitiose avareque
habitam Hispaniam ; quod neque convictum noxæ reo, si
recentia purgaret, neque defensum absolutioni erat, si teneretur majoribus flagitiis. Post quem Servæus[2] et Veranius et
Vitellius, consimili studio, sed multa eloquentia Vitellius,
objecere, « Odio Germanici et rerum novarum studio, Pisonem
vulgus militum, per licentiam et sociorum injurias, eo usque
corrupisse, ut parens legionum a deterrimis appellaretur : contra in optimum quemque, maxime in comites et amicos Germanici, sævisse : postremo ipsum devotionibus et veneno[3]
peremisse : sacra hinc et immolationes[4] nefandas ipsius atque
Plancinæ : petitam armis rempublicam[5] ; utque reus agi posset,
acie victum. »

mon affliction, et surtout oubliez les bruits injurieux que répand
sur nous la calomnie. »

XIII. On accorda deux jours pour exposer les chefs d'accusation,
six jours d'intervalle pour préparer la défense, et trois autres pour
l'entendre. Fulcinius parla le premier ; il rappela d'anciens griefs,
les concussions, les brigues de Pison en Espagne ; imputations frivoles qui, prouvées ou détruites, ne pouvaient ni perdre l'accusé,
s'il triomphait des autres, ni le sauver, s'il y succombait. Après
lui parlèrent Servéus, Véranius et Vitellius, tous trois avec le même
zèle, Vitellius seul avec une grande éloquence. Ils reprochèrent à
Pison d'avoir, en haine de Germanicus et par un esprit de révolte,
encouragé la licence des troupes et l'oppression des alliés ; d'avoir
acheté le nom de père des légions par ses lâches complaisances pour
des pervers, tandis qu'il sévissait contre les bons, surtout contre les
compagnons et les amis de Germanicus. Ils signalèrent enfin les enchantements et le poison employés contre ses jours, les sacrifices, les
réjouissances barbares de Pison et de Plancine, et les hostilités du
coupable contre la république, réduite à le vaincre pour le juger.

nemo meam mœstitiam
nec si qua adversa
finguntur in nos. »
XIII. Exin biduum
statuitur
objiciendis criminibus,
utque reus defenderetur
per triduum,
spatio sex dierum
interjecto.
Tum Fulcinius orditur
vetera et inania :
Hispaniam habitam
ambitiose avareque ;
quod erat reo
neque noxæ convictum,
si purgaret recentia,
neque absolutioni
defensum,
si teneretur
majoribus flagitiis.
Post quem
Servæus et Veranius
et Vitellius objecere,
studio consimili,
sed Vitellius
multa eloquentia,
« Odio Germanici
et studio rerum novarum,
Pisonem, per licentiam
et injuri s sociorum,
corrupisse vulgus militum
usque eo, ut appellaretur
a deterrimis
parens legionum :
contra sævisse
in quemque optimum,
maxime in comites
et amicos Germanici :
postremo peremisse ipsum
devotionibus et veneno :
hinc sacra
et immolationes nefandas
ipsius atque Plancinæ :
rempublicam petitam ar-
victumque acie,   [mis ;
ut posset agi reus. »

que personne ne considère ma tristesse,
ni si quelques pensées hostiles
sont imaginées contre nous. »
XIII. Ensuite l'espace-de-deux-jours
est fixé
pour exposer les griefs,
et que l'accusé se défendrait
pendant trois-jours,
l'espace de six jours
étant interposé.
Alors Fulcinius commence
rappelant des griefs anciens et vains :
l'Espagne tenue (gouvernée)
avec-des-intrigues et avec-avarice ;
ce qui n'était pour l'accusé
ni à tort étant prouvé,
s'il se lavait des griefs récents,
ni à acquittement
étant réfuté,
s'il était tenu (convaincu)
de plus grandes fautes.
Après lequel accusateur
Servéns et Véranius
et Vitellius reprochèrent à Pison,
avec un zèle semblable,
mais Vitellius
avec beaucoup d'éloquence,
« Par haine de (pour) Germanicus,
et par désir de choses nouvelles (innova-
Pison, au-moyen-de la licence   [tions,
et des injures des (faites aux) alliés,
avoir corrompu la foule des soldats
jusque là qu'il était appelé
par les plus mauvais
le père des légions :
au contraire lui avoir sévi
contre chaque soldat le meilleur,
surtout contre les compagnons
et les amis de Germanicus :
enfin avoir fait-périr le prince lui-même
par des enchantements et par le poison :
de là les offrandes sacrées
et les sacrifices abominables
de lui-même (Pison) et de Plancine :
la république attaquée par les armes ;
et lui vaincu en bataille rangée, [cusé.»
pour qu'il pût être poursuivi comme ac-

XIV. Defensio in ceteris trepidavit: nam neque ambitionem militarem, neque provinciam pessimo cuique obnoxiam, ne contumelias quidem adversum imperatorem infitiari poterat. Solum veneni crimen visus est diluisse; quod ne accusatores quidem satis firmabant, in convivio Germanici, quum super eum Piso discumberet, infectos manibus ejus cibos arguentes. Quippe absurdum videbatur, inter aliena servitia, et tot adstantium visu, ipso Germanico coram, id ausum; offerebatque familiam reus, et ministros [1] in tormenta flagitabat. Sed judices per diversa implacabiles erant. Cæsar, ob bellum provinciæ illatum; senatus, nunquam satis credito sine fraude Germanicum interiisse [2]. Simul populi ante curiam voces audiebantur, « Non temperaturos manibus, si patrum sententias evasisset.» Effigiesque Pisonis [3] traxerant in Gemonias ac divellebant, ni jussu principis protectæ repositæque forent. Igitur inditus

XIV. Excepté sur un point, Pison se défendit mal; car il ne pouvait nier ni ses cabales à l'armée, ni les dévastations de la province par les brigands qu'il autorisait, ni même ses insultes envers son général. L'accusation d'empoisonnement fut la seule dont il parut s'être lavé, d'autant plus que les allégations même étaient faibles. On supposait qu'à un festin chez Germanicus, Pison, placé au-dessus de lui, avait de sa propre main empoisonné les mets. Or, il paraissait absurde que Pison, entouré de serviteurs qui n'étaient point à lui, à la vue de tant de spectateurs, sous les yeux même de Germanicus, eût hasardé ce coup. D'ailleurs il offrait, il demandait même avec instance qu'on appliquât à la question ses propres esclaves et ceux qui avaient servi le repas. Mais les juges n'en étaient pas moins implacables : Tibère, à cause de la guerre faite à la province; les sénateurs, parce qu'ils ne pouvaient se persuader que la mort de Germanicus eût été naturelle. En même temps on entendait le peuple crier, aux portes du sénat, qu'il saurait bien faire justice de Pison, si les juges l'épargnaient. Déjà ils avaient traîné aux Gémonies ses statues, et ils les eussent mises en pièces, si le prince n'eût donné des ordres pour les faire protéger et remettre à leur place.

XIV. Defensio trepidavit
in ceteris :
nam poterat infitiari
neque ambitionem
militarem,
neque provinciam
obnoxiam cuique pessimo,
ne contumelias quidem
adversum imperatorem.
Visus est diluisse
solum crimen veneni ;
quodne accusatores quidem
firmabant satis, arguentes,
cibos infectos
manibus ejus
in convivio Germanici,
quum Piso
discumberet super eum.
Quippe
videbatur absurdum
ausum id
inter servitia aliena,
et visu tot adstantium,
coram Germanico ipso ;
reusque
offerebat familiam,
et flagitabat in tormenta
ministros.
Sed judices
erant implacabiles
per diversa :
Cæsar, ob bellum
illatum provinciæ ;
senatus,
nunquam satis credito
Germanicum interiisse
sine fraude.
Simul ante curiam
audiebantur voces populi,
« Non temperaturos
manibus,
si evasisset
sententias patrum. »
Traxerantque in Gemonias
ac divellebant
effigies Pisonis,
ni protectæ forent

XIV. La défense chancela
sur les autres *points* :
car il *ne* pouvait nier
ni *sa* complaisance
pour-le-soldat,
ni la province
livrée à chaque *homme* le plus mauvais,
pas même les insultes
envers *son* général.
Il parut avoir lavé
la seule accusation d'empoisonnement ;
laquelle les accusateurs même
ne fortifiaient pas assez, reprochant,
les mets *avoir été* empoisonnés
par les mains de lui
dans un repas de Germanicus,
lorsque Pison
était-à-table au-dessus de lui.
En effet
il paraissait absurde
lui avoir osé cela
au-milieu-d'esclaves étrangers,
et à la vue de tant d'assistants,
en-présence-de Germanicus lui-même ;
et l'accusé
offrait *ses* esclaves,
et réclamait pour les tortures
les serviteurs *du repas*.
Mais les juges
étaient implacables
par divers *motifs* :
César (Tibère), à cause de la guerre
apportée dans la province ;
le sénat,
ceci n'ayant jamais été assez cru
Germanicus être mort
sans crime.
En même temps devant la curie
étaient entendus *ces* cris du peuple,
« *Eux* ne devoir pas retenir
leurs mains,
s'il avait échappé (s'il échappait)
aux sentences des sénateurs. »
Et ils avaient traîné aux Gémonies
et ils mettaient-en-pièces
les images de Pison,
si elles n'avaient été protégées

lecticæ et a tribuno prætoriæ cohortis deductus est ; vario rumore, custos salutis an mortis exactor sequeretur.

XV. Eadem Plancinæ invidia, major gratia : eoque ambiguum habebatur quantum Cæsari in eam liceret. Atque ipsa, donec mediæ Pisoni spes, sociam se cûjuscumque fortunæ, et, si ita ferret[1], comitem exitii promittebat. Ut secretis Augustæ precibus veniam obtinuit, paulatim segregari a marito, dividere defensionem cœpit. Quod reus postquam sibi exitiabile intelligit, an adhuc experiretur dubitans, hortantibus filiis, durat mentem, senatumque rursum ingreditur : redintegratamque accusationem, infensas patrum voces[2], adversa et sæva cuncta perpessus, nullo magis exterritus est quam quod Tiberium sine miseratione, sine ira, obstinatum clausumque vidit, ne quo affectu perrumperetur. Relatus domum, tanquam defen-

Quand Pison remonta en litière, un tribun des cohortes prétoriennes fut chargé de le reconduire ; les uns disaient que c'était pour garantir sa vie, d'autres pour présider à sa mort.

XV. Plancine, également odieuse, avait plus de crédit ; aussi ne savait-on pas trop jusqu'à quel point le prince serait maître de son sort. Tant que Pison eut de l'espoir, elle se disait prête à partager sa destinée, quelle qu'elle fût, et même à mourir avec lui. Lorsque, par les sollicitations secrètes d'Augusta, elle eut obtenu sa propre grâce, elle se détacha insensiblement de son époux ; ses défenses furent séparées. Pison, comprenant tout ce que cet abandon avait de sinistre, balançait à faire une nouvelle tentative ; cependant encouragé par ses fils, il s'arma de constance et reparut dans le sénat. On y reprit l'accusation ; il essuya les duretés des sénateurs, tous déchaînés contre lui ; mais ce qui l'effraya le plus, ce fut de voir Tibère impassible, sans pitié, sans colère, fermant obstinément son âme de peur de laisser transpirer ses impressions au dehors. De retour dans sa maison, sous prétexte de travailler à sa défense pour

repositæque	et replacées
jussu principis.	par l'ordre du prince.
Igitur inditus est lecticæ	Donc il fût mis-dans une litière
et deductus a tribuno	et accompagné par un tribun
cohortis prætoriæ;	de la cohorte prétorienne;
rumore vario,	avec une rumeur variée,
sequeretur	car on se demandait si ce tribun suivait
custos salutis	comme gardien de salut
an exactor mortis.	ou comme exécuteur de mort.
XV. Invidia Plancinæ	**XV.** La haine de (contre) Plancine
eadem,	était la même,
gratia major:	son crédit plus grand:
eoque	et par là
habebatur ambiguum	il était tenu-pour douteux
quantum liceret	combien serait permis
Cæsari in eam.	à César (Tibère) contre elle.
Atque ipsa,	Et elle-même,
donec spes	tant que les espérances
mediæ Pisoni,	furent au-milieu (en suspens) à Pison,
promittebat se sociam	promettait elle devoir être associée
fortunæ cujuscumque,	à sa fortune quelconque,
et, si ferret ita,	et, si le destin le portait ainsi,
comitem exitii.	compagne de sa mort.
Ut obtinuit veniam	Dès qu'elle eut obtenu grâce
precibus secretis Augustæ,	par les prières secrètes d'Augusta,
cœpit paulatim	elle commença peu-à-peu
segregari a marito,	à se séparer de son mari,
dividere defensionem.	à diviser sa défense.
Quod	Laquelle chose
postquam reus intelligit	après que l'accusé comprend
exitiabile sibi, [adhuc,	être funeste à lui,
dubitans an experiretur	hésitant s'il tenterait encore la chance,
filiis hortantibus,	ses fils l'exhortant,
durat mentem,	il endurcit son âme,
ingrediturque rursum	et entre de-nouveau
senatum:	dans le sénat:
perpessusque accusationem	et ayant essuyé une accusation
redintegratam,	renouvelée,
voces infensas patrum,	les paroles hostiles des sénateurs,
cuncta adversa et sæva,	toutes choses contraires et cruelles,
exterritus est nullo magis	il ne fut effrayé par aucune plus
quam quod vidit Tiberium	que par celle-ci, qu'il vit Tibère
obstinatum clausumque,	obstiné et fermé (muet),
sine miseratione, sine ira,	sans pitié, sans colère,
ne perrumperetur	de peur qu'il ne fût traversé
quo affectu.	par quelque impression.
Relatus domum,	Reporté dans sa maison,

2.

sionem in posterum meditaretur, pauca conscribit obsignatque,
et liberto tradit. Tum solita curando corpori exsequitur : dein,
multam post noctem, egressa cubiculo uxore, operiri fores
jussit; et cœpta luce, perfosso jugulo, jacente humi gladio,
repertus est.

XVI. Audire me memini ex senioribus, visum sæpius inter
manus Pisonis libellum, quem ipse non vulgaverit; sed amicos
ejus dictitavisse ; « Litteras Tiberii et mandata in Germanicum
continere : ac destinatum promere apud patres, principemque
argüere, ni elusus a Sejano per vana promissa foret ; nec illum
sponte exstinctum, verum immisso percussore. » Quorum
neutrum asseveraverim; neque tamen occulere debui narratum ab iis qui nostram ad juventam duraverunt. Cæsar, flexo
in mœstitiam ore, suam invidiam[1] tali morte quæsitam apud
senatum, crebrisque interrogationibus exquirit[2], qualem Piso

le lendemain, il écrit quelques lignes, qu'il remet cachetées à un
affranchi. Ensuite il donne à son corps les soins accoutumés, et bien
avant dans la nuit, sa femme étant sortie de l'appartement, il en fait
fermer la porte. Le matin, on le trouve égorgé, son épée par terre à
côté de lui.

XVI. Je me souviens d'avoir entendu dire à des vieillards qu'on
avait souvent vu dans les mains de Pison des papiers qu'il ne pu-
blia point, mais qui, au dire de ses amis, contenaient une lettre et
des instructions de Tibère contre Germanicus. Son dessein avait été
de les montrer au sénat et d'accuser le prince, si Séjan ne l'eût point
amusé par de vaines promesses. Enfin il ne se tua pas lui-même, on
le fit assassiner. Je ne garantirai ni l'un ni l'autre, mais je n'ai pas
dû cacher un fait rapporté par des contemporains qui vivaient encore du temps de ma jeunesse. Tibère, prenant un air triste, se
plaignit au sénat d'une mort qui tendait à rendre le prince odieux ;
puis il questionna beaucoup l'affranchi sur ce que Pison avait fait

tanquam meditaretur
defensionem in posterum,
conscribit obsignatque
pauca,
et tradit liberto.
Tum exsequitur solita
curando corpori :
dein, post noctem multam,
uxore egressa cubiculo,
jussit fores operiri ;
et luce cœpta,
repertus est,
jugulo perfosso,
gladio jacente humi.
   XVI. Memini me audire
ex senioribus,
libellum visum sæpius
inter manus Pisonis,
quem ipse non vulgaverit;
sed amicos ejus dictitavisse
« Continere litteras Tiberii
et mandata
in Germanicum :
ac destinatum
promere apud patres,
arguereque principem,
ni elusus foret a Sejano
per vana promissa ;
nec illum exstinctum
sponte,
verum percussore
immisso.
Quorum
asseveraverim neutrum ;
neque tamen debui
occulere narratum
ab iis qui duraverunt
ad nostram juventam.
Cæsar,
ore flexo in mœstitiam,
apud senatum
invidiam suam quæsitam
tali morte,
exquiritque
crebris interrogationibus
qualem diem supremum
noctemque

comme s'il méditait
une défense pour le lendemain,
il écrit et cachète
quelques *lignes*,
et *les* remet à un affranchi.
Alors il accomplit les *devoirs accoutumés*
pour soigner *son* corps :
puis, après la nuit avancée,
sa femme étant sortie de la chambre,
il ordonna les portes être fermées ;
et la lumière (le jour) ayant commencé,
il fut trouvé,
la gorge percée,
son épée gisant à terre.
   XVI. Je me souviens moi avoir appris
de *personnes* plus âgées,
un cahier avoir été vu souvent
entre les mains de Pison,
lequel *cahier* lui-même ne divulgua point;
mais les amis de lui avoir répété
« *Ce cahier* contenir une lettre de Tibère
et des instructions
contre Germanicus :
et *Pison* avoir été résolu
à *le* produire devant les sénateurs,
et à accuser le prince,
s'il n'avait été amusé par Séjan
au-moyen-de vaines promesses ;
et lui n'être pas mort
de *sa* volonté,
mais un assassin
ayant été envoyé. »
Desquelles *assertions*
je n'affirmerais ni-l'une-ni-l'autre ;
et cependant je n'ai pas dû
cacher ce qui a été raconté
par ceux qui ont duré (vécu)
jusqu'à notre jeunesse.
César (Tibère),
le visage tourné à la tristesse,
se plaint devant le sénat   [recherchée
la haine sienne (contre lui) *avoir été*
par une telle mort,
et il demande
par de fréquentes interrogations
quel jour dernier
et *quelle* nuit *dernière*

diem supremum noctemque exegisset. Atque illo pleraque
sapienter, quædam inconsultius, respondente, recitat codicillos
a Pisone in hunc ferme modum compositos : « Conspiratione
inimicorum et invidia falsi criminis oppressus, quatenus veri-
tati et innocentiæ meæ nusquam locus est, deos immortales
testor vixisse me, Cæsar, cum fide adversum te, neque alia
in matrem tuam pietate; vosque oro liberis meis consulatis : ex
quibus Cn. Piso qualicumque fortunæ meæ non est adjunctus,
quum omne hoc tempus in Urbe egerit ; M. Piso repetere
Syriam dehortatus est. Atque utinam ego potius filio juveni,
quam ille patri seni cessisset ! eo impensius precor ne meæ
pravitatis pœnas innoxius luat. Per quinque et quadraginta
annorum obsequium, per collegium consulatus [1], quondam divo
Augusto, parenti tuo, probatus et tibi amicus, nec quidquam
post hæc rogaturus, salutem infelicis filii rogo. » De Plancina
nihil addidit.

la veille et la nuit de sa mort. Mais comme, dans ses réponses, généralement prudentes, cet homme laissait échapper quelques in-
discrétions, Tibère se hâta de lire l'écrit de Pison, conçu à peu
près en ces termes : « Je meurs victime de la conspiration de mes
ennemis, de la haine que soulèvent contre moi de fausses accusations. N'espérant plus que la vérité et mon innocence triomphent
de la calomnie, j'atteste, ô César, les dieux immortels, que j'ai toujours conservé ma fidélité envers toi, mon attachement pour ta mère.
Je vous recommande à tous deux mes enfants, Cnéius, qui n'a pu
partager mes torts, quels qu'ils soient, puisqu'il n'a point quitté Rome
pendant mon gouvernement, et Marcus, qui m'avait dissuadé de rentrer en Syrie. Plût aux dieux que j'eusse cédé aux conseils d'un
jeune homme et d'un fils, plutôt que lui à l'autorité d'un père et
d'un vieillard ! Je te conjure donc d'autant plus instamment de ne
pas le punir de mes fautes. Si quarante-cinq ans de respects, si
l'estime de ton père Auguste sont des droits pour un ancien collègue,
ton ami, ne refuse point à un homme qui ne te demandera plus rien
la grâce de son malheureux fils. » Pas un mot pour Plancine.

Piso exegisset.	Pison avait passés.
Atque illo respondente	Et celui-là (l'affranchi) répondant
pleraque sapienter,	la plupart des choses prudemment,
quædam inconsultius,	quelques-unes plus inconsidérément;
recitat codicillos	il (Tibère) lit le mémoire
compositos a Pisone	composé par Pison
ferme in hunc modum :	à-peu-près de cette manière :
« Oppressus	« Accablé
conspiratione inimicorum	par un complot de *mes* ennemis
et invidia	et par la haine
criminis falsi,	de (soulevée par) une accusation fausse,
quatenus locus est nusquam	puisque lieu n'est nulle-part
veritati	à la vérité
et meæ innocentiæ,	et à mon innocence,
testor deos immortales	j'atteste les dieux immortels
me vixisse, Cæsar,	moi avoir vécu, César,
cum fide adversum te,	avec fidélité envers toi,
neque pietate alia	et avec un attachement non autre
in tuam matrem ;	envers ta mère ;
oroque vos	et je prie vous
consulatis meis liberis :	que vous veilliez sur mes enfants :
ex quibus Cn. Piso	desquels Cn. Pison
non adjunctus est	n'a pas été lié
meæ fortunæ qualicumque,	à ma fortune quelle-qu'elle-soit,
quum egerit in Urbe	puisqu'il a passé dans la ville (Rome)
omne hoc tempus ;	tout ce temps ;
M. Piso dehortatus est	*et* M. Pison *m*'a détourné
repetere Syriam.	de regagner la Syrie.
Atque utinam ego	Et plût-aux-dieux-que moi
filio juveni	*j'eusse cédé* à *mon* fils jeune
potius quam ille	plutôt que lui
cessisset patri seni !	eût cédé à *son* père vieux !
Precor eo impensius	Je prie pour cela plus instamment
ne innoxius luat pœnas	qu'innocent il ne paye pas la peine
meæ pravitatis.	de mon erreur.
Per obsequium	Par un dévouement
quadraginta	de quarante
et quinque annorum,	et cinq années,
per collegium consulatus,	par la communauté de *notre* consulat,
probatus quondam	*moi* estimé autrefois
divo Augusto, tuo parenti,	du divin Auguste, ton père,
et amicus tibi,	et ami de toi,
nec rogaturus quidquam	et ne devant demander quoi-que-ce-soit
post hæc,	après cela,
rogo salutem	je *te* demande le salut
filii infelicis. »	d'un fils malheureux. »
Addidit nihil de Plancina.	Il n'ajouta rien sur Plancine.

XVII. Post quæ Tiberius adolescentem crimine civilis belli
purgavit : « Patris quippe jussa, nec potuisse filium detrectare ; » simul « nobilitatem domus, etiam ipsius, quoquo modo
meriti, gravem casum » miseratus. Pro Plancina cum pudore
et flagitio [1] disseruit, matris preces obtendens; in quam optimi cujusque secreti questus magis ardescebant : « Id ergo
fas aviæ, interfectricem nepotis adspicere, alloqui, eripere
senatui ? Quod pro omnibus civibus leges obtineant, uni Germanico non contigisse! Vitellii et Veranii voce defletum Cæsarem ; ab imperatore et Augusta defensam Plancinam! Proinde
venena et artes tam feliciter expertas verteret in Agrippinam,
in liberos ejus ; egregiam aviam ac patruum sanguine miserrimæ domus exsatiaret. » Biduum super hæc [2] imagine cognitionis absumptum ; urgente Tiberio liberos Pisonis, matrem
uti tuerentur. Et, quum accusatores ac testes certatim perora-

XVII. Tibère ensuite justifia le jeune Pison sur la guerre civile,
alléguant la nécessité pour un fils d'obéir à son père, la grandeur de
leur maison, les malheurs du père même, qui, plus ou moins coupable, méritait la pitié. Il parla pour Plancine d'un air confus et
humilié, rappelant les prières de sa mère. C'était surtout contre
celle-ci que s'exhalait en secret l'indignation des honnêtes gens :
« L'aïeule de Germanicus a donc le courage de voir la femme qui a
tué son petit-fils, de lui parler, de l'arracher au sénat! Ce que la loi
accorde à tous les citoyens est refusé au seul Germanicus! Vitellius
et Véranius sont les vengeurs d'un César! L'empereur et sa mère se
font les défenseurs de Plancine! Elle n'avait donc qu'à tourner aussi
contre Agrippine et contre ses enfants cet art exécrable dont elle avait
fait un si heureux essai ; elle pouvait assouvir leur oncle et leur digne
aïeule du sang de cette malheureuse famille. » On employa pour la
forme deux jours à une sorte d'instruction. Tibère pressait les enfants
de Pison de défendre leur mère. Les accusateurs et les témoins péro-

XVII. Post quæ Tiberius
purgavit adolescentem
crimine belli civilis :
« Quippe jussa patris,
nec filium
potuisse detrectare ; »
simul miseratus
« nobilitatem domus,
etiam casum gravem
ipsius,
meriti modo quoquo. »
Disseruit pro Plancina
cum pudore et flagitio,
obtendens preces matris,
in quam ardescebant magis,
questus secreti
cujusque optimi :
« Id ergo fas aviæ,
adspicere interfectricem
nepotis,
alloqui, eripere senatui ?
Quod leges obtineant
pro omnibus civibus,
non contigisse
Germanico uni !
Cæsarem defletum
voce Veranii et Vitellii ;
Plancinam defensam
ab imperatore et Augusta !
Proinde verteret
in Agrippinam,
in liberos ejus,
venena et artes
experta tam feliciter ;
exsatiaret
sanguine domus miserrimæ
egregiam aviam
ac patruum. »
Biduum absumptum
super hæc
imagine cognitionis ;
Tiberio urgente
liberos Pisonis,
uti tuerentur matrem.
Et, quum accusatores
ac testes
perorarent certatim,

XVII. Après quoi Tibère
disculpa le jeune homme,
de l'accusation de guerre civile :
« Car les ordres de *son* père *avoir été tels*,
et le fils
n'avoir pu *les* refuser ; »
en-même-temps s'étant apitoyé
« sur la noblesse de *sa* maison,
et aussi sur le trépas terrible
de lui-même (Pison), [conque.,»
qui *l*'avait mérité d'une manière quel-
Il parla pour Plancine
avec confusion et honte,
alléguant les prières de *sa* mère,
contre laquelle s'enflammaient davantage
les plaintes secrètes
de chaque *citoyen* le meilleur :
« Cela donc *était* permis à l'aïeule,
de voir la meurtrière
de *son* petit-fils,
de l'entretenir, de *l*'arracher au sénat ?
Ce que les lois obtenaient
pour tous les citoyens,
n'être pas échu *en partage*
à Germanicus seul !
César (Germanicus) *avoir été* pleuré
par la voix de Véranius et de Vitellius ;
Plancine défendue
par l'empereur et *par* Augusta !
Donc qu'elle tournât
contre Agrippine,
contre les enfants d'elle,
ses poisons et *son* art
éprouvés si heureusement ;
qu'elle rassasiât
du sang de la famille la plus malheureuse
cette excellente aïeule
et *cet* oncle *excellent*. »
Deux-jours *furent* employés
après cela
par un semblant d'instruction ;
Tibère pressant
les fils de Pison,
pour qu'ils défendissent *leur* mère.
Et, comme les accusateurs
et les témoins
péroraient à-l'envi,

rent, respondente nullo, miseratio, quam invidia, augebatur.
Primus sententiam rogatus Aurelius Cotta, consul (nam, referente Cæsare [1], magistratus eo etiam munere fungebantur),
« Nomen Pisonis radendum fastis censuit; partem bonorum
publicandam; pars ut Cn. Pisoni filio concederetur, isque
prænomen mutaret [2]; M. Piso exuta dignitate [3], et accepto
quinquagies sestertio [4], in decem annos relegaretur [5]; concessa
Plancinæ incolumitate, ob preces Augustæ. »

XVIII. Multa ex ea sententia mitigata sunt a principe :
« Ne nomen Pisonis fastis eximeretur, quando M. Antonii, qui
bellum patriæ fecisset, Iuli Antonii [6], qui domum Augusti
violasset, manerent. » Et M. Pisonem ignominiæ exemit,
concessitque ei paterna bona; satis firmus, ut sæpe memoravi,
adversum pecuniam, et tum pudore absolutæ Plancinæ placa-
bilior. Atque idem, quum Valerius Messalinus signum aureum [7]
in æde Martis Ultoris, Cæcina Severus aram Ultioni statuen-

---

rèrent à l'envi, sans qu'il se présentât personne pour leur répondre;
ce qui inspira plus de compassion que d'animosité. Enfin on recueil-
lit les avis, et d'abord celui du consul Aurélius Cotta; car, lorsque
l'empereur ouvrait la délibération, les magistrats donnaient aussi
leur voix. Aurélius proposa « de rayer des fastes le nom de Pison,
de confisquer une partie de ses biens, d'en donner une autre à son
fils Cnéius, en l'obligeant de changer de prénom; de laisser à Marcus dix millions de sesterces, après l'avoir dépouillé de sa dignité,
et de l'exiler pour dix ans. La grâce de Plancine était accordée aux
prières d'Augusta. »

XVIII. Tibère adoucit en plusieurs points la sentence du consul.
Il ne voulut pas qu'on rayât des fastes le nom de Pison, puisqu'on
y conservait celui de Marc Antoine, qui avait fait la guerre à sa
patrie, et celui de Jules Antonius, qui avait déshonoré la famille
d'Auguste. Il laissa au jeune Marcus, avec sa dignité, les biens de
son père. La cupidité, comme je l'ai dit plusieurs fois, n'était pas le
défaut de ce prince, et la honte d'avoir épargné Plancine l'adoucissait en ce moment. Valérius Messalinus proposait d'élever une
statue d'or dans le temple de Mars Vengeur, et Cécina Sévérus un

nullo respondente,	personne ne répondant,
miseratio augebatur,	la pitié s'augmentait
quam invidia.	*plus* que la haine.
Aurelius Cotta, consul,	Aurélius Cotta, consul,
rogatus primus sententiam	interrogé le premier sur *son* avis.
(nam, Cæsare referente,	(car, César faisant-une-motion,
magistratus fungebantur	les magistrats s'acquittaient
eo munere etiam);	de cette fonction aussi),
censuit « Nomen Pisonis	opina « Le nom de Pison
radendum fastis;	devoir être rayé des fastes;
partem bonorum	une partie de *ses* biens
publicandam;	devoir être confisquée;
ut pars concederetur	qu'une *autre* part fût accordée
filio Cn. Pisoni,	à *son* fils Cn. Pison,
isque mutaret prænomen;	et que celui-ci changeât de prénom;
M. Piso,	*que* M. Pison,
dignitate exuta,	*sa* dignité étant dépouillée (quittée),
et quinquagies sestertio	et cinquante-fois *cent mille* sesterces
accepto,	étant reçus,
relegaretur in decem annos;	fût banni pour dix ans;
incolumitate Plancinæ	le salut de Plancine
concessa,	étant accordé,
ob preces Augustæ. »	à cause des prières d'Augusta. »
XVIII. Multa	XVIII. Plusieurs *points*
ex ea sententia	de cet avis
mitigata sunt a principe:	furent adoucis par le prince:
« Ne nomen Pisonis	« Que le nom de Pison
eximeretur fastis,	ne fût point ôté des fastes,
quando M. Antonii,	puisque *celui* de Marc Antoine,
qui fecisset bellum patriæ,	qui avait fait la guerre à *sa* patrie,
Iuli Antonii,	*celui* de Jules Antonius,
qui violasset	qui avait outragé
domum Augusti,	la famille d'Auguste,
manerent. »	subsistaient. »
Et exemit ignominiæ	Il exempta aussi de l'ignominie
M. Pisonem,	M. Pison,
concessitque ei	et il accorda à lui
bona paterna;	les biens paternels;
satis firmus,	assez ferme,
ut memoravi sæpe,	comme je *l'*ai dit souvent,
adversum pecuniam,	à-l'égard-de l'argent,
et tum placabilior	et alors plus facile-à-apaiser
pudore Plancinæ absolutæ.	par la honte de Plancine absoute.
Atque quum	Et comme
Valerius Messalinus,	Valérius Messalinus
Cæcina Severus	*et* Cécina Sévérus
censuissent	avaient été-d'avis

dam censuissent, prohibuit, « Ob externas ea victorias sacrari
dictitans ; domestica mala tristitia operienda. » Addiderat
Messalinus, « Tiberio et Augustæ et Antoniæ et Agrippinæ
Drusoque, ob vindictam Germanici, grates agendas, » omiseratque Claudii mentionem : et Messalinum quidem L. Asprenas senatu coram percontatus est an prudens præterisset ;
ac tum demum nomen Claudii adscriptum est. Mihi, quanto
plura recentium seu veterum revolvo, tanto magis ludibria
rerum mortalium cunctis in negotiis obversantur. Quippe
fama, spe, veneratione potius omnes destinabantur imperio,
quam quem futurum principem fortuna in occulto tenebat.

XIX. Paucis post diebus, Cæsar auctor senatui fuit Vitellio
atque Veranio et Servæo sacerdotia tribuendi. Fulcinio suffragium ad honores pollicitus, monuit « Ne facundiam violentia
præcipitaret. » Is finis fuit ulciscenda Germanici morte, non

autel à la Vengeance ; Tibère s'y opposa, en disant « que ces monuments étaient faits pour des victoires étrangères ; que les maux domestiques devaient être couverts d'un voile de tristesse. » Le même
Messalinus avait ajouté que Tibère, Augusta, Antonia, Agrippine et
Drusus recevraient les remercîments de la nation pour avoir vengé
Germanicus, et il n'avait point fait mention de Claude ; L. Asprénas demande à Messalinus, en plein sénat, si l'omission était volontaire ; et alors enfin le nom de Claude fut inscrit. Pour moi, plus
je rappelle dans ma mémoire les événements anciens et modernes, et
plus il me semble voir, dans toutes les affaires, je ne sais quel pouvoir qui se joue des choses humaines. En effet, il n'y avait personne
que la renommée, les vœux, les respects publics ne portassent à
l'empire plutôt que celui que la fortune tenait obscurément en réserve pour régner un jour.

XIX. Quelques jours après, Tibère proposa au sénat de nommer
pontifes Vitellius, Véranius et Servéus. En promettant à Fulcinius
son suffrage pour l'élever aux honneurs, il l'avertit de modérer
la violence d'une éloquence trop fougueuse. Ainsi se terminèrent les
recherches sur la mort de Germanicus, qui a été l'objet de tant de

signum aureum
in æde Martis Ultoris,
aram statuendam Ultioni,
idem prohibuit dictitans,
« Eâ sacrari,
ob victorias externas ;
mala domestica
operienda tristitia. »
Messalinus addiderat,
« Grates
agendas Tiberio
et Augustæ et Antoniæ
et Agrippinæ Drusoque,
ob vindictam Germanici, »
omiseratque
mentionem Claudii :
et quidem L. Asprenas
percontatus est Messalinum
coram senatu
an præterisset prudens ;
ac tum demum
nomen Claudii adscriptum.
Quanto revolvo plura
recentium seu veterum,
tanto magis
obversantur mihi
ludibria rerum mortalium
in cunctis negotiis.
Quippe omnes
destinabantur imperio
fama, spe,
veneratione,
potius, quam quem fortuna
tenebat in occulto
futurum principem.
XIX. Paucis diebus post
Cæsar fuit auctor senatui
tribuendi sacerdotia
Vitellio atque Veranio
et Servæo.
Pollicitus Fulcinio
suffragium ad honores,
monuit, « Ne præcipitaret
facundiam violentiâ. »
Is fuit finis
ulciscenda morte
Germanici,

une statue d'-or   [Vengeur,
devoir être élevée dans le temple de Mars
un autel devoir être dressé à la Vengeance,
le même *Tibère l'*empêcha répétant,
« Ces *monuments* être consacrés *d'ordinaire*
pour les victoires sur-l'étranger ;
les malheurs domestiques
devoir être couverts de tristesse. »
Messalinus avait ajouté,
« Des actions-de-grâces
devoir être rendues à Tibère
et à Augusta et à Antonia
et à Agrippine et à Drusus,
à cause de la vengeance de Germanicus, »
et il avait omis
toute mention de Claude :
et même L. Asprénas
demanda à Messalinus
en présence du sénat
s'il avait passé *ce nom en* ayant-l'intention ;
et, alors seulement
le nom de Claude *fut* ajouté.
Autant je déroule de plus nombreux
des *faits* récents ou anciens,
d'autant plus
se présentent à moi
des jeux des choses humaines
dans toutes les affaires.
En effet tous   [pire
étaient regardés-comme-réservés, à l'em-
par la renommée, l'espérance,
le respect,
plutôt que *celui* que la fortune
tenait en secret (gardait en réserve)
devant être (pour être) prince.
XIX. Peu de jours après
César (Tibère) fut conseiller au sénat
d'accorder des sacerdoces
à Vitellius et à Véranius
et à Servéus.
Ayant promis à Fulcinius
son suffrage pour les honneurs,
il *l'*avertit, « Qu'il ne précipitât point
son éloquence par la violence. »
Celle-là (telle) fut la fin *des démarches*
pour venger la mort
de Germanicus,

modo apud illos homines qui tum agebant, etiam secutis[1]
temporibus, vario rumore jactata : adeo maxima quæque[2]
ambigua sunt, dum alii quoquo modo audita pro compertis
habent, alii vera in contrarium vertunt ; et gliscit utrumque[3]
posteritate. At Drusus, Urbe egressus[4] repetendis auspiciis,
mox ovans introiit : paucosque post dies Vipsania[5] mater ejus
excessit, una omnium Agrippæ liberorum miti obitu ; nam
ceteros manifestum ferro[6], vel creditum est veneno aut fame[7]
exstinctos.

XX. Eodem anno Tacfarinas[8], quem priore æstate pulsum
a Camillo memoravi, bellum in Africa renovat, vagis primum
populationibus, et ob pernicitatem inultis : dein vicos exscin-
dere ; trahere graves prædas ; postremo haud procul Pagida
flumine[9] cohortem romanam circumsedit. Præerat castello
Decrius, impiger manu, exercitus militia, et illam obsidionem

controverses, non-seulement chez les contemporains, mais encore
dans les générations suivantes ; tant les faits les plus importants
restent incertains ! D'un côté, la crédulité adopte les bruits les plus
vagues ; de l'autre, la défiance rejette les faits les mieux prouvés : et
les nuages s'épaississent encore pour la postérité. Drusus, étant sorti
de Rome pour reprendre les auspices, rentra aussitôt avec les honneurs de l'ovation. Au bout de quelques jours, il perdit sa mère
Vipsanie, le seul des enfants d'Agrippa dont la mort n'ait pas été
violente ; car pour les autres, l'un périt certainement par le fer, et
le reste, si l'on en croit la renommée, par la faim ou par le poison.

XX. Tacfarinas, battu l'été précédent par Camillus, comme je l'ai
dit, recommença cette année la guerre en Afrique. Ce furent d'abord
de simples incursions, dont la promptitude assurait le succès ; il sac-
cagea ensuite des bourgades, traîna derrière lui un énorme butin ;
enfin il assiége près du fleuve Pagida une cohorte romaine. Le
fort avait pour commandant Décrius, guerrier plein de bravoure et
d'expérience, qui regardait ce siége comme un affront. Il exhorte sa

jactata rumore vario,	agitée (discutée) par des bruits divers,
non modo	non seulement
apud illos homines	parmi ces hommes
qui agebant tum,	qui vivaient alors,
etiam temporibus secutis :	mais encore dans les temps qui suivirent :
adeo sunt ambigua	tellement sont incertaines
quæque maxima,	toutes les choses les plus grandes,
dum alii	tandis que les uns
habent pro compertis	tiennent pour avérés [que,
audita modo quoquo,	des bruits entendus d'une façon quelcon-
alii vertunt vera	et que d'autres tournent les faits vrais
in contrarium;	en sens contraire ;
et utrumque	et l'une-et-l'autre chose [temps).
gliscit posteritate.	s'accroît dans la postérité (suite des
At Drusus,	Mais Drusus,
egressus Urbe	sorti de la ville (Rome)
repetendis auspiciis,	pour reprendre les auspices,
introiit mox ovans :	y entra bientôt jouissant-de-l'ovation :
postque paucos dies	et après peu de jours
Vipsania mater ejus	Vipsania mère de lui
excessit,	mourut,
una omnium liberorum	la seule de tous les enfants
Agrippæ	d'Agrippa
obitu miti;	d'une mort douce ;
nam manifestum ceteros	car il est manifeste les autres
exstinctos ferro,	avoir été anéantis par le fer,
vel creditum est	ou il a été cru eux être morts
veneno aut fame.	par le poison ou par la faim.
XX. Eodem anno	XX. La même année
Tacfarinas,	Tacfarinas,
quem memoravi	que j'ai rapporté
pulsum a Camillo	avoir été battu par Camillus
æstate priore,	l'été précédent,
renovat bellum in Africa,	renouvelle la guerre en Afrique,
primum	d'abord
populationibus vagis,	par des dévastations vagabondes,
et inultis ob pernicitatem :	et impunies à cause de sa vitesse :
dein exscindere vicos,	puis de ruiner des bourgades,
trahere graves prædas;	d'entraîner de lourds butins ;
postremo haud procul	enfin non loin
flumine Pagida	du fleuve Pagida
circumsedit	il assiégea
cohortem romanam.	une cohorte romaine.
Decrius, impiger manu,	Décrius, actif de main (homme d'action),
exercitus militia,	exercé au métier-des-armes,
et ratus illam obsidionem	et pensant ce siége-là
flagitii,	être un sujet de déshonneur,

flagitii ratus. Is, cohortatus militès ut copiam pugnæ in aperto
facerent, aciem pro castris instruit; primoque impetu, pulsa
cohorte, promptus inter tela occursat fugientibus, increpat
signiferos, « Quod inconditis aut desertoribus miles romanus
terga daret : » simul excepta vulnera, et, quanquam transfosso
oculo, adversum os in hostem intendit; neque prælium omisit,
donec desertus suis caderet.

XXI. Quæ postquam L. Apronio (nam Camillo successerat)
comperta, magis dedecore suorum quam gloria hostis anxius,
raro ea tempestate et e vetere memoria facinore, decumum
quemque ignominiosæ cohortis, sorte ductos, fusti necat[1].
Tantumque severitate profectum, ut vexillum veteranorum,
non amplius quingenti numero, easdem Tacfarinatis copias,
præsidium, cui Thala[2] nomen, aggressas, fuderint. Quo prælio
Rufus Helvius, gregarius miles, servati civis decus retulit;

troupe à présenter le combat en rase campagne, et la range en bataille devant le camp. Au premier choc la cohorte plia. Décrius,
furieux, se jette au milieu des traits et des fuyards; il arrête les
porte-enseignes, leur criant « qu'il est honteux pour le soldat romain de tourner le dos à des déserteurs, à des brigands indiscipli-
nés. » En même temps, criblé de coups, avec un œil crevé, il revient
à l'ennemi, et continue à se battre jusqu'à ce que, abandonné des
siens, il tombe mort.

XXI. A la nouvelle de cet échec, L. Apronius, successeur de Camillus, moins alarmé des succès de l'ennemi que honteux de l'opprobre des siens, renouvelle un ancien acte de rigueur, alors presque
oublié; il décime l'infâme cohorte. Tous ceux sur qui le sort tombe
expirent sous les verges. Cette sévérité produisit un si bon effet,
que cinq cents vétérans seulement défirent ces mêmes troupes de
Tacfarinas devant le fort de Thala, qu'elles avaient attaqué. Dans
ce combat, Rufus Helvius, simple soldat, eut la gloire de sauver un

præerat castello.	commandait le château.
Is, cohortatus milites	Celui-ci, ayant exhorté *ses* soldats
ut facerent copiam	pour qu'ils fournissent l'occasion
pugnæ in aperto,	d'un combat en rase *campagne*,
instruit aciem	range *sa* troupe *en bataille*
pro castris ;	devant le camp ;
cohorteque pulsa	et la cohorte ayant été repoussée
primo impetu,	au premier choc,
promptus	résolu
occursat fugientibus	il court-devant les fuyards
inter tela,	parmi les traits,
increpat signiferos,	gourmande les porte-enseignes,
« Quod miles romanus	« De ce que le soldat romain
daret terga inconditis	présentait le dos à des *gens* sans-discipline
aut desertoribus : »	ou à des déserteurs : »
simul vulnera	en même temps des blessures
excepta,	*furent* reçues *par lui*,
et, quanquam	et, quoique
oculo transfosso,	avec un œil crevé,
intendit in hostem	il présenta à l'ennemi
os adversum ;	*sa* face tournée-vers *eux*;
neque omisit prælium,	et il ne laissa pas le combat,
donec desertus suis	jusqu'à ce qu'abandonné des siens
caderet.	il tomba.
XXI. Quæ	XXI. Lesquelles choses
postquam comperta	après qu'elles *furent* connues
L. Apronio	de L. Apronius
(nam successerat Camillo),	(car il avait succédé à Camillus),
magis anxius	plus inquiet
dedecore suorum	du déshonneur des siens
quam gloria hostis,	que de la gloire de l'ennemi,
facinore raro ea tempestate	par un acte rare en ce temps-là
et e vetere memoria,	et *tiré* de l'antique mémoire (tradition),
necat fusti	il tue (fait tuer) sous de bâton
quemque decumum	chaque dixième *soldat*
cohortis ignominiosæ,	de *cette* cohorte infâme,
ductos sorte.	*tous* tirés au sort.
Profectumque tantum	Et il fut gagné tant
severitate,	par *cette* sévérité,
ut vexillum veteranorum,	qu'une enseigne (un corps) de vétérans,
non amplius quingenti	pas plus de cinq-cents *hommes*
numero,	en nombre,
fuderint easdem copias	défirent les mêmes troupes
Tacfarinatis,	de Tacfarinas,
aggressas præsidium,	qui avaient attaqué un poste,
cui nomen Thala.	auquel le nom *est* Thala.
Quo prælio Rufus Helvius,	Dans lequel combat Rufus Helvius,

donatusque est ab Apronio torquibus et hasta : Cæsar addidit
civicam coronam, quod non eam quoque Apronius, jure proconsulis [1], tribuisset, questus magis quam offensus. Sed Tacfarinas, perculsis Numidis et obsidia aspernantibus, spargit
bellum, ubi instaretur cedens, ac rursum in terga remeans.
Et, dum ea ratio barbaro fuit, irritum fessumque Romanum
impune ludificabatur : postquam deflexit ad maritimos locos,
illigatus præda, stativis castris adhærebat. Missu patris Apronius Cæsianus, cum equite et cohortibus auxiliariis, quis ve-
locissimos legionum addiderat, prosperam adversum Numidas
pugnam facit, pellitque in deserta.

XXII. At Romæ Lepida, cui, super Æmiliorum decus,
L. Sulla ac Cn. Pompeius proavi erant, defertur simulavisse
partum ex P. Quirino, divite atque orbo. Adjiciebantur adul-

citoyen. Apronius lui donna la pique et le collier ; Tibère y ajouta
la couronne civique ; le proconsul n'avait pas voulu la donner lui-
même, quoiqu'il en eût le droit, omission dont le prince se plaignit plus qu'il ne s'en offensa. Cependant Tacfarinas, voyant ses
Numides découragés et rebutés des siéges, disperse son armée par
pelotons, se retirant quand il était pressé, puis revenant sur ses
pas. Tant qu'il suivit ce plan, il se joua des Romains, qui se con-
sumaient en de vaines poursuites. Mais lorsqu'il se fut approché des
bords de la mer, l'embarras de son butin l'assujettit à des campe-
ments fixes. Alors le jeune Apronius, détaché par son père avec de
la cavalerie et des cohortes auxiliaires, auxquelles on avait joint les
légionnaires les plus agiles, attaqua avec succès les Numides, et les
repoussa au fond de leurs déserts.

XXII. Cependant Lépida, qui joignait à l'illustration du nom
Émilien l'honneur d'avoir L. Sylla et Cn. Pompée pour bisaïeuls,
est citée en justice à Rome par P. Quirinus, citoyen riche et sans
enfants, qui l'accusait d'avoir supposé un fruit de leur hymen ; il y
joignait des accusations d'adultères, d'empoisonnements, de consul-

gregarius miles,	simple soldat,
retulit decus	remporta l'honneur [citoyen);
civis servati ;	d'un citoyen sauvé (d'avoir sauvé un
donatusque est ab Apronio	et il fut gratifié par Apronius
torquibus et hasta :	de colliers et d'une pique :
Cæsar addidit	César (Tibère) ajouta
coronam civicam,	la couronne civique,
questus	s'étant plaint
magis quam offensus	plus qu'étant offensé
quod Apronius	de ce qu'Apronius
non tribuisset eam quoque,	n'avait pas accordé elle aussi,
jure proconsulis.	de son droit de proconsul.
Sed Tacfarinas,	Mais Tacfarinas,
Numidis perculsis	les Numides étant consternés
et aspernantibus obsidia,	et méprisant les (renonçant aux) siéges,
spargit bellum,	dissémine la guerre,
cedens ubi instaretur,	se retirant dès qu'on le pressait,
ac remeans rursum	et revenant de-nouveau
in terga.	sur nos derrières.
Et, dum ea ratio	Et, tant que ce système
fuit barbaro,	fut au barbare,
ludificabatur impune	il se jouait impunément
Romanum irritum	du Romain impuissant
fessumque :	et fatigué :
postquam deflexit	après qu'il eut dévié
ad locos maritimos,	vers les lieux maritimes,
illigatus præda,	embarrassé par son butin,
adhærebat castris stativis.	il s'attachait à des camps fixes.
Apronius Cæsianus,	Apronius Césianus,
missu patris,	sur l'envoi de (envoyé par) son père,
cum equite	avec le cavalier (de la cavalerie)
et cohortibus auxiliariis,	et des cohortes auxiliaires,
quis addiderat	auxquelles il avait ajouté
velocissimos legionum,	les hommes les plus agiles des légions,
facit pugnam prosperam	accomplit un combat heureux
adversum Numidas,	contre les Numides,
pellitque in deserta.	et les chasse dans les déserts.
XXII. At Romæ Lepida,	XXII. Cependant à Rome Lépida,
cui,	à qui,
super decus Æmiliorum,	outre l'honneur des Émilius,
L. Sullá ac Cn. Pompeius	L. Sylla et Cn. Pompée
erant proavi,	étaient bisaïeuls,
defertur	est accusée
simulavisse partum	d'avoir supposé un fruit
ex P. Quirino,	de P. Quirinus,
divite atque orbo.	riche et sans-enfants.
Adulteria, venena	Des adultères, des empoisonnements,

téria, venena; quæsitumque per Chaldæos[1] in domum Cæsaris;
defendente ream Manio Lepido, fratre. Quirinus, post dictum
repudium[2] adhuc infensus, quamvis infami ac nocenti, mise-
rationem addiderat. Haud facile quis dispexerit illa in cogni-
tione mentem principis; adeo vertit ac miscuit iræ et clementiæ signa : deprecatus primo senatum, ne majestatis
crimina tractarentur, mox M. Servilium, e consularibus,
aliosque testes illexit ad proferenda quæ velut reticere voluerat.
Idemque servos Lepidæ, quum militari custodia[3] haberentur,
transtulit ad consules; neque per tormenta interrogari passus
est de his quæ ad domum suam pertinerent. Exemit etiam
Drusum, consulem designatum[4], dicendæ primo loco sententiæ : quod alii civile rebantur, « Ne ceteris assentiendi
necessitas fieret; » quidam ad sævitiam trahebant : « Neque
enim cessurum, nisi damnandi officio[5]. »

XXIII. Lepida, ludorum[6] diebus, qui cognitionem inter-
venerant, theatrum cum claris feminis ingressa, lamentatione

tations astrologiques sur la destinée des Césars. Son frère Manius
Lépidus prit sa défense. Quoique décriée et coupable, cet acharnement de son époux, après un divorce, lui avait rendu la pitié publique. Il ne fut pas facile, dans le cours de cette affaire, de démêler
les sentiments du prince; tant il prit de formes différentes, et entre-
mêla les apparences du ressentiment et de la clémence! D'abord il
pria le sénat de ne point avoir égard au crime de lèse-majesté; puis
il engagea sous-main un consulaire, M. Servilius, et d'autres témoins à révéler ce qu'il avait paru vouloir taire. D'un autre côté,
il transféra les esclaves de Lépida de la garde des soldats à celle des
consuls, et ne voulut point permettre la question pour ce qui intéressait la famille impériale. Il exigea aussi que Drusus, consul désigné, n'opinât point le premier; ce qui parut à plusieurs un trait de
popularité, comme s'il eût craint que l'opinion de son fils ne fît la
loi aux autres; mais quelques-uns y virent une intention cruelle,
prétendant que Drusus n'eût pas cédé son rang s'il n'eût fallu
condamner.

XXIII. Lépida, profitant des jeux qui interrompirent l'instruction
du procès, se rendit au théâtre de Pompée, avec un cortège de

adjiciebantur; | étaient ajoutés ;
quæsitumque | et des-questions-avoir-été-faites *par elle*
per Chaldæos. | par-le-moyen des Chaldéens
in domum Cæsaris ; | contre la famille de César ;
Manio Lepido, fratre, | Manius Lépidus, *son* frère,
defendente ream. | défendant *elle* accusée.
Quirinus, infensus adhuc | Quirinus, acharné encore *contre elle*
post repudium dictum, | après le divorce prononcé,
addiderat miserationem, | avait attaché (attiré) la pitié *sur elle*,
quamvis infami ac nocenti. | quoique infâme et coupable. [ment
Haud quis dispexerit facile | Quelqu'un n'aurait pas discerné facile-
in illa cognitione | dans cette instruction
mentem principis ; | le sentiment du prince ;
adeo vertit ac miscuit | tant il changea et mêla [mence :
signa iræ et clementiæ : | les marques de la colère et de la clé-
deprecatus primo senatum, | ayant prié d'abord le sénat
ne crimina majestatis | que les accusations de *lèse*-majesté
tractarentur, | ne fussent point traitées,
mox illexit M. Servilium, | bientôt il engagea M. Servilius,
e consularibus, | *un* des consulaires,
aliosque testes | et d'autres témoins
ad proferenda | à produire *les faits*
quæ voluerat velut reticere. | qu'il avait voulu comme taire.
Idemque | Et le même *Tibère*
transtulit ad consules | transféra aux consuls
servos Lepidæ, | les esclaves de Lépida,
quum haberentur | lorsqu'ils étaient tenus
custodia militari ; | sous la garde de-soldats ;
neque passus est | et il ne souffrit pas
interrogari per tormenta | *eux* être interrogés par des tortures
de his quæ pertinerent | sur ces (les) choses qui touchaient
ad suam domum. | à sa famille.
Exemit etiam Drusum, | Il exempta aussi Drusus,
consulem designatum, | consul désigné,
dicendæ sententiæ | de dire *son* avis
primo loco : | en premier lieu :
quod alii rebantur civile, | ce que les uns pensaient libéral, [tres
« Ne fieret ceteris | « De peur que *ce* ne devînt pour les au-
necessitas assentiendi ; » | une nécessité d'être-du-même-avis ; »
quidam | quelques-uns
trahebant ad sævitiam : | tiraient *cela* à cruauté :
« Neque enim cessurum, | « Et en effet *Drusus* n'avoir pas dû céder,
nisi officio damnandi. » | sinon par devoir de condamner. »
XXIII. Diebus ludorum, | XXIII. Pendant les jours des jeux,
qui intervenerant | qui étaient arrivés-au-milieu
cognitionem, | de l'instruction,
Lepida, ingressa theatrum | Lépida, étant entrée au théâtre

flebili majores suos ciens, ipsumque Pompeium, cujus ea
monumenta¹ et adstantes imagines visebantur, tantum misericordiæ permovit, ut, effusi in lacrimas, sæva et detestanda
Quirino clamitarent, « cujus senectæ atque orbitati², et obscurissimæ domui, destinata quondam uxor L. Cæsari, ac
divo Augusto nurus, dederetur. » Dein tormentis servorum
patefacta sunt flagitia, itumque in sententiam Rubellii Blandi,
a quo aqua atque igni arcebatur. Huic Drusus assensit, quanquam alii mitius censuissent. Mox Scauro, qui filiam ex ea
genuerat, datum ne bona publicarentur. Tum demum aperuit
Tiberius, compertum sibi etiam ex P. Quirini servis, veneno
eum a Lepida petitum.

XXIV. Illustrium domuum adversa (etenim haud multum
distanti tempore Calpulnii Pisonem, Æmilii Lepidam amiserant) solatio affecit D. Silanus, Juniæ familiæ redditus : casum

femmes distinguées. Là, évoquant avec des cris lamentables les
mânes de ses ancêtres et ceux du grand Pompée, dont ce monument même était l'ouvrage, dont les statues frappaient les yeux de
toutes parts, elle excita un tel attendrissement que tous les Romains,
fondant en larmes, se répandirent en imprécations contre Quirinus,
outrés « qu'une femme, destinée jadis à être l'épouse de L. César et
la bru d'Auguste, fût ainsi sacrifiée à un vieillard obscur et sans
enfants. » Cependant les dépositions des esclaves mis à la torture ne
laissèrent aucun doute sur les déréglements de Lépida, et l'on
adopta l'avis de Rubellius Blandus, qui lui interdisait l'eau et le
feu. Cet avis fut suivi par Drusus, quoique d'autres en eussent
ouvert de plus doux. Par égard pour Scaurus, qui avait une fille de
Lépida, la confiscation n'eut pas lieu. Alors enfin Tibère déclara
savoir par les esclaves mêmes de Quirinus les tentatives de Lépida
pour empoisonner leur maître.

XXIV. Les disgrâces qui venaient de fondre presque en même
temps sur deux illustres familles, en enlevant Pison aux Calpurnius et Lépida aux Émilius, eurent une compensation dans le
rappel de Décimus Silanus, qui fut rendu à la famille Junia. Je vais re-

cum feminis claris,
ciens lamentatione flebili
suos majores,
Pompeiumque ipsum,
cujus ea monumenta
et imagines adstantes
visebantur,
permovit
tantum misericordiæ,
ut, effusi in lacrimas,
clamitarent
sæva et detestanda
Quirino,
« senectæ atque orbitati,
et domui obscurissimæ cu-
dederetur, [jus
destinata quondam
uxor L. Cæsari,
ac nurus divo Augusto. »
Dein flagitia patefacta sunt
tormentis servorum,
itumque in sententiam
Rubellii Blandi,
a quo arcebatur
aqua atque igni.
Drusus assensit huic,
quanquam alii
censuissent mitius.
Mox datum Scauro,
qui genuerat filiam ex ea,
ne bona publicarentur.
Tum demum
Tiberius aperuit,
compertum etiam sibi
ex servis P. Quirini,
eum petitum a Lepida
veneno.
XXIV. D. Silanus,
redditus familiæ Juniæ,
affecit solatio
adversa
domuum illustrium
(etenim Calpurnii
amiserant Pisonem,
Æmilii Lepidam,
tempore
hand multum distanti) :

avec des femmes distinguées,
appelant par une plainte lamentable
ses ancêtres,
et Pompée lui-même,
de qui *étaient* ces monuments (ce théâtre)
et *dont* les images présentes
étaient vues *de tout le monde,*
remua (excita)
tant de compassion,
que, se répandant (fondant) en larmes,
tous criaient
des imprécations cruelles et affreuses
contre Quirinus,
« à la vieillesse et au manque-d'enfants,
et à la famille très-obscure duquel
était livrée *une femme,*
destinée autrefois
pour épouse à L. César,
et *pour* bru au divin Auguste. »
Ensuite *ses* désordres furent révélés
par les tortures des esclaves,
et on alla (on se rangea) à l'avis
de Rubellius Blandus,
par qui elle était privée
de l'eau et du feu.
Drusus approuva cet *avis,*
quoique d'autres
eussent opiné plus doucement.
Bientôt *il fut* accordé à Scaurus,
qui avait engendré une fille d'elle,
que *ses* biens ne fussent pas confisqués.
Alors seulement
Tibère découvrit (déclara),
ceci avoir été appris aussi par lui
des esclaves de P. Quirinus,
celui-ci *avoir été* attaqué par Lepida
par du poison.
XXIV. D. Silanus,
rendu à la famille Junia,
combla (compensa) par *cette* consolation
les revers
de *deux* maisons illustres
(en effet les Calpurnius
avaient perdu Pison,
les Émilius *avaient perdu* Lepida,
à une époque
non beaucoup éloignée) :

ejus paucis repetam. Ut valida divo Augusto in rempublicam
fortuna, ita domi improspera fuit, ob impudicitiam filiæ ac
neptis, quas Urbe depulit, adulterosque earum[1] morte aut
fuga punivit. Nam culpam, inter viros ac feminas vulgatam,
gravi nomine læsarum religionum ac violatæ majestatis[2] ap-
pellando, clementiam majorum suasque ipse leges egredieba-
tur. Sed aliorum exitus, simul cetera illius ætatis memorabo[3],
si, effectis in quæ tetendi[4], plures ad curas vitam produxero.
D. Silanus, in nepti Augusti adulter, quanquam non ultra
foret sævitum quam ut amicitia Cæsaris prohiberetur, exsilium
sibi demonstrari intellexit[5]; nec, nisi Tiberio imperitante,
deprecari senatum ac principem ausus est, M. Silani fratris
potentia, qui per insignem nobilitatem et eloquentiam præ-
cellebat. Sed Tiberius grates agenti Silano, patribus coram,
respondit, « Se quoque lætari quod frater ejus e peregrina-

prendre en peu de mots son histoire. La fortune, qui avait servi si
puissamment Auguste dans les affaires de l'État, sembla l'aban-
donner dans sa famille, où les déréglements de sa fille et de sa petite-fille empoisonnèrent sa vieillesse. Il les chassa de Rome, et punit
leurs complices par la mort ou par l'exil ; car, en qualifiant une
faute si commune entre les deux sexes d'attentat contre la religion, contre la majesté, il s'écarta de la clémence de nos
ancêtres et de ses propres lois. Mais je raconterai ces faits avec
les autres événements de ce siècle, si, cet ouvrage achevé, ma
vie suffit à d'autres travaux. Pour D. Silanus, quoique ses intrigues
avec la petite-fille d'Auguste ne lui eussent attiré d'autre châtiment
que la perte de l'amitié du prince, il comprit qu'on désirait son exil,
et ce ne fut que sous Tibère qu'il osa solliciter l'empereur et le sénat
pour son rappel. Il l'obtint par le crédit de Marcus Silanus, son
frère, à qui sa noblesse et sa rare éloquence donnaient un grand
éclat. Mais comme Marcus remerciait Tibère, celui-ci répondit, en
présence de tous les sénateurs, « qu'il partageait la joie que causait

repetam paucis	je reprendrai en peu de *mots*
casum ejus.	le malheur de celui-ci (Silanus).
Ut fortuna	Comme la fortune
fuit divo Augusto,	fut au divin Auguste
valida in rempublicam,	puissante par-rapport-à la république,
ita improspera domi,	ainsi *elle fut* malheureuse dans *sa* maison,
ob impudicitiam	à cause de l'impudicité
filiæ ac neptis,	de *sa* fille et de *sa* petite-fille,
quas depulit Urbe,	lesquelles il chassa de la ville (Rome),
punivitque morte aut fuga	et il punit de la mort ou de l'exil
adulteros earum.	les amants d'elles.
Nam appellando	Car en appelant
nomine gravi	du nom grave
religionum læsarum	de religion lésée
ac majestatis violatæ	et de majesté violée
culpam vulgatam	une faute répandue (commune)
inter viros ac feminas,	entre les hommes et les femmes,
ipse egrediebatur	lui-même sortait (allait-au-delà)
clementiam majorum	de la clémence de *nos* ancêtres
suasque leges.	et de ses *propres* lois.
Sed memorabo	Mais je rapporterai
exitus aliorum,	la fin des autres *coupables*,
simul cetera	*et* en même temps les autres *faits*
illius ætatis,	de cette époque,
si produxero vitam	si je prolonge *ma* vie
ad plures curas,	pour de plus nombreuses occupations,
in quæ tetendi	*les ouvrages* vers lesquels j'ai tendu *mon*
effectis.	étant achevés. [*application*
D. Silanus, adulter	D. Silanus, adultère
in nepti Augusti,	avec la petite-fille d'Auguste,
quanquam	quoique
non sævitum foret	l'on n'eût pas sévi
ultra quam ut prohiberetur	au delà *de ceci*, qu'il fût exclu
amicitia Cæsaris,	de l'amitié de César,
intellexit exsilium	comprit l'exil
demonstrari sibi;	être indiqué à lui;
nec ausus est deprecari	et il n'osa pas implorer
senatum ac principem,	le sénat et le prince,
nisi Tiberio imperitante,	si ce n'est Tibère gouvernant,
potentia M. Silani fratris,	par la puissance de M. Silanus *son* frère,
qui præcellebat	qui dominait
per nobilitatem insignem	par une noblesse insigne
et eloquentiam.	et *par son* éloquence.
Sed Tiberius	Mais Tibère
respondit Silano	répondit à Silanus
agenti grates,	qui *lui* rendait grâces,
coram patribus,	en présence des sénateurs,

tione longinqua revertisset; idque jure licitum, quia non se-
natúsconsulto, non lege pulsus foret : sibi tamen adversus
eum integras parentis sui offensiones; neque reditu Silani
dissoluta quæ Augustus voluisset. » Fuit posthac in Urbe,
neque honores adeptus est.

XXV. Relatum deinde de moderanda Papia Poppæa[1], quam
senior Augustus, post Julias rogationes, incitandis[2] cælibum
pœnis et augendo ærario sanxerat : nec ideo conjugia et edu-
cationes liberum frequentabantur, prævalida orbitate. Ceterum multitudo periclitantium gliscebat, quum omnis domus
delatorum interpretationibus[3] subverteretur; utque antehac
flagitiis[4], ita tunc. legibus laborabatur. Ea res admonet ut de
principiis juris, et quibus modis ad hanc multitudinem infi-
nitam ac varietatem legum perventum sit, altius disseram.

XXVI. Vetustissimi mortalium[5], nulla adhuc mala libidine,

à Marcus le retour d'un frère après une longue absence; que Décimus avait été libre de revenir, puisque ni loi ni sénatus-consulte
ne l'avait banni; que cependant les ressentiments de son père
subsistaient toujours pour lui, et que le retour de Décimus ne
changeait rien aux intentions qu'Auguste avait manifestées. » Décimus resta donc à Rome, mais sans parvenir aux honneurs.

XXV. On parla ensuite d'adoucir la loi Papia Poppéa, qu'Auguste dans sa vieillesse avait ajoutée aux lois Julia pour augmenter
les peines contre le célibat et les revenus du trésor public. Cette loi
ne rendit ni les mariages plus communs, ni l'infanticide plus rare :
on gagnait trop à rester sans enfants. Du reste, elle servit à grossir
le nombre des victimes, dans un temps où les délateurs, par leurs
interprétations arbitraires, bouleversaient toutes les fortunes, et où
l'on souffrait autant des lois qu'autrefois des vices. Ceci m'engage à
recherchér l'origine de notre législation, et les causes qui ont amené
cette multitude infinie de lois différentes.

XXVI. Les premiers hommes, encore exempts de passions mau-

« Se quoque lætari | « Lui aussi se réjouir
quod frater ejus revertisset | de ce que le frère de lui était revenu
e peregrinatione | d'un voyage
longinqua; | lointain;
idque licitum jure, | et cela *lui avoir été* permis à *bon* droit,
quia non pulsus foret | parce qu'il n'avait pas été banni
senatusconsulto, | par un sénatus-consulte,
non lege : | ni par une loi :   [père
tamen offensiones sui patris | cependant les mécontentements de son
integras sibi | *rester* entiers à lui-même
adversus eum ,   [luïsset | contre celui-ci ,
neque quæ Augustus vo- | et *les choses* qu'Auguste avait voulues
dissoluta | n'*être* pas annulées
reditu Silani. » | par le retour de Silanus. »
Fuit posthac in Urbe, | *Silanus* fut désormais dans la ville (Rome),
neque adeptus est honores. | et n'obtint pas les honneurs.
XXV. Deinde relatum | XXV. Ensuite on fit un rapport
de moderanda | pour adoucir
Papia Poppæa, | *la loi* Papia Poppéa ,
quam Augustus senior, | laquelle Auguste *devenu* vieux,
post rogationes Julias, | après les lois Juliennes,
sanxerat | avait sanctionnée   [bataires
incitandis pœnis cælibum | pour aggraver les châtiments des céli-
et augendo ærario : | et pour augmenter le trésor-public :
nec conjugia | et les mariages
et educationes liberum | et les éducations d'enfants
frequentabantur ideo, | ne se multipliaient pas pour cela ,
orbitate prævalida. | le manque-d'enfants prévalant.
Ceterum | Au reste   [péril
multitudo periclitantium | la multitude des *citoyens* qui étaient-en-
gliscebat, | s'accroissait ,
quum omnis domus | puisque toute famille
subverteretur | était bouleversée
interpretationibus | par les interprétations
delatorum ; | des délateurs ;
laborabaturque tunc | et l'on souffrait alors
legibus | par les lois
ita ut antehac flagitiis. | ainsi comme auparavant par les désordres.
Ea res admonet | Cette chose *m'engage*
ut disseram altius | à ce que je parle *en remontant* plus haut
de principiis juris, | des commencements du droit,
et quibus modis perventum | et par quelles manières on arriva
ad hanc multitudinem | à cette multitude
infinitam | infinie
ac varietatem legum. | et à *cette* variété de lois.
XXVI. Vetustissimi | XXVI. Les plus anciens
mortalium | des mortels

sine probro, scelere, eoque sine pœna aut coercitionibus,
agebant. Neque præmiis opus erat, quum honesta suopte ingenio peterentur; et, ubi nihil contra morem cuperent, nihil
per metum vetabantur. At, postquam exui æqualitas, et, pro
modestia ac pudore, ambitio et vis incedebat, provenere
dominationes, multosque apud populos æternum mansere.
Quidam statim, aut postquam regum pertæsum [1], leges maluerunt. Hæ primo, rudibus hominum animis, simplices erant;
maximeque fama celebravit Cretensium, quas Minos; Spartanorum, quas Lycurgus; ac mox Atheniensibus quæsitiores
jam et plures Solon perscripsit. Nobis Romulus [2] ut libitum
imperitaverat; dein Numa religionibus et divino jure populum
devinxit; repertaque quædam a Tullo et Anco : sed præcipuus Servius Tullius sanctor legum fuit, quis etiam reges
obtemperarent.

vaises, ne connaissant ni le vice, ni le crime, n'étaient contenus ni
par les châtiments ni par l'autorité; ils n'avaient pas besoin de
l'aiguillon des récompenses, puisqu'ils recherchaient la vertu d'eux-
mêmes, ni du frein de la crainte, puisque leurs désirs étaient toujours légitimes. Mais quand l'esprit d'égalité vint à se perdre, qu'au
lieu de la modération et de l'honneur, l'ambition et la force pré-
valurent, le pouvoir arbitraire s'établit, et il s'est maintenu depuis
chez beaucoup de nations. Quelques-unes, dès le commencement, ou
après s'être dégoûtées des rois, préférèrent des lois. Des hommes
grossiers n'en eurent d'abord que de simples, parmi lesquelles l'histoire a célébré surtout celles de Minos en Crète, de Lycurgue à
Sparte; les lois qu'Athènes reçut de Solon étaient déjà plus compli-
quées et en plus grand nombre. Parmi nous, Romulus n'eut de lois
que sa volonté; Numa, qui vint après, contint le peuple par la religion et le droit divin; Ancus et Tullus firent quelques règlements;
mais c'est à Servius Tullius surtout que nous devons la plupart de
nos lois, auxquelles il assujettit les rois eux-mêmes.

agebant,
nulla mala libidine adhuc,
sine probro, scelere,
eoque sine pœna
aut coercitionibus.
Neque opus erat præmiis,
quum honesta
peterentur
suopte ingenio ;
et, ubi cuperent nihil
contra morem,
vetabantur nihil
per metum.
At, postquam æqualitas
exui,
et ambitio et vis incedebat
pro modestia ac pudore,
dominationes provenere,
mansereque æternum
apud multos populos.
Quidam maluerunt leges
statim,
aut postquam pertæsum
regum.
Hæ primo erant simplices,
animis hominum rudibus ;
famaque celebravit maxime
Cretensium, quas Minos ;
Spartanorum,
quas Lycurgus ;
ac mox Solon
perscripsit Atheniensibus
quæsitiores jam et plures.
Romulus
imperitaverat nobis
ut libitum ;
dein Numa
devinxit populum
religionibus
et jure divino ;
quædamque reperta
a Tullo et Anco
sed Servius Tullius
fuit præcipuus sanctor
legum,
quis reges etiam
obtemperarent.

passaient *leur vie*,
aucune mauvaise passion *n'étant* encore,
sans vice, *sans* crime,
et pour cela sans châtiment
ou (et) *sans* répressions.
Et besoin n'était pas de récompenses,
puisque les choses honnêtes
étaient recherchées *de chacun*
par son *propre* instinct ;
et, comme ils ne désiraient rien
contre l'ordre,
ils n'étaient empêchés de rien
par la crainte.
Mais, après que l'égalité
eut commencé à être dépouillée,
et que l'ambition et la force venaient
à-la-place-de la modestie et de l'honneur,
des tyrannies surgirent,
et elles sont demeurées éternellement
chez beaucoup de peuples.
Quelques-uns aimèrent-mieux des lois
aussitôt,
ou après qu'on se fut ennuyé
des rois.
Celles-ci d'abord étaient simples,
les âmes des hommes *étant* grossières ;
et la renommée a célébré surtout
celles des Crétois, que Minos *rédigea* ;
celles des Spartiates,
que Lycurgue *rédigea* ;
et bientôt Solon'
en rédigea pour les Athéniens [breuses.
de plus recherchées déjà et de plus nom-
Romulus
avait commandé à nous
comme il *lui* avait plu ;
ensuite Numa
enchaîna le peuple
par des rites-religieux
et par une législation divine ;
certains *principes* aussi *furent* trouvés
par Tullus et Ancus ;
mais Servius Tullius
fut le principal auteur
de lois,
auxquelles les rois même
devaient obéir.

XXVII. Pulso Tarquinio [1], adversum patrum factiones multa populus paravit tuendæ libertatis et firmandæ concordiæ; creatique decemviri, et, accitis quæ usquam egregia, compositæ Duodecim Tabulæ, finis æqui juris [2]: nam secutæ leges, etsi aliquando in maleficos ex delicto, sæpius tamen dissensione ordinum, et apiscendi illicitos honores, aut pellendi claros viros, aliaque ob prava, per vim latæ sunt. Hinc Gracchi et Saturnini [3], turbatores plebis; nec minor largitor [4] nomine senatus Drusus; corrupti spe, aut illusi per intercessionem socii. Ac ne bello quidem Italico, mox civili, omissum quin multa et diversa sciscerentur, donec L. Sulla dictator, abolitis vel conversis prioribus, quum plura addidisset, otium ejus rei haud in longum paravit; statim turbidis Lepidi rogationibus [5], neque multo post tribunis reddita licentia [6], quoquo

XXVII. Après l'expulsion de Tarquin, le peuple se donna plusieurs garanties contre les factions des nobles, pour assurer sa liberté et resserrer les liens de la concorde. Des décemvirs furent créés, qui, empruntant aux législations étrangères ce qu'elles avaient de meilleur, en formèrent les Douze Tables, dernières lois fondées sur l'équité. Depuis, si l'on excepte quelques lois contre des coupables à l'occasion d'attentats, la plupart, nées des dissensions entre les ordres, du désir d'usurper des honneurs illicites, de chasser des hommes illustres, ou d'autres motifs également criminels, furent l'ouvrage de la violence. De là les troubles excités parmi le peuple par les Gracques et les Saturninus; de là, du côté du sénat, les largesses non moins ambitieuses de Drusus, tantôt corrompant les alliés par des promesses, tantôt les insultant par des refus. La guerre d'Italie, et la guerre civile qui lui succéda, n'en virent pas moins éclore une foule de lois nouvelles qui se combattaient, jusqu'à ce que Sylla, dictateur, les abolissant ou les changeant, et en ajoutant beaucoup d'autres, rétablit pour un moment le calme, que troublèrent bientôt les lois séditieuses de Lépidus, et, peu de temps après, le pouvoir rendu aux tribuns d'agiter le peuple au gré de

XXVII. Tarquinio pulso,	XXVII. Tarquin ayant été chassé,
populus paravit multa	le peuple prépara de nombreux *moyens*
tuendæ libertatis	de défendre sa liberté
et firmandæ concordiæ	et d'affermir la concorde
adversum factiones	contre les factions
patrum;	des sénateurs;
decemvirique creati,	et des décemvirs *furent* créés,
et, quæ egregia	et, *les lois* qui *étaient* les meilleures
usquam	quelque-part (partout)
accitis,	étant appelées (introduites);
Duodecim Tabulæ	les Douze Tables
compositæ,	*furent* composées,
finis juris æqui :	*qui sont* la fin du droit équitable :
nam leges secutæ,	car les lois qui suivirent, [chants
etsi aliquando in maleficos	bien que *portées* parfois contre les mé-
ex delicto,	par-suite-d'un crime,
sæpius tamen	*nées* plus souvent cependant
dissensione ordinum,	de la dissension des ordres,
et apiscendi	et *du désir* d'acquérir
honores illicitos,	des honneurs illicites,
aut pellendi viros claros,	ou de bannir des hommes illustres,
obque alia prava,	et pour d'autres *desseins* mauvais,
latæ sunt per vim.	furent portées par la violence.
Hinc Gracchi et Saturnini,	De là les Gracques et les Saturninus,
turbatores plebis;	perturbateurs du peuple;
nec Drusus largitor minor	et Drusus prodigue non moindre (non
nomine senatus;	au nom du sénat; [moins prodigue)
socii corrupti spe,	les alliés gâtés par l'espérance,
aut illusi	ou joués
per intercessionem.	par une opposition *tribunitienne.*
Ac ne bello quidem Italico,	Et pas même dans la guerre d'-Italie,
mox civili,	et bientôt *dans la guerre* civile,
omissum	on n'omit *de faire en sorte*
quin multa et diversa	que *des lois* nombreuses et diverses
sciscerentur :	fussent décrétées;
donec L. Sulla dictator,	jusqu'à ce que L. Sylla dictateur,
quum addidisset plura,	lorsqu'il eut ajouté plus de *lois*,
prioribus abolitis	les premières étant abolies
vel conversis,	ou changées,
paravit otium ejus rei	prépara la cessation de cet état-de-choses
haud in longum;	non pour un long *temps*;
rogationibus turbidis	les propositions séditieuses
Lepidi	de Lépidus
statim,	*ayant éclaté* aussitôt;
neque multo post	et non beaucoup après
licentia reddita tribunis	la licence ayant été rendue aux tribuns

vellent, populum agitandi. Jamque non modo in commune, sed in singulos homines latæ quæstiones[1]; et corruptissima republica plurimæ leges.

XXVIII. Tum Cn. Pompeius, tertium consul[2], corrigendis moribus delectus, et gravior remediis quam delicta erant, suarumque legum auctor idem ac subversor, quæ armis tuebatur, armis amisit. Exin continua per viginti annos[3] discordia : non mos, non jus; deterrima quæque impune, ac multa honesta exitio fuere. Sexto demum consulatu Cæsar Augustus, potentiæ securus, quæ triumviratu jusserat abolevit, deditque jura, quis pace et principe uteremur. Acriora ex eo vincla, inditi custodes, et lege Papia Poppæa præmiis inducti, ut, si a privilegiis parentum cessaretur, velut parens omnium populus vacantia teneret. Sed altius penetrabant, Urbemque et Italiam, et quod usquam civium, corripuerant : multorumque

leur ambition. Dès lors on ne fit pas seulement des lois pour tous, on en fit souvent contre un seul; et, plus la république était corrompue, plus les lois se multipliaient.

XXVIII. Pompée, chargé, dans son troisième consulat, de réformer les mœurs, employa des remèdes plus dangereux que les maux; et, premier infracteur de ses propres lois, il perdit par les armes un pouvoir fondé sur les armes. Vinrent ensuite vingt années de discordes, le mépris des lois et des coutumes, l'impunité assurée aux plus grands crimes, et la mort devenue le plus souvent le prix de la vertu. Enfin, pendant son sixième consulat, César Auguste, sûr de sa puissance, abolit les actes de son triumvirat, et fit une constitution qui nous donnait la paix sous un prince. Dès ce moment les liens de l'autorité furent plus étroits, et nous eûmes des surveillants. La loi Papia Poppæa, qui substituait le peuple romain, comme père commun, pour recueillir tous les legs échus à des citoyens qui n'avaient point le privilége des pères, intéressait par des récompenses les délateurs à l'exécution de la loi; mais ils allèrent plus loin qu'elle : ils enveloppèrent dans leurs recherches Rome, l'Italie, tout l'empire. Déjà ils avaient renversé une foule de

agitandi populum ,
quoquo vellent.
Jamque quæstiones latæ
non modo;
in commune ,
sed in homines singulos ;
et republica corruptissima
leges plurimæ..
XXVIII. Tum
Cn. Pompeius ,
consul tertium ,
delectus
corrigendis moribus,
et gravior remediis,
quam erant delicta ,
idemque auctor
ac subversor
suarum legum ,
amisit armis
quæ tuebatur armis.
Exin discordia continua,
per viginti annos :
non mos, non jus ;
quæque deterrima
impune ,
ac multa honesta
fuere exitio.
Demum sexto consulatu
Cæsar Augustus,
securus potentiæ,
abolevit quæ jusserat
triumviratu,
deditque jura,
quis uteremur
pace et principe;
Ex eo vincla acriora ,
custodes inditi ,
et inducti præmiis
lege Papia Poppæa ,
ut , si cessaretur
a privilegiis parentum,
populus teneret vacantia
velut parens omnium.
Sed penetrabant altius,
corripuerantque
Urbem et Italiam ,
et quod usquam civium :

d'agiter le peuple ,
dans-quelque-sens-qu'ils voulussent.
Et dès-lors des lois *furent* portées
non *plus* seulement
pour l'universalité *des citoyens* ,
mais pour des hommes isolés ;
et la république *étant* le plus corrompue
les lois *furent* le plus nombreuses.
XXVIII. Alors
Cn. Pompée ,
consul pour-la-troisième-fois ,
fut choisi
pour corriger les mœurs ,
et plus dangereux par *ses* remèdes
que *n'étaient* les délits ,
et le même (à la fois) auteur
et infracteur
de ses *propres* lois ,
perdit par les armes
ce qu'il défendait par les armes.
Ensuite la discorde *fut* continuelle,
pendant vingt années :   [droit ;
ni coutume (respect de la coutume), ni
toutes *les actions* les plus mauvaises
furent sans-punition,
et beaucoup *d'actions* honnêtes
furent à perte (perdirent leurs auteurs).
Enfin dans *son* sixième consulat
César Auguste ,
sûr de *sa* puissance ,
abolit les choses qu'il avait ordonnées
dans *son* triumvirat ,
et donna des lois
par lesquelles nous pussions jouir
de la paix et d'un prince.
Dès ce *moment* les liens *furent* plus durs,
des gardiens *furent* ajoutés ,
et alléchés par des récompenses
par la loi Papia Poppéa ,   [gence
à ce que , si l'on s'éloignait-par-négli-
des priviléges des pères-de-famille ,
le peuple possédât les *biens* vacants
comme *étant* le père de tous.
Mais *ces mesures* pénétraient plus avant,
et avaient saisi (envahi)
la ville (Rome) et l'Italie ,   [citoyens :
et ce *qu'il y a* quelque-part (partout) de

excisi status, et terror omnibus. intentabatur; ni Tiberius, statuendo remedio, quinque consularium, quinque e prætoriis,-totidem è cetero senatu, sorte duxisset, apud quos exsoluti plerique legis nexus modicum in præsens levamentum fuere.

XXIX. Per idem tempus Neronem[1], e liberis Germanici, jam ingressum juventam, commendavit patribus; utque munere capessendi vigintiviratus[2] solveretur, et, quinquennio maturius[3] quam per leges, quæsturam peteret, non sine irrisu audientium postulavit. Prætendebat sibi atque fratri decreta eadem, petente Augusto. Sed neque tum fuisse dubitaverim, qui ejusmodi preces occulti illuderent : ac tamen initia fastigii Cæsaribus erant; magisque in oculis vetus mos, et privignis cum vitrico levior necessitudo quam avo adversum nepotem. Additur pontificatus, et, quo primum die forum ingressus

fortunes et les alarmaient toutes, lorsque Tibère, pour remédier au désordre, fit tirer au sort quinze sénateurs, dont cinq ex-préteurs et cinq consulaires. Ceux-ci, ayant levé plusieurs difficultés de la loi, apportèrent un soulagement momentané.

XXIX. Dans le même temps, Tibère recommanda aux sénateurs Néron, l'aîné des enfants de Germanicus, déjà sorti de l'adolescence. Il demanda pour lui la dispense du vigintivirat et la permission de solliciter la questure cinq ans avant l'âge prescrit par les lois. Le sérieux de cette demande ne laissa pas d'exciter en secret quelques plaisanteries. Il alléguait que la même grâce avait été accordée à son frère et à lui, sur la demande d'Auguste; mais je ne doute point que dès lors une telle prière n'ait donné lieu à plus d'une raillerie secrète; et cependant la grandeur des Césars était encore au berceau. On avait moins perdu de vue les usages anciens, et des beaux-fils ne formaient pas avec un beau-père des liaisons aussi étroites qu'un petit-fils avec son aïeul. A la questure on joignit le pontificat, et, le jour où Néron fit sa première entrée au forum, on

statusque multorum,   et les fortunes de beaucoup
excisi,   *furent* sapées,
et terror   et la terreur
intentabatur omnibus;   était dirigée-contre tous ;
ni Tiberius,   si Tibère,
statuendo remedio,   pour établir un remède,
duxisset sorte   n'eût tiré au sort
quinque consularium,   cinq des consulaires,
quinque e prætoriis,   cinq des anciens-préteurs,
totidem e cetero senatu,   tout-autant *de citoyens* du reste-du sénat,
apud quos   auprès desquels (par qni)
plerique nexus legis   la plupart des liens de la loi
exsoluti   ayant été défaits
fuere in præsens   furent pour le présent
modicum levamentum.   un médiocre soulagement.

XXIX. Per idem tempus   XXIX. Pendant le même temps
commendavit patribus   il recommanda aux sénateurs
Neronem,   Néron,
e liberis Germanici,   *un* des fils de Germanicus,
jam ingressum juventam;   déjà entré-dans la jeunesse ;
postulavitque,   et il demanda,
non sine irrisu   non sans dérision
audientium,   des (de la part des) auditeurs,
ut solveretur munere   qu'il fût affranchi du devoir
capessendi vigintiviratus,   de briguer le vigintivirat,
et peteret quæsturam   et qu'il sollicitât la questure
quinquennio maturius   cinq-ans plus tôt
quam per leges.   qu'*il n'était permis* par les lois.
Prætendebat eadem   Il allégait les mêmes *priviléges*
decreta sibi atque fratri,   *avoir été* décernés à lui et à *son* frère,
Augusto petente.   Auguste *le* demandant.
Sed neque dubitaverim   Mais aussi je ne douterais pas
fuisse tum,   *des gens* avoir été alors,
qui occulti   qui en-secret
illuderent preces   se moquaient de prières
ejusmodi :   de cette sorte :
ac tamen erant Cæsaribus   et cependant c'étaient pour les Césars
initia fastigii;   les commencements de l'élévation;
mosque vetus   et la coutume ancienne
magis in oculis,   *était* plus sous les yeux,
et privignis   et pour les enfants-d'un=premier-lit
necessitudo cum vitrico   la liaison avec *leur* beau-père   [aïeul
levior quam avo   *était* plus légère (moindre) que pour un
adversum nepotem.   vis-à-vis de *son* petit-fils.
Pontificatus additur,   Le pontificat est ajouté,   [fois
et die quo primum   et le jour dans lequel pour-la-première-
ingressus est forum,   il (Néron) entra au forum,

est, congiarium.[4] plebi, admodum lætæ quod Germanici stirpem jam puberem adspiciebat. Auctum dehinc gaudium nuptiis Neronis et Juliæ[2], Drusi filiæ. Utque hæc secundo rumore, ita adversis animis acceptum, quod filio Claudii socer Sejanus destinaretur[3]. Polluisse nobilitatem familiæ videbatur, suspectumque jam nimiæ spei Sejanum ultra extulisse.

XXX. Fine anni concessere vita insignes viri, L. Volusius et Sallustius Crispus. Volusio vetus familia, neque tamen præturam egressa : ipse consulatum intulit, censoria etiam potestate legendis equitum decuriis[4] functus, opumque, quis domus illa immensum viguit, primus accumulator. Crispum, equestri ortum loco, C. Sallustius, rerum romanarum florentissimus auctor, sororis nepotem in nomen adscivit. Atque ille, quanquam prompto ad capessendos honores aditu ; Mæcenatem

distribua le *congiarium* au peuple, joyeux de voir déjà à cet âge, un fils de Germanicus. La satisfaction s'accrut encore par le mariage de Néron avec Julie, fille de Drusus. Mais si cette alliance obtint l'approbation générale, on vit avec le plus grand mécontentement que Séjan allait devenir le beau-père du fils de Claude. On trouva que Tibère avait souillé la noblesse de sa maison, et beaucoup trop élevé un favori déjà suspect d'une ambition démesurée.

XXX. Sur la fin de l'année moururent deux personnages distingués, L. Volusius et Sallustius Crispus. La famille de Volusius, quoique ancienne, ne s'était élevée qu'à la préture. Il y porta le consulat; il exerça même les fonctions de censeur pour l'élection des chevaliers, et, le premier, amassa ces grands biens qui donnèrent à sa maison un immense crédit. Pour Crispus, il sortait d'une famille équestre. Ce fut le fameux historien C. Salluste, son grand-oncle, qui, en l'adoptant, lui donna son nom. Il eût pu facilement parvenir aux honneurs, mais il les dédaigna comme Mécène; et, comme lui, sans être sénateur, il surpassait en crédit

congiarium plebi,
admodum lætæ
quod adspiciebat
stirpem Germanici
jam puberem.
Dehinc gaudium auctum
nuptiis Neronis et Juliæ,
filiæ Drusi.
Utque hæc
rumore secundo,
ita acceptum
animis adversis,
quod Sejanus
destinaretur socer
filio Claudii.
Videbatur polluisse
nobilitatem familiæ,
extulisseque ultra
Sejanum jam suspectum
spei nimiæ.
XXX. Fine anni
L. Volusius
et Sallustius Crispus,
viri insignes,
concessere vita.
Volusio familia vetus,
neque egressa tamen
præturam :
ipse intulit consulatum,
functus etiam
potestate censoria
legendis decuriis
equitum,   [opum
primusque accumulator
quis illa domus
viguit immensum.
C. Sallustius,
auctor florentissimus,
rerum romanarum,
adscivit in nomen
nepotem sororis,
Crispum,
ortum loco equestri.
Atque ille,
quanquam aditu prompto
ad capessendos honores,
æmulatus Mæcenatem,

une largesse au peuple,
qui était très-joyeux
de ce qu'il voyait
un rejeton de Germanicus
déjà en-âge-de-puberté.
Puis la joie fut augmentée
par les noces de Néron et de Julie,
fille de Drusus.
Et de même que ces choses   [rables,
furent accueillies par des propos favo
de même ceci fut accueilli
par des dispositions-d'esprit ennemies,
savoir que Séjan
fût destiné pour beau-père
au fils de Claude.
Il (Tibère) paraissait avoir souillé
la noblesse de sa famille,
et avoir élevé au delà des bornes
Séjan déjà suspect.
d'espérance excessive.
XXX. A la fin de l'année
L. Volusius
et Sallustius Crispus,
hommes distingués,
sortirent de la vie.
A Volusius la famille était ancienne,
et n'ayant pas dépassé pourtant
la préture :
lui-même y introduisit le consulat,
ayant exercé aussi
la puissance de-censeur
pour choisir les décuries
de chevaliers,
et le premier qui accumula les richesses
par lesquelles cette maison
eut-du-crédit immensément.
C. Salluste,
l'auteur (l'écrivain) le plus florissant
des événements de-Rome (de l'histoire
admit à son nom (adopta)   [romaine),
le petit-fils de sa sœur,
Crispus,
né d'un rang équestre.
Et celui-là (Crispus),
quoique l'accès étant facile
pour briguer les honneurs,
ayant imité Mécène,

æmulatus, sine dignitate senatoria, multos triumphalium con-
sulariumque potentia anteiit, diversus a veterum instituto per
cultum et munditias, copiaque et affluentia luxu propior : suberat tamen vigor animi ingentibus negotiis par, eo acrior quo
somnum et inertiam magis ostentabat. Igitur, incolumi Mæce-
nate, proximus, mox præcipuus cui secreta imperatorum in-
niterentur, et interficiendi Postumi Agrippæ conscius, ætate
provecta, speciem magis in amicitia principis quam vim tenuit.
Idque et Mæcenati acciderat : fato potentiæ raro sempiternæ ;
an satias capit aut illos, quum omnia tribuerunt, aut hos,
quum jam nihil reliquum est quod cupiant.

XXXI. Sequitur Tiberii quartus, Drusi secundus consulatus[1],
patris atque filii collegio insignis. Nam, biennio ante, Germanici cum Tiberio idem honor, neque patruo lætus, neque na-

beaucoup de consulaires et de triomphateurs. Il avait un soin de sa
parure bien opposé à l'esprit de nos pères, et des recherches de luxe
et de voluptés qui lui donnaient un air efféminé : sous cet air toutefois il cachait une vigueur d'esprit capable des plus grandes affaires,
et d'autant plus d'activité qu'il affectait plus d'indolence et de mol-
lesse. Aussi, le second dans la confiance du prince tant que vécut
Mécène, il fut, après lui, le principal dépositaire des secrets du
palais, et complice de l'assassinat de Postumus Agrippa. Mais dans
sa vieillesse il conserva plutôt l'apparence que la réalité du crédit ;
ce qui était arrivé aussi à Mécène, soit par cette fatalité attachée au
pouvoir, qui est rarement durable, soit par je ne sais quel dégoût
qui vient saisir ou les princes qui ont tout donné, ou les favoris qui
ont tout obtenu.

XXXI. Le consulat suivant, qui était le quatrième de Tibère et
le second de Drusus, fut remarquable par l'association du père et
du fils. Deux ans auparavant, Germanicus avait eu aussi pour
collègue Tibère ; mais qui n'était son père ni par la nature, ni par

sine dignitate senatoria,	sans dignité sénatoriale,
antelit potentia	surpassa en puissance
multos triumphalium	beaucoup des triomphateurs
consulariumque,	et des consulaires,
diversus	s'écartant
ab instituto veterum	de la coutume des anciens
per cultum et munditias,	par *sa* manière-de-vivre et *sa* parure,
propiorque luxu	et plus près du luxe
copia et affluentia :	par la foule et l'abondance *des plaisirs :*
tamen suberat	cependant il y-avait-sous *ces dehors*
vigor animi	une vigueur d'esprit [affaires,
par ingentibus negotiis,	égale aux (suffisante pour les) grandes
acrior	plus active
eo quo ostentabat magis	par ce qu'il affectait davantage
somnum et inertiam.	le sommeil et la nonchalance.
Igitur, Mæcenate	Donc, Mécène
incolumi,	*étant* sain-et-sauf (vivant),
proximus,	le premier-après-lui,
mox præcipuus	puis le principal *confident*
cui inniterentur	sur lequel s'appuyaient
secreta imperatorum,	les secrets des empereurs,
et conscius	et complice
interficiendi	de (pour) tuer
Postumi Agrippæ,	Postumus Agrippa,
ætate provecta,	dans un âge avancé,
tenuit in amicitia principis	il conserva dans l'amitié du prince
speciem magis quam vim.	l'apparence plus que la force.
Idque acciderat	Et cela était arrivé
et Mæcenati :	aussi à Mécène :
fato potentiæ	*est-ce* par la destinée de la puissance
raro sempiternæ ;	*qui est* rarement éternelle ;
an satietas capit	ou *parce que* le dégoût prend
aut illos,	ou ceux-là (les princes),
quum tribuerunt omnia,	lorsqu'ils ont accordé tout,
aut hos,	ou ceux-ci (les favoris),
quum jam	lorsque enfin
nihil est reliquum	rien n'est de-reste
quod cupiant.	qu'ils puissent désirer.
XXXI. Sequitur	XXXI. Suit
quartus consulatus Tiberii,	le quatrième consulat de Tibère,
secundus Drusi,	le second de Drusus, [collégues
insignis collegio	remarquable par l'association - comme -
patris atque filii.	du père et du fils.
Nam, biennio ante,	Car, deux-ans auparavant,
idem honor fuerat	le même honneur avait été
Germanici cum Tiberio,	à Germanicus avec Tibère,
neque lætus patruo,	*honneur* ni agréable à l'oncle,

tura tam connexus, fuerat. Ejus anni principio Tiberius, quasi
firmandæ valetudini, in Campaniam concessit, longam et continuam absentiam[1] paulatim meditans ; sive ut, amoto patre,
Drusus munia consulatus solus impleret. Ac forte parva res,
magnum ad certamen progressa, præbuit juveni materiem
apiscendi favoris. Domitius Corbulo[2], prætura functus, de
L. Sulla, nobili juvene, questus est apud senatum, quod sibi
inter spectacula gladiatorum loco non decessisset[3]. Pro Cor-
bulone ætas, patrius mos, studia seniorum erant : contra Mamercus Scaurus et L. Arruntius aliique Sullæ propinqui nitebantur. Certabantque orationibus, et memorabantur exempla
majorum, qui juventutis irreverentiam[4] gravibus decretis no-
tavissent : donec Drusus apta temperandis animis disseruit ;
et satisfactum Corbuloni per Mamercum, qui patruus simul ac
vitricus Sullæ[5], et oratorum ea ætate uberrimus erat. Idem

le cœur. Dès le commencement de l'année, le prince, sous prétexte
de rétablir sa santé, se retira dans la Campanie, préludant par là à
sa longue et continuelle absence, ou peut-être pour laisser à son fils
l'honneur de gérer seul et loin de lui le consulat. En effet, une
affaire peu importante, mais qui produisit de grandes contestations,
fournit à Drusus l'occasion d'acquérir la faveur publique. Un jeune
patricien, du nom de L. Sylla, dans un spectacle de gladiateurs,
avait refusé de céder sa place à Domitius Corbulon, ancien préteur ; celui-ci s'en plaignit au sénat. Il avait pour lui son âge, les
anciennes coutumes, la faveur des vieillards. De leur côté, Mamercus Scaurus, L. Arruntius et les autres parents de Sylla le défen-
daient avec chaleur. De part et d'autre les contestations furent
vives, et l'on citait d'anciens décrets qui avaient rigoureusement
puni dans les jeunes gens ce manque de respect. Enfin Drusus
parla à son tour ; il concilia les esprits avec adresse, et Corbulon se
contenta d'une satisfaction que lui fit Scaurus, l'orateur le plus
fécond de ce siècle, et qui était à la fois l'oncle et le beau-père de

neque tam connexus	ni aussi *intimement* lié
natura.	par la nature.
Principio ejus anni	Au commencement de cette année
Tiberius,	Tibère,
quasi firmandæ valetudini,	comme pour fortifier *sa* santé,
concessit in Campaniam,	se retira dans la Campanie,
meditans paulatim	s'essayant peu-à-peu
absentiam longam	à une absence longue
et continuam;	et continuelle;
sive ut Drusus,	soit afin que Drusus,
patre amoto,	*son* père étant écarté,
impleret solus	remplît seul
munia consulatus.	les fonctions du consulat.
Ac forte res parva,	Et par-hasard une affaire petite,
progressa	étant venue
ad magnum certamen,	à un grand débat,
præbuit juveni materiem	fournit au jeune *prince* une occasion
apiscendi favoris.	d'acquérir la faveur *publique*.
Domitius Corbulo,	Domitius Corbulon,
functus prætura,	qui avait exercé la préture,
questus est apud senatum	se plaignit devant le sénat
de L. Sulla, juvene nobili,	de L. Sylla, jeune noble,
quod non decessisset loco	parce qu'il ne s'était pas retiré de *sa* place
sibi	pour lui
inter spectacula	dans des spectacles
gladiatorum.	de gladiateurs.
Ætas, mos patrius,	L'âge, la coutume des-pères,
studia seniorum	la faveur des vieillards
erant pro Corbulone:	étaient pour Corbulon:
contra nitebantur	contre *lui* s'efforçaient
Mamercus Scaurus	Mamercus Scaurus
et L. Arruntius	et L. Arruntius
aliique propinqui Sullæ.	et d'autres proches de Sylla.
Certabantque orationibus,	Et ils rivalisaient par des discours,
et exempla majorum	et les exemples des ancêtres
memorabantur,	étaient rapportés,
qui notavissent	lesquels *ancêtres* avaient flétri
decretis gravibus	par des décrets sévères
irreverentiam juventutis:	l'irrévérence de la jeunesse:
donec Drusus disseruit	jusqu'à ce que Drusus développa
apta temperandis animis;	des *raisons* propres à modérer les esprits;
et satisfactum Corbuloni	et il fut satisfait à Corbulon
per Mamercum,	par *l'organe de* Mamercus,
qui erat simul	qui était à la fois
patruus ac vitricus Sullæ,	oncle et beau-père de Sylla,
et uberrimus oratorum	et le plus abondant des orateurs
ea ætate.	dans ce temps-là.

Corbulo, plurima per Italiam itinera, fraude mancipum et incuria magistratuum, interrupta et impervia clamitando, exsecutionem ejus negotii libens suscepit : quod haud perinde publice usui habitum, quam exitiosum multis, quorum in pecuniam atque famam damnationibus et hasta sæviebat.

XXXII. Neque multo post, missis ad senatum litteris, Tiberius motam rursum Africam¹ incursu Tacfarinatis docuit, « judicioque patrum deligendum pro consule gnarum militiæ, corpore validum, et bello suffecturum. » Quod initium Sex. Pompeius agitandi adversus M'. Lepidum² odii nactus, « ut socordem, inopem, et majoribus suis dedecorum, eoque etiam Asiæ sorte depellendum, » incusavit; adverso senatu, qui Lepidum mitem magis quam ignavum, paternas ei angustias, et nobilitatem sine probro actam, honori quam ignominiæ

Sylla. Ce même Corbulon s'était plaint de la dégradation de la plupart des chemins de l'Italie, restés imparfaits ou devenus impraticables par l'infidélité des entrepreneurs et par la négligence des magistrats. Il se chargea d'y pourvoir lui-même, ce qui fut encore moins utile au public que funeste à beaucoup de particuliers, qu'il dépouilla de leurs biens et de leur honneur par des flétrissures et des confiscations.

XXXII. Peu de temps après, on reçut une lettre de Tibère. Le prince, en informant les sénateurs d'une nouvelle incursion de Tacfarinas en Afrique, leur faisait sentir la nécessité de choisir pour proconsul un homme qui eût la connaissance de la guerre, et la force d'en supporter les fatigues. Sextus Pompéius, saisissant cette occasion d'exercer sa haine contre Manius Lépidus, le peignit comme « un lâche, qui déshonorait ses ancêtres par sa pauvreté, et que pour cette raison il fallait exclure du gouvernement de l'Asie. » Ces inculpations déplurent au sénat, qui trouvait Lépidus plus doux que faible, et beaucoup plus honoré que flétri par une pauvreté qu'il tenait de ses pères, et qu'il avait soutenue sans bassesse. On

Idem Corbulo, clamitando
plurima itinera per Italiam
interrupta et impervia
fraude mancipum
et incuria magistratuum,
suscepit libens
exsecutionem
ejus negotii :
quod haud habitum usui
publice ,
perinde quam exitiosum
multis,
in pecuniam
atque famam quorum
sæviebat damnationibus
et hasta.   [post,

XXXII. Neque   multo
litteris missis ad senatum,
Tiberius docuit
« Africam motam rursum
incursu Tacfarinatis ,
deligendumque
pro consule,
judicio patrum,
gnarum militiæ,
validum corpore,
et suffecturum bello. »
Quod initium
Sex. Pompeius nactus
agitandi odii
adversus M'. Lepidum ,
incusavit
« ut socordem, inopem,
et dedecorum
suis majoribus,
eoque etiam depellendum
sorte Asiæ; »
senatu adverso,
qui ducebat Lepidum
mitem
magis quam ignavum,
angustias paternas ,
et nobilitatem
actam sine probro
habendam ei
honori
quam ignominiæ.

Le même Corbulon , en criant-souvent
beaucoup de routes à travers l'Italie
être interceptées et impraticables
par la fraude des entrepreneurs
et par l'incurie des magistrats ,
se chargea volontiers
de l'exécution
de cette affaire (entreprise) :
ce qui ne fut pas à utilité
publiquement (pour le public) ,
autant que ruineux
pour beaucoup ,
contre l'argent
et la réputation desquels
il sévissait par des condamnations
et par l'encan.

XXXII. Et non beaucoup après ,
une lettre étant envoyée au sénat,
Tibère *l'*instruisit
« l'Afrique *être* agitée de-nouveau
par une incursion de Tacfarinas ,
et devoir être choisi
au lieu de consul (comme proconsul),
par le jugement des sénateurs,   [armes,
un *homme* connaissant le métier-des-
fort de corps,
et devant (pouvant) suffire à la guerre. »
Lequel commencement
Sextus Pompéius ayant trouvé
d'exercer *sa* haine
contre M'. Lépidus,
il *l'*accusa
« comme lâche, indigent ,
et déshonorant
pour ses ancêtres ,
et pour cela même devant être écarté
du tirage-au-sort de l'Asie; »
le sénat *étant* opposé,
qui estimait Lépidus
être doux
plus que lâche,
sa détresse *venir* de-son-père,
et *sa* noblesse
passée sans honte
devoir être tenue (comptée) à lui
à honneur
plus qu'à ignominie.

habendam ducebat. Igitur missus in Asiam. Et de Africa decretum, ut Cæsar legeret cui mandanda foret.

XXXIII. Inter quæ Severus Cæcina[1] censuit ne quem magistratum, cui provincia obvenisset, uxor comitaretur : multum ante repetito, « Concordem sibi conjugem et sex partus enixam; seque, quæ in publicum statueret, domi servavisse, cohibita intra Italiam, quanquam ipse plures per provincias quadraginta stipendia explevisset. Haud enim frustra placitum olim ne feminæ in socios aut gentes externas traherentur : inesse mulierum comitatui quæ pacem luxu, bellum formidine morentur, et romanum agmen ad similitudinem barbari incessus convertant. Non imbecillum tantum et imparem laboribus sexum, sed, si licentia adsit, sævum, ambitiosum, potestatis avidum; incedere inter milites, habere ad manum centuriones : præsedisse nuper feminam[2] exercitio cohortium, decursu legionum. Cogitarent ipsi, quoties repetundarum aliqui arguerentur, plura uxoribus objectari : his statim adhære-

l'envoya donc en Asie.; et, quant à l'Afrique, on décida que le prince y pourvoirait lui-même.

XXXIII. Dans cette discussion, Sévérus Cécina proposa de défendre aux magistrats de mener leurs femmes dans leurs gouvernements. Il commença par déclarer « qu'il avait une épouse d'une humeur assortie à la sienne, mère de six enfants, et que, ce qu'il imposait aux autres, il se l'était prescrit à lui-même, l'ayant toujours fait rester en Italie, quoiqu'il eût servi quarante ans entiers dans différentes provinces. Ce n'était point sans raison que les ancêtres s'étaient abstenus de traîner leurs femmes chez les alliés et au milieu des nations étrangères. Les femmes avec tout leur cortége embarrassaient en paix par leur luxe, en guerre par leurs frayeurs, et donnaient aux légions romaines l'aspect d'une horde de barbares. Non-seulement ce sexe était faible, incapable de supporter les fatigues, mais il devenait encore, dans l'occasion, cruel, ambitieux, avide de pouvoir; on les voyait marcher au milieu des soldats, disposer des centurions : une femme dernièrement avait présidé à l'exercice des légions et aux évolutions des cohortes. N'avaient-ils pas vu eux-mêmes, dans toutes les accusations de péculat, les plus

Igitur missus in Asiam. | Donc *il fut* envoyé en Asie.
Et de Africa decretum | Et pour l'Afrique il fut décidé
ut Cæsar legeret | que César (Tibère) choisirait
cui mandanda foret. | *celui* à-qui elle devait être confiée.

XXXIII. Inter quæ | XXXIII. Au milieu desquelles choses
Severus Cæcina censuit | Sévérus Cécina opina
ne uxor comitaretur | que l'épouse n'accompagnât
quem magistratum, | aucun magistrat,
cui provincia obvenisset : | à qui une province serait échue :
repetito multum ante, | *ceci* étant répété beaucoup auparavant,
« Sibi conjugem concordem | « A lui *être* une épouse d'humeur-assortie
et enixam sex partus ; | et qui avait mis-au-monde six enfants ;
seque servavisse domi | et lui-même avoir observé dans *sa* maison
quæ statueret in publicum, | *les règles* qu'il établissait pour le public,
cohibita intra Italiam, | *elle* ayant été retenue en Italie,
quanquam ipse | quoique lui-même
explevisset | eût accompli
quadraginta stipendia | quarante soldes (campagnes)
per plures provincias. | dans plusieurs provinces.
Placitum enim olim | Car *ceci* avoir plu autrefois
haud frustra, | non en vain,
ne feminæ traherentur | que des femmes ne fussent pas traînées
in socios | chez les alliés
aut gentes externas : | ou *chez* les nations étrangères :
comitatui mulierum inesse | à un cortége de femmes être-inhérentes
quæ morentur pacem luxu, | *des choses* qui retardent la paix par le
bellum formidine, | la guerre par la crainte, [luxe,
et convertant | et *qui* tournent
agmen romanum | une troupe romaine
ad similitudinem , | à la ressemblance
incessus barbari. | d'une marche barbare.
Sexum | *Ce* sexe
non tantum imbecillum | n'*être* pas seulement faible [fatigues,
et imparem laboribus, | et inégal aux (incapable de supporter les)
sed, si licentia adsit, | mais, si la licence s'y joint,
sævum, ambitiosum, | *être* cruel, ambitieux,
avidum potestatis ; | avide de pouvoir ;
incedere inter milites , | s'avancer parmi les soldats,
habere centuriones | avoir les centurions
ad manum ; | sous la main ;
nuper feminam præsedisse | naguère une femme avoir présidé
exercitio cohortium , | à l'exercice des cohortes,
decursu legionum. | à l'évolution des légions.
Cogitarent ipsi | Qu'ils pensassent eux-mêmes
plura objectari uxoribus , | plus de *griefs* être reprochés aux épouses,
quoties aliqui | toutes les fois que quelques-uns
arguerentur | étaient accusés.

scere deterrimum quemque provincialium : ab his negotia suscipi, transigi; duorum egressus coli, duo esse prætoria, pervicacibus magis et impotentibus mulierum jussis ; quæ,
Oppiis quondam aliisque legibus[1] constrictæ, nunc, vinclis
exsolutis, domos, fora, jam et exercitus regerent. »

XXXIV. Paucorum hæc assensu audita ; plures obturbabant, « Neque relatum de negotio, neque Cæcinam dignum
tantæ rei censorem. » Mox Valerius Messalinus, cui parens
Messala, ineratque imago paternæ facundiæ, respondit :
« Multa duritiæ veterum melius et lætius mutata : neque enim,
ut olim, obsideri Urbem bellis, aut provincias hostiles esse ;
et pauca feminarum necessitatibus concedi, quæ ne conjugum
quidem penates, adeo socios non onerent; cetera promiscua
cum marito, nec ullum in eo pacis impedimentum. Bella plane

fortes charges tomber sur les femmes? Autour d'elles se rassem-
blaient aussitôt tous les intrigants d'une province ; elles évoquaient,
décidaient les affaires ; elles avaient, comme leur mari, une cour,
un tribunal, d'où émanaient des ordres plus absolus et plus tyran-
niques. Enchaînées jadis par la loi Oppia et par d'autres lois encore,
elles se vengeaient d'une longue contrainte en régissant les familles,
les tribunaux, et maintenant même les armées. »

XXXIV. Ce discours eut peu d'approbateurs, et excita les murmures de la plus grande partie du sénat. « L'affaire, s'écriait-on, n'était
pas mise en délibération, et l'orateur lui-même était peu digne de pro-
poser une réforme de cette importance. » Valérius Messalinus, en qui
l'on retrouvait quelque ombre de l'éloquence de son père Messala,
répondit : « Qu'on avait apporté beaucoup de sages adoucissements
à la rudesse des anciennes mœurs. En effet on ne voyait plus,
comme autrefois, la guerre aux portes de Rome, et les provinces
ennemies de la capitale. On faisait aux besoins des femmes certaines
concessions, qui, loin d'être à charge aux alliés, ne l'étaient pas
même à leurs époux; en tout le reste, la communauté étant entière,
leur présence n'avait rien de gênant pendant la paix. La guerre

repetundarum :
his statim adhærescere
quemque deterrimum
provincialium ;
ab his negotia
suscipi, transigi ;
egressus duorum coli,
duo prætoria esse,
jussis mulierum
magis pervicacibus
et impotentibus ;
quæ, quondam constrictæ
legibus Oppiis aliisque,
nunc vinclis exsolutis,
regerent domos, fora,
jam et exercitus. »
XXXIV. Hæc audita.
assensu
paucorum ;
plures obturbabant,
« Neque relatum
de negotio,
neque Cæcinam
dignum censorem
tantæ rei. »
Mox Valerius Messalinus,
cui Messala parens,
ineratque imago
facundiæ paternæ,
respondit,
« Multa duritiæ veterum
mutata melius et lætius :
neque enim Urbem
obsideri bellis,
aut provincias esse hostiles,
ut olim ;
et pauca concedi
necessitatibus feminarum ,
quæ ne onerent quidem
penates conjugum,
adeo
non socios ;
cetera promiscua
cum maritis,
nec in eo
ullum impedimentum pacis.
Plane bella

de *sommes* à réclamer (de concussion) :
à elles aussitôt s'attacher
chaque *individu* le plus mauvais
des gens-de-la-province ;
par elles les affaires
être entreprises, être décidées ; [rées,
les sorties de deux *personnes* être hono-
deux prétoires exister,
les ordres des femmes
étant plus violents
et *plus* absolus ;
elles qui, autrefois enchaînées
par les lois Oppiennes et par d'autres,
maintenant *leurs* liens étant détachés,
gouvernaient les familles, les tribunaux,
enfin même les armées. »
XXXIV. Ces *paroles furent* entendues
avec l'assentiment
de *sénateurs* peu-nombreux ;
la plupart faisaient-du-bruit,
disant « Et un-rapport-n'avoir-pas-été-
sur *cette* affaire, [fait
et Cécina
n'*être* pas un digne censeur
pour un si-grand objet. »
Bientôt Valérius Messalinus,
à qui Messala *était* père,
et *en qui* était une image
de l'éloquence paternelle,
répondit, [anciens
« De nombreux *traits* de la dureté des
avoir été changés mieux et plus heureu-
et en effet la ville (Rome) [sement :
n'*être* pas assiégée par des guerres,
où (ni) les provinces être hostiles,
comme autrefois ;
et peu de choses être accordées
aux besoins des femmes,
choses qui ne chargeaient pas même
les pénates des époux,
et à-plus-forte-raison
ne *chargeaient* pas les alliés ;
les autres choses *être* communes à *elles*
avec *leurs* maris,
et en cela
n'*être* aucun obstacle de (à) la paix.
Sans doute les guerres

accinctis obeunda; sed revertentibus post laborem quod ho-
nestius quam uxorium levamentum? At quasdam in ambitionem aut avaritiam prolapsas. Quid? ipsorum magistratuum
nonne plerosque variis libidinibus obnoxios? non tamen ideo
neminem in provinciam mitti. Corruptos sæpe pravitatibus
uxorum maritos : num ergo omnes cælibes integros? Placuisse
quondam Oppias leges, sic temporibus reipublicæ postulanti-
bus : remissum aliquid postea et mitigatum, quia expedierit.
Frustra nostram ignaviam alia ad vocabula transferri; nam
viri in eo culpam, si femina modum excedat. Porro, ob unius
aut alterius imbecillum animum, male eripi maritis consortia
rerum secundarum adversarumque. Simul sexum natura in-
validum deseri, et exponi suo luxu, cupidinibus alienis. Vix
præsenti custodia manere illæsa conjugia; quid fore, si per

sans doute demandait des hommes libres et dispos ; mais, au retour
de leurs travaux, quel délassement plus honnête que la société
d'une épouse? Que si l'ambition et l'avarice avaient séduit quelques
femmes, la plupart des hommes n'étaient point exempts de passions,
et les provinces n'en recevaient pas moins des gouverneurs. Si la
corruption des femmes amenait souvent celle des maris, tous les
célibataires n'étaient pas irréprochables. Les lois Oppiennes avaient
pu convenir autrefois, parce que les circonstances les rendaient
nécessaires; mais des temps plus heureux en avaient fait depuis
modérer la rigueur. En vain déguisait-on sous d'autres noms la
lâcheté des époux, toujours coupables des excès de leurs femmes ;
mais, pour un ou deux maris pusillanimes, il serait injuste d'enlever aux autres cette communauté si douce de peines et de plaisirs.
D'ailleurs l'éloignement de ses gardiens livrerait ce sexe, naturellement faible, et à ses passions et à celles d'autrui; à peine la présence de l'époux pouvait-elle maintenir la pureté des mariages; que

obeunda	devoir être abordées
accinctis ;	par des *hommes* dispos (dégagés de tout
sed revertentibus	mais *à eux* revenant [embarras) ;
post laborem	après la fatigue
quod levamentum	quel délassement
honestius	plus honnête
quam uxorium ?	que *celui* d'une-épouse ?
At quasdam prolapsas	Mais quelques-unes s'être laissées-aller
in ambitionem	à l'ambition
aut avaritiam.	ou *à* l'avarice.
Quid ? plerosque	Quoi ? la plupart
magistratuum ipsorum	des magistrats eux-mêmes
nonne obnoxios	n'*être* pas sujets *peut-être*
libidinibus variis ?	à des passions diverses ?
Tamen ideo	Cependant pour cela
neminem non mitti	*il n'arrivait pas* personne n'être envoyé
in provinciam.	dans une province.
Sæpe maritos corruptos	Souvent des maris *avoir été* corrompus
pravitatibus uxorum :	par les vices de *leurs* femmes :
num ergo	est-ce que donc
omnes cælibes integros ?	tous les célibataires *être* irréprochables ?
Leges Oppias	Les lois Oppiennes
placuisse quondam,	avoir plu autrefois,
temporibus reipublicæ	les circonstances de la république
postulantibus sic :	*le* demandant ainsi :
postea aliquid remissum	ensuite quelque chose *avoir été* relâché
et mitigatum,	et adouci,
quia expedierit.	parce que *cela* avait été-utile.
Frustra nostram ignaviam	En vain notre lâcheté
transferri	être transportée
ad alia vocabula ;	à d'autres noms :
nam culpam viri in eo,	car la faute de l'homme *être* en cela,
si femina excedat modum.	si la femme passe la mesure.
Porro,	Or,
ob animum imbecillum	pour le caractère faible [hommes),
unius aut alterius,	d'un *homme* ou d'un autre (d'un ou deux
consortia	la communauté
rerum secundarum	des événements favorables
adversarumque	et contraires
eripi male maritis.	être enlevée mal (injustement) aux époux.
Simul	En même temps
sexum invalidum natura	un sexe faible de nature
deseri,	être abandonné,
et exponi suo luxu,	et être livré à sa mollesse,
cupidinibus alienis.	*et* aux passions d'-autrui.
Vix custodia præsenti	A peine par une vigilance présente
conjugia manere illæsa ;	les mariages demeurer intacts ;

plures annos in modum discidii oblitterentur? Sic obviam irent
iis quæ alibi peccarentur, ut flagitiorum Urbis meminissent. »
Addidit pauca Drusus de matrimonio suo : « Nam principibus
adeunda sæpius longinqua imperii. Quoties divum Augustum
in Occidentem atque Orientem meavisse, comite Livia? Se
quoque in Illyricum profectum, et, si ita conducat, alias ad
gentes iturum, haud semper æquo animo, si ab uxore carissima et tot communium liberorum parente¹ divelleretur. »
Sic Cæcinæ sententia elusa.

XXXV. Et proximi senatus die², Tiberius, per litteras castigatis oblique patribus, quod cuncta curarum ad principem
rejicerent, M. Lepidum et Junium Blæsum³ nominavit, ex
quis proconsul Africæ legeretur. Tum audita amborum verba,
intentius excusante se Lepido, quum valetudinem corporis,
ætatem liberum, nubilem filiam obtenderet; intelligereturque

serait-ce si une absence, si un divorce de plusieurs années en re-
lâchait les nœuds? En songeant aux abus des provinces, il ne fallait pas oublier les dérèglements de Rome. » Drusus ajouta quelques mots sur son mariage. Il dit « que souvent les princes étaient
appelés par leur devoir aux extrémités de l'empire. Combien de fois
Auguste n'avait-il pas visité l'Orient et l'Occident en compagnie de
Livie? Pour lui, il était allé en Illyrie, et, au besoin, il irait dans
d'autres contrées, mais non sans murmurer quelquefois, si l'on
voulait l'arracher à une épouse que tant de fruits de leur hymen
rendaient si chère à sa tendresse. » Ainsi fut éludée la proposition
de Cécina.

XXXV. Dans la séance suivante, on lut la réponse de Tibère,
qui, après s'être indirectement plaint de ce que le sénat rejetait tous
les soins du gouvernement sur le prince, nommait M. Lépidus et
Junius Blésus, pour qu'on choisît entre eux le proconsul d'Afrique.
Les deux concurrents parlèrent dans cette occasion; Lépidus
s'excusa plus fermement, alléguant une santé faible, des enfants en
bas âge, une fille à marier, laissant entendre aussi, sans le dire,

quid fore, si oblitterentur
in modum discidii
per plures annos?
Irent obviam iis
quæ peccarentur alibi
sic, ut meminissent
flagitiorum Urbis. »
Drusus addidit pauca
de suo matrimonio :
« Nam sæpius
longinqua imperii
adeunda principibus.
Quoties divum Augustum
meavisse, Livia comite,
in Occidentem
atque Orientem ?
Se quoque
profectum in Illyricum,
et, si conducat ita,
iturum ad alias gentes,
haud semper animo æquo,
si divelleretur
ab uxore carissima
et parente [um. »
tot liberorum communi-
Sic elusa.
sententia Cæcinæ.

XXXV. Et die
senatus proximi,
Tiberius,
patribus castigatis
oblique per litteras,
quod rejicerent
ad principem
cuncta curarum,
nominavit M. Lepidum
et Junium Blæsum,
ex quis proconsul Africæ
legeretur.
Tum verba amborum
audita,
Lepido se excusante
intentius,
quum obtenderet
valetudinem corporis,
ætatem liberum,
filiam nubilem ;

quoi devoir être, s'ils étaient annulés,
en forme de divorce
pendant plusieurs années?
Qu'ils allassent au-devant de ces *fautes*
qui étaient commises ailleurs
de telle sorte, qu'ils se souvinssent
dès désordres de la ville (Rome). »
Drusus ajouta peu de *mots*
sur son mariage :
« Car plus souvent
les *parties* lointaines de l'empire
devoir être visitées par les princes.
Combien-de-fois le divin Auguste
être allé, Livie *étant sa* compagne,
en Occident
et *en* Orient?
Lui-même aussi
être parti pour l'Illyrie,
et, s'il était-nécessaire ainsi,
devoir aller chez d'autres nations,
non toujours avec une âme égale,
s'il était séparé
d'une épouse très-chère
et mère
de tant d'enfants communs. »
Ainsi *fut* éludée
la proposition de Cécina.

XXXV. Et le jour
du sénat prochain (de la séance suivante),
Tibère,
les sénateurs étant réprimandés
indirectement par une lettre,
de ce qu'ils rejetaient
sur le prince
tous *les détails* des soucis,
nomma M. Lépidus
et Junius Blésus,
parmi lesquels le proconsul d'Afrique
fût choisi.
Alors les paroles de tous-deux
furent entendues,
Lépidus s'excusant
plus fortement,
tandis qu'il alléguait
la santé de *son* corps,
l'âge de *ses* enfants,
sa fille nubile ;

4.

etiam quod silebat, avunculum esse Sejani Blæsum, atque eo prævalidum. Respondit Blæsus specie recusantis, sed neque eadem asseveratione; et consensu adulantium haud jutus[1] est.

XXXVI. Exin promptum quod multorum intimis questibus tegebatur. Incedebat enim deterrimo cuique licentia impune probra et invidiam in bonos excitandi, arrepta imagine Cæsaris[2]; libertique etiam ac servi, patrono vel domino quum voces, quum manus intentarent, ultro metuebantur. Igitur C. Cestius, senator, disseruit, « Principes quidem instar deorum esse; sed neque a diis nisi justas supplicum preces audiri, neque quemquam in Capitolium aliave Urbis templa perfugere, ut eo subsidio ad flagitia utatur. Abolitas leges et funditus versas, ubi in foro, in limine curiæ, ab Annia Rufilla, quam fraudis sub judice damnavisset, probra sibi et minæ inten-

que Blésus, étant oncle de Séjan, ne manquerait pas d'être préféré. La réponse de Blésus fut aussi une sorte de refus, mais bien moins positif, et dont les flatteries unanimes du sénat eurent bientôt triomphé.

XXXVI. On s'éleva ensuite contre un abus qui régnait alors, et dont les citoyens gémissaient en silence. Les plus vils scélérats, armés d'une image de l'empereur, pouvaient outrager impunément et compromettre les gens de bien. Les affranchis et les esclaves même, qui élevaient la voix ou la main contre leur maître ou leur patron, faisaient, avec cette égide, respecter leur insolence. Le sénateur C. Cestius représenta « que les princes sans doute étaient l'image des dieux; mais que les dieux n'écoutaient que les supplications justes; que personne ne se réfugiait au Capitole ou dans les autres temples de Rome pour s'autoriser à des crimes; que les lois étaient renversées, anéanties, puisque Annia Rufilla, faussaire infâme qu'il avait fait condamner, venait, au milieu du forum et

etïamque quod silebat	et aussi *lorsque ce* qu'il taisait
intelligeretur,	était compris,
Blæsum	Blésus
esse avunculum Sejani,	être l'oncle de Séjan,
atque eo prævalidum.	et par cela préférable.
Blæsus respondit	Blésus répondit
specie recusantis, [tione ;	de l'air de *quelqu'un* qui refuse,
sed neque eadem assevera-	mais non avec la même assurance ;
et haud jutus est	et il ne fut pas soutenu
consensu adulantium.	par (grâce à) l'accord des flatteurs.
XXXVI. Exin	XXXVI. Ensuite
promptum	*fut* mis-au-jour
quod tegebatur	*un abus* qui était caché
questibus intimis	par les plaintes secrètes
multorum.	de beaucoup.
Licentia enim	En effet la liberté
excitandi impune	d'exciter impunément
in bonos	contre les bons *citoyens*
probra et invidiam,	des outrages et de la haine,
imagine Cæsaris arrepta,	une image de César (Tibère) étant saisie,
incedebat	était venue
cuique deterrimo,	à chaque *citoyen* le plus mauvais,
libertique etiam ac servi	et les affranchis même et les esclaves
metuebantur ultro,	étaient redoutés spontanément,
quum intentarent voces,	lorsqu'ils dirigeaient *leurs* voix,
quum manus	lorsqu'*ils dirigeaient leurs* mains
patrono vel domino.	contre *leur* patron ou *leur* maître.
Igitur C. Cestius, senator,	Donc C. Cestius, sénateur,
disseruit,	exposa,
« Principes quidem	« Les princes à la vérité
esse instar deorum ;	être une représentation des dieux ;
sed neque preces supplicum	mais ni les prières des suppliants
audiri a diis,	n'être entendues des dieux,
nisi justas,	sinon les *prières* justes,
neque quemquam perfugere	ni personne ne se réfugier
in Capitolium	dans le Capitole [(Rome),
aliave templa Urbis,	ou *dans* d'autres temples de la ville
ut utatur eo subsidio	pour qu'il use de ce secours
ad flagitia.	à l'endroit de *ses* vices.
Leges abolitas	Les lois *être* abolies
et versas funditus,	et renversées de-fond-en-comble,
ubi in foro,	dès que sur le forum,
in limine curiæ,	sur le seuil de la curie,
probra et minæ	des outrages et des menaces
intendantur sibi	étaient dirigés contre lui-même
ab Annia Rufilla,	par Annia Rufilla,
quam damnavisset	qu'il avait condamnée (fait condamner)

dantur, neque ipse audeat jus experiri, ob effigiem impera-
toris oppositam. » Haud dissimilia alii, et quidam atrociora
circumstrepebant ; precabanturque Drusum, daret ultionis
exemplum : donec accitam convictamque attineri publica custodia jussit.

XXXVII. Et Considius Æquus et Cælius Cursor, equites
romani, quod fictis majestatis criminibus Magium Cæcilianum,
prætorem, petivissent, auctore principe ac decreto senatus
puniti. Utrumque in laudem Drusi trahebatur : « Ab eo, in
Urbe, inter cœtus et sermones hominum obversante, secreta
patris mitigari. » Neque luxus in juvene adeo displicebat :
Huc potius intenderet[1], diem editionibus[2], noctem conviviis
traheret, quam, solus et nullis voluptatibus avocatus, mœ-
stam vigilantiam et malas curas exerceret. »

XXXVIII. Non enim Tiberius, non accusatores fatiscebant.

aux portes du sénat, l'accabler d'outrages et de menaces, sans qu'il
osât la faire punir, à cause d'une image du prince qu'on lui oppo-
sait. » On raconta mille faits pareils, et de plus révoltants encore ;
et tous conjurèrent Drusus de faire un exemple. Enfin Rufilla com-
parut, fut convaincue, et jetée en prison.

XXXVII. En même temps Considius Æquus et Célius Cursor,
chevaliers romains, ayant forgé une accusation de lèse-majesté pour
perdre le préteur Magius Cécilianus, furent punis par un décret du
sénat, sur la demande du prince. On fit honneur à Drusus de ces
deux actes de justice. Les Romains, qui le voyaient se mêler à leurs
assemblées et à leurs entretiens, lui savaient gré d'adoucir la
sombre politique de son père, et ils pardonnaient même volontiers à
sa jeunesse quelques dissipations. « Puisse-t-il, disait-on, passer
avec ardeur les jours dans les spectacles, les nuits dans les festins,
plutôt que d'entretenir dans une solitude austère et triste une vigilance chagrine et de farouches inquiétudes! »

XXXVIII. En effet, ni Tibère ni les accusateurs ne se lassaient.

fraudis | pour fraude
sub judice, | devant le juge;
neque ipse audeat | et que lui-même n'osait pas [naux),
experiri jus, | éprouver la justice (recourir aux tribu-
ob effigiem imperatoris | à cause de l'image de l'empereur
oppositam. » | opposée *contre lui.* »
Alii circumstrepebant | D'autres faisaient-du-bruit-tout autour
haud dissimilia, | *énonçant des faits* non dissemblables,
et quidam atrociora ; | et quelques-uns, *des faits* plus violents ;
precabanturque Drusum, | et ils priaient Drusus,
daret exemplum ultionis : | qu'il donnât l'exemple de la vengeance :
donec jussit | jusqu'à ce qu'il ordonna
accitam convictamque | *cette femme* mandée et convaincue
attineri custodia publica. | être retenue dans la prison publique.

XXXVII. Et | XXXVII. De plus
Considius Æquus | Considius Æquus
et Cælius Cursor | et Célius Cursor,
equites romani, | chevaliers romains, [teur,
puniti, principe auctore, | *furent* punis, le prince *en étant* l'instiga-
ac decreto senatus, | et par un décret du sénat,
quod petivissent | parce qu'ils avaient attaqué
criminibus fictis | par des accusations forgées
majestatis | de *lèse-*majesté
Magium Cæcilianum, | Magius Cécilianus,
prætorem. | préteur. [prétée)
Utrumque trahebatur | L'une-et-l'autre chose était tirée (inter-
in laudem Drusi : | à la louange de Drusus :
« Ab eo, | « Par lui, *disait-on,*
obversante in Urbe, | vivant dans la ville (Rome),
inter cœtus | parmi les réunions
et sermones hominum, | et les entretiens des hommes, [cis. »
secreta patris mitigari. » | les *desseins* secrets de *son* père être adou-
Neque luxus | Et le luxe aussi
displicebat adeo | ne déplaisait pas tant *que dans un autre*
in juvene : | dans *ce jeune prince :*
« Intenderet huc, | « Qu'il dirigeât là *ses penchants,*
traheret diem editionibus, | qu'il traînât (passât) le jour en spectacles,
noctem conviviis, | la nuit en festins,
potius quam solus | plutôt que seul
et avocatus | et n'étant détourné
nullis voluptatibus | par aucun plaisir
exerceret | il entretînt
vigilantiam mœstam | une vigilance triste
et curas malas. » [berius, | et des soucis malfaisants. »
XXXVIII. Non enim Ti- | XXXVIII. En effet ni Tibère,
non accusatores | ni les accusateurs
fatiscebant. | ne se ralentissaient.

Et Ancharius Priscus Cæsium Cordum, proconsulem Cretæ,
postulaverat repetundis; addito majestatis crimine, quod tum
omnium accusationum complementum erat. Cæsar, Antistium
Veterem, e primoribus Macedoniæ[1], absolutum adulterii, increpitis judicibus, ad dicendam majestatis causam retraxit,
ut turbidum et Rhescuporidis consiliis permixtum; qua tempestate, Cotye fratre[2] interfecto, bellum adversus nos volverat.
Igitur aqua et igni interdictum reo, appositumque ut te?ere-
tur insula neque Macedoniæ neque Thraciæ opportuna. Nam
Thracia, diviso imperio in Rhœmetalcen et liberos Cotyis,
quis ob infantiam tutor erat Trebellienus Rufus, insolentia
nostri discors agebat, neque minus Rhœmetalcen quam Tre-
bellienum incusans popularium injurias inultas sinere. Cœletæ
Odrusæque[3] et alii; validæ nationes, arma cepere, ducibus

Ancharius Priscus avait dénoncé Césius Cordus, proconsul de
Crète, pour crime de concussion, et il y avait joint l'accusation de
lèse-majesté, qui alors était le complément de toutes les autres. De
son côté Tibère, après avoir réprimandé les juges qui venaient
d'absoudre Antistius Vétus, un des premiers de la Macédoine,
accusé d'adultère, le ramena devant de nouveaux juges comme
criminel de lèse-majesté, comme complice des projets de Rhescuporis, lorsque ce barbare, après le meurtre de son neveu Cotys,
avait tramé la guerre contre nous. On interdit l'eau et le feu à
Antistius, et l'on décida de le confiner dans une île qui ne serait à
portée ni de la Macédoine ni de la Thrace; car la Thrace était rem-
plie de troubles, depuis qu'on avait partagé le royaume entre Rhémétalcès et les enfants de Cotys, qui, à cause de leur bas âge, avaient
pour tuteur Trébelliénus Rufus. Les barbares ne pouvaient s'accou-
tumer à voir les Romains parmi eux, et ils ne s'en prenaient pas
moins à Rhémétalcès qu'à Trébelliénus des outrages qu'ils essuyaient
et qui restaient impunis. Les Célètes, les Odryses et d'autres nations

Et Ancharius Priscus	Et Ancharius Priscus
postulaverat	avait dénoncé [sion)
repetundis	pour *sommes* à réclamer ('pour concus
Cæsium Cordum,	Césius Cordus,
proconsulem Cretæ ;	proconsul de Crète ;
crimine majestatis addito,	le grief de *lèse*-majesté étant ajouté,
quod erat tum	ce qui était alors
complementum	le complément
omnium accusationum.	de toutes les accusations.
Antistium Veterem,	*Quant à* Antistius Vétus,
e primoribus Macedoniæ,	*un* des principaux de la Macédoine,
absolutum adulterii,	qui avait été absous d'adultère,
Cæsar,	César (Tibère),
judicibus increpitis,	les juges étant blâmés,
retraxit	*le* ramena
ad dicendam causam	à plaider la cause
majestatis,	de *lèse*-majesté,
ut turbidum	comme factieux
et permixtum consiliis	et mêlé aux desseins
Rhescuporidis,	de Rhescuporis,
tempestate qua,	dans le temps dans lequel,
fratre Cotye interfecto,	*son* neveu Cotys tué,
volverat bellum	il avait médité la guerre
adversus nos.	contre nous.
Igitur interdictum reo	Donc on interdit à l'accusé
aqua et igni,	l'eau et le feu,
appositumque ut teneretur	et il fut ajouté qu'il serait gardé
insula opportuna	dans une île *qui ne fût* à-portée
neque Macedoniæ	ni de la Macédoine
neque Thraciæ.	ni de la Thrace.
Nam Thracia,	Car la Thrace,
imperio diviso	l'empire ayant été divisé
in Rhœmetalcen	entre Rhémétalcès
et liberos Cotyis,	et les enfants de Cotys,
quis ob infantiam	auxquels à cause de *leur* enfance
Trebellienus Rufus	Trébelliénus Rufus
erat tutor,	était tuteur,
agebat discors	passait *le temps* en-discordes
insolentia nostri,	par le manque-de-s'habituer à nous,
neque incusans minus	et n'accusant pas moins
Rhœmetalcen	Rhémétalcès
quam Trebellienum	que Trebelliénus
sinere inultas	de laisser sans-vengeance
injurias popularium.	les injures de *ses* nationaux.
Cœletæ Odrusæque	Les Célètes et les Odryses
et alii, nationes validæ,	et d'autres, nations puissantes,
cepere arma,	prirent les armes,

diversis et paribus inter se per ignobilitatem : quæ causa fuit
ne in bellum atrox coalescerent. Pars turbant præsentia ; alii
montem Hæmum[1] transgrediuntur, ut remotos populos conci-
rent : plurimi ac maxime compositi regem urbemque Philippopolim[2], a Macedone Philippo sitam, circumsidunt.

XXXIX. Quæ ubi cognita P. Velleio[3] (is proximum exercitum præsidebat), alarios equites ac leves cohortium mittit in
eos qui prædabundi, aut assumendis auxiliis, vagabantur :
ipse robur peditum ad exsolvendum obsidium ducit. Simulque
cuncta prospere acta ; cæsis populatoribus, et dissensione orta
apud obsidentes, regisque opportuna eruptione, et adventu
legionis. Neque aciem aut prælium dici decuerit, in quo se-
mermes ac palantes trucidati sunt, sine nostro sanguine.

XL. Eodem anno Galliarum civitates, ob magnitudinem

puissantes, prirent les armes sous des chefs différents, mais tout
aussi obscurs les uns que les autres ; ce qui empêcha une coalition
qui eût produit une guerre sanglante. Les uns travaillent à soulever
leur propre canton ; d'autres vont, au delà du mont Hémus, exciter
à la révolte les populations éloignées ; le plus grand nombre, et
ce qu'il y avait de mieux discipliné, assiége le roi dans Philippo-
polis, ville bâtie par Philippe de Macédoine.

XXXIX. Lorsque P. Velléius, commandant de l'armée la plus
voisine, fut informé de ces mouvements, il détacha la cavalerie
des alliés, avec des troupes légères, contre les pelotons épars qui
couraient la campagne pour piller ou pour rassembler quelque ren-
fort. Puis il marcha en personne au secours de la place, avec l'élite
de son infanterie. Tout réussit à la fois : les coureurs furent taillés
en pièces, et les assiégeants, désunis entre eux, troublés par une
sortie que le roi fit à propos, furent écrasés par la légion. Il serait
même peu convenable de donner le nom de bataille ou de combat à
ce massacre de vagabonds mal armés, qui ne nous coûta pas un
homme.

XL. Cette même année, les Gaulois, écrasés de dettes, firent

ducibus diversis	sous des chefs divers
et paribus inter se	et égaux entre eux
per ignobilitatem :	par l'obscurité ;
quæ causa fuit	laquelle cause fut (ce qui fut cause)
ne coalescerent	qu'ils ne se coalisèrent pas
in bellum atrox.	pour une guerre terrible.
Pars turbant	Une partie (les uns) troublent
præsentia ;	les *pays* qui-sont-sous-leur-main ;
alii transgrediuntur	d'autres franchissent
montem Hæmum,	le mont Hémus,
ut concirent	afin qu'ils soulevassent
populos remotos :	les peuples éloignés :
plurimi	la plupart
ac maxime compositi	et les plus disciplinés
circumsidunt regem	assiégent le roi
urbemque Philippopolim,	et la ville *de* Philippopolis,
sitam a Philippo Macedone.	établie (bâtie) par Philippe de-Macédoine.
XXXIX. Quæ	XXXIX. Lesquels *faits*
ubi cognita P. Velleio	dès qu'*ils sont* connus de P. Velléius
(is præsidebat	(celui-ci commandait
exercitum proximum),	l'armée la plus voisine),
mittit equites alarios	il envoie les cavaliers dès-ailes [légères]
ac leves cohortium	et les légères des cohortes (les cohortes
in eos qui vagabantur	contre ceux qui couraient-çà-et-là
prædabundi,	en pillant,
aut assumendis auxiliis :	ou pour prendre des renforts :
ipse ducit	lui-même conduit
robur peditum	la force (le gros) des fantassins
ad exsolvendum obsidium.	pour faire-lever le siége.
Cunctaque simul	Et toutes ces choses à la fois
acta prospere ;	*furent* faites heureusement ;
populatoribus cæsis,	les dévastateurs ayant été massacrés,
et dissensione orta	et la discorde s'étant élevée
apud obsidentes,	parmi les assiégeants,
eruptioneque regis	et une sortie du roi
opportuna,	*ayant eu lieu* à-propos,
et adventu legionis.	ainsi-que l'arrivée de la légion.
Neque decuerit	Et il ne conviendrait pas
dici	*cette lutte* être dite (appelée)
aciem aut prælium,	bataille ou combat,
in quo trucidati sunt	dans laquelle furent massacrés
semermes ac palantes,	des *hommes* à-demi-armés et errants,
sine sanguine nostro.	sans *effusion de* sang nôtre.
XL. Eodem anno	XL. La même année
civitates Galliarum,	les cités des Gaules,
ob magnitudinem	à cause de la grandeur
æris alieni,	de l'argent d'-autrui (des dettes),

æris alieni, rebellionem cœptavere : cujus exstimulator acerrimus, inter Treveros Julius Florus, apud Æduos[1] Julius
Sacrovir. Nobilitas ambobus, et majorum bona facta, eoque
romana civitas olim data, quum id rarum nec nisi virtuti
pretium esset. Ii secretis colloquiis, ferocissimo quoque assumpto, aut quibus, ob egestatem ac metum ex flagitiis,
maxima peccandi necessitudo, componunt, Florus Belgas,
Sacrovir propiores Gallos concire. Igitur per conciliabula et
cœtus seditiosa disserebant, de continuatione tributorum,
gravitate fœnoris[2], sævitia ac superbia præsidentium ; et
« Discordare militem, audito Germanici exitio : egregium resumendæ libertati tempus, si, ipsi florentes, quam inops Italia,
quam imbellis urbana plebes, nihil validum in exercitibus,
nisi quod externum, cogitarent. »

XLI. Haud ferme ulla civitas intacta seminibus ejus motus

une tentative de révolte. Les plus ardents instigateurs de ce mouvement furent Julius Florus chez les Trévires, et Julius Sacrovir chez
les Éduens. Distingués tous deux par leur naissance et les belles
actions de leurs ancêtres, ils étaient devenus citoyens romains dans
un temps où cette récompense se donnait rarement, et toujours au
mérite. Ces deux hommes, après de secrètes conférences, après
s'être associé les caractères les plus entreprenants, tous ceux à qui la
misère et la crainte des supplices ne laissaient de ressources que le
crime, conviennent entre eux de soulever, Florus les Belges, Sacrovir les Gaulois de son voisinage. Se mêlant donc dans toutes les
assemblées générales et particulières, ils se répandaient en discours
séditieux sur la perpétuité des impôts, sur l'énormité de l'usure, sur
l'orgueil et la cruauté des commandants. « Le soldat romain,
disaient-ils, était en proie aux dissensions, depuis qu'il avait
appris la mort de Germanicus ; jamais l'occasion n'avait été plus
favorable pour recouvrer leur liberté ; ne voyaient-ils pas eux-
mêmes combien les Gaules étaient florissantes, l'Italie dénuée de
ressources, le peuple de Rome efféminé, et que les étrangers faisaient seuls la force de ses armées ?

XLI. Il n'y eut presque pas de canton où ils n'eussent semé les

cœptaveré seditionem :	commencèrent une sédition :
cujus	de laquelle
exstimulator acerrimus	le promoteur le plus ardent
fuit inter Treveros	fut parmi les Trévires
Julius Florus,	Julius Florus,
apud Æduos	parmi les Éduens
Julius Sacrovir.	Julius Sacrovir.
Ambobus nobilitas,	A tous-deux *étaient* noblesse,
et bona facta majorum,	et belles actions des ancêtres,
eoque civitas romana	et pour cela *le droit de* cité romaine
data olim,	*leur avait été* donné autrefois,
quum id esset rarum	lorsque cela était rare [vertu.
nec pretium nisi virtuti.	et n'*était* un prix *pour rien* sinon pour la
Ii colloquiis secretis,	Ceux-ci par des conférences secrètes,
quoque ferocissimo	chaque *homme* le plus audacieux
assumpto,	étant associé *à eux*,
aut quibus	ou *ceux* à qui *était*
maxima necessitudo	la plus grande nécessité
peccandi	de mal-faire
ob egestatem	à cause de la misère
ac metum ex flagitiis,	et de la crainte par suite des désordres,
componunt concire,	conviennent de soulever,
Florus Belgas,	Florus les Belges,
Sacrovir Gallos propiores.	Sacrovir les Gaulois plus voisins.
Igitur per conciliabula	Donc dans des réunions
et cœtus	et des assemblées [tieuses;
disserebant seditiosa,	ils développaient des *considérations* sédi-
de continuatione	sur la continuité
tributorum,	des tributs;
gravitate fœnoris,	le fardeau de l'usure,
sævitia ac superbia	la cruauté et l'orgueil
præsidentium ;	des gouverneurs ;
et « Militem discordare,	et *ils ajoutaient* « Le soldat être désuni,
exitio Germanici audito :	la mort de Germanicus étant apprise :
tempus egregium	le temps *être* excellent
resumendæ libertati,	pour reprendre *leur* liberté,
si, ipsi florentes,	si, eux-mêmes florissant,
cogitarent	ils songeaient
quam inops Italia,	combien misérable, *était* l'Italie,
quam imbellis	combien timide
plebes urbana,	la populace de-la-ville,
nihil validum	*et* rien de fort
in exercitibus,	dans les armées,
nisi quod externum.. »	sinon *ce qui était* étranger. »
XLI. Ferme	XLI. Presque
haud ulla civitas	aucune cité
fuit intacta seminibus	ne fut intacte des semences

fuit : sed erupere primi Andecavi ac Turonii[1]. Quorum Ande-
cavos Acilius Aviola[2], legatus, excita cohorte quæ Lugduni[3]
præsidium agitabat, coercuit : Turonii legionario milite, quem
Visellius Varro, inferioris Germaniæ legatus, miserat, oppressi,
eodem Aviola duce, et quibusdam Galliarum primoribus; qui
tulere auxilium, quo dissimularent defectionem, magisque in
tempore efferrent. Spectatus et Sacrovir, intecto capite, pugnam pro Romanis ciens, ostentandæ, ut ferebat, virtutis;
sed captivi, ne incesseretur telis, agnoscendum se præbuisse
arguebant. Consultus super eo Tiberius aspernatus est indi-
cium, aluitque dubitatione bellum.

XLII. Interim Florus insistere destinatis, pellicere alam
equitum, quæ, conscripta Treveris, militia disciplinaque nostra
habebatur, ut, cæsis negotiatoribus Romanis[4], bellum inciperet : paucique equitum corrupti; plures in officio mansere.

---

germes de la révolte. Les Andécaves et les Turoniens éclatèrent les
premiers. Le lieutenant Acilius Aviola, avec une cohorte qui tenait
garnison à Lyon, fit rentrer les Andécaves dans le devoir. Les
Turoniens furent défaits par un corps de légionnaires que le même
Aviola reçut de Visellius Varron, gouverneur de la Basse-Germanie,
et auquel se joignirent des nobles gaulois, qui, en attendant une
occasion plus favorable, masquaient ainsi leur défection. On vit
même Sacrovir combattre pour les Romains, la tête découverte, afin,
disait-il, de montrer son courage; mais les prisonniers lui repro-
chaient de ne s'être fait ainsi reconnaître des siens, que pour n'être
point en butte à leurs traits. On consulta Tibère, qui dédaigna l'avis,
et, par sa négligence, fomenta la rébellion.

XLII. Cependant Florus poursuivait ses projets. On avait levé à
Trèves un corps de cavaliers, qu'on disciplinait suivant la méthode
romaine. Il mit en œuvre la séduction pour les engager à massacrer
les négociants romains et à commencer la guerre. Quelques-uns se
laissèrent corrompre; la plupart restèrent fidèles. Mais la foule des

ejus motus :	de ce mouvement (cette révolte) :
sed Andecavi ac Turonii	mais les Andécaves et les Turoniens
erupere primi.	éclatèrent les premiers.
Quorum Acilius Aviola,	Desquels Acilius Aviola,
legatus,	lieutenant,
coercuit Andecavos,	réduisit les Andécaves,
cohorte excita,	une cohorte ayant été appelée,
quæ agitabat præsidium	qui tenait garnison
Lugduni :	à Lyon :
Turonii	les Turoniens
oppressi milite legionario,	*furent* accablés par le soldat des-légions,
quem miserat	qu'avait envoyé
Visellius Varro, legatus	Visellius Varron, lieutenant
Germaniæ inferioris,	de la Germanie inférieure,
eodem Aviola duce,	le même Aviola *étant* chef,
et quibusdam primoribus	et par certains nobles
Galliarum ;	des Gaules ;
qui tulere auxilium,	lesquels portèrent secours,
quo dissimularent	afin qu'ils dissimulassent
defectionem,	*leur* défection,
efferrentque	et *la* produisissent
magis in tempore.	plus à propos.
Et Sacrovir spectatus,	Sacrovir même *fut* vu,
capite intecto,	la tête non-couverte,
ciens pugnam	provoquant le combat
pro Romanis,	pour les Romains,
ostentandæ virtutis,	pour montrer *son* courage,
ut ferebat ;	comme il *le* disait ;
sed captivi arguebant	mais les prisonniers *l'*accusaient
præbuisse se agnoscendum	d'avoir montré lui-même à reconnaître
ne incesseretur telis.	pour qu'il ne fût pas attaqué par les traits.
Tiberius consultus super eo	Tibère consulté sur ce *fait*
aspernatus est indicium,	dédaigna *cette* révélation,
aluitque bellum	et entretint la guerre
dubitatione.	par *son* irrésolution.
XLII. Interim Florus	XLII. Cependant Florus
insistere destinatis,	de presser *ses* desseins,
pellicere alam equitum,	d'exciter une aile de cavaliers,
quæ, conscripta Treveris,	qui, enrôlée chez les Trévires,
habebatur nostra militia	était tenue avec *notre* système-militaire
disciplinaque	et *notre* discipline,
ut inciperet bellum,	afin qu'elle commençât la guerre,
negotiatoribus Romanis	les commerçants romains
cæsis :	étant massacrés :
paucique equitum	et peu des cavaliers
corrupti ;	*furent* corrompus ;
plures mansere in officio.	la plupart restèrent dans le devoir.

Aliud vulgus obæratorum aut clientium [1] arma cepit ; petebant-
que saltus quibus nomen Arduenna., quum legiones utroque
ab exercitu, quas Visellius et C. Silius adversis itineribus ob-
jecerant, arcuerunt. Præmissusque cum delecta manu Julius
Indus, e civitate eadem, discors Floro, et ob id navandæ
operæ avidior, inconditam multitudinem adhuc disjecit. Florus, incertis latebris victores frustratus, postremo, visis militibus qui effugia insederant, sua manu cecidit. Isque Treverici
tumultus finis.

XLIII. Apud Æduos major moles exorta, quanto civitas
opulentior, et comprimendi procul [2] præsidium. Augustodunum [3], caput gentis, armatis cohortibus Sacrovir occupaverat,
et nobilissimam Galliarum sobolem, liberalibus studiis [4] ibi
operatam, ut eo pignore parentes propinquosque eorum ad-
jungeret : simul arma occulte fabricata juventuti [5] dispertit.
Quadraginta millia fuere, quinta sui parte legionariis armis ;

débiteurs et des clients de Florus prit les armes ; et ils cherchaient à
gagner la forêt des Ardennes, lorsque des légions des deux armées
de Visellius et de C. Silius, arrivant par des chemins opposés ; leur
fermèrent le passage. On avait aussi envoyé en avant, avec un
corps d'élite, Julius Indus, concitoyen de Florus, son ennemi personnel, et, par là même, plus ardent à nous servir. Celui-ci eut
bientôt dissipé cette multitude, qui n'était encore qu'un attroupe-
ment. Florus, à la faveur de retraites inconnues, trompa quelque
temps les recherches du vainqueur. Enfin, voyant toutes les issues
occupées par les soldats, il se tua de sa propre main. Ainsi finit la
révolte des Trévires.

XLIII. Celle des Éduens fut plus sérieuse, et par la puissance de
ce peuple, et par l'éloignement de nos forces. Sacrovir, avec les
auxiliaires de sa nation, s'était emparé d'Augustodunum. Cette
capitale du pays, en le rendant maître de toute la jeune noblesse
qu'y rassemble la réputation de ses écoles, lui répondait des familles. On avait fabriqué des armes secrètement ; il les fit distribuer
aux habitants. Bientôt il fut à la tête de quarante mille hommes,

Aliud vulgus	L'autre foule
obæratorum aut clientium	des débiteurs ou des clients
cepit arma;	prit les armes ;
petebantque saltus	et ils gagnaient les bois
quibus nomen Arduenna,	auxquels le nom *est* Ardenne,
quum legiones	lorsque les légions
ab utróque exercitu,	de l'une-et-l'autre armée,
quas Visellius et C. Silius	que Vitellius et C. Silius
objecerant	avaient jetées-devant *eux*
itineribus adversis,	par des chemins opposés,
arcuerunt.	les arrêtèrent.
Præmissusque	Et envoyé-en-avant
cum manu delecta,	avec une troupe choisie,
Julius Indus,	Julius Indus,
ex eadem civitate,	de la même cité,
discors Floro,	*mais* en-désaccord avec Florus,
et ob id avidior	et pour cela plus avide
navandæ operæ,	de s'acquitter d'un service,
disjecit multitudinem	dispersa *cette* multitude
adhuc inconditam.	encore désordonnée.
Florus, frustratus victores	Florus, ayant trompé les vainqueurs
latebris incertis,	par des cachettes incertaines,
postremo cecidit sua manu,	enfin tomba de sa *propre* main,
militibus	les soldats
qui insederant effugia	qui avaient occupé *ses* asiles
visis.	ayant été aperçus *par lui.*
Isque finis	Et celle-ci (telle) *fut* la fin
tumultus Treverici.	de la révolte des-Trévires.
XLIII. Apud Æduos	XLIII. Chez les Eduens
moles major exorta,	un effort *d'autant* plus grand s'éleva,
quanto civitas opulentior,	que *leur* cité *était* plus opulente,
et præsidium comprimendi	et *que* la force pour *le* comprimer
procul.	*était* loin.
Sacrovir occupaverat	Sacrovir avait occupé
cohortibus armatis	avec des cohortes armées
Augustodunum,	Augustodunum,
caput gentis,	capitale de la nation,
et sobolem nobilissimam	et les rejetons les plus nobles
Galliarum,	des Gaules,
operatam ibi	occupés là
studiis liberalibus,	aux études libérales,
ut eo pignore	afin que par ce gage
adjungeret parentes	il s'adjoignît les parents
propinquosque eorum :	et les proches d'eux :
simul dispertit juventuti	en même temps il distribue à la jeunesse
arma fabricata occulte.	des armes fabriquées secrètement.
Fuere quadraginta millia,	Ils furent quarante mille,

ceteri cum venabulis et cultris, quæque alia venantibus tela sunt. Adduntur e servitiis gladiaturæ destinati, quibus, more gentico, continuum ferri tegimen (cruppellarios[1] vocant), inferendis ictibus inhabiles, accipiendis impenetrabiles. Augebantur hæ copiæ vicinarum civitatum, ut nondum aperta consensione, ita viritim promptis studiis, et certamine ducum Romanorum, quos inter ambigebatur, utroque bellum sibi poscente. Mox Varro, invalidus senecta, vigenti Silio concessit.

XLIV. At Romæ non Treveros modo et Æduos, sed quatuor et sexaginta Galliarum civitates descivisse, assumptos in societatem Germanos, dubias Hispanias; cuncta (ut mos famæ) in majus credita. Optimus quisque reipublicæ cura mœrebat: multi, odio præsentium et cupidine mutationis, suis quoque

dont un cinquième était armé comme nos légionnaires ; le reste avait des épieux, des couteaux et d'autres instruments de chasse. Il y joignit les esclaves destinés au métier de gladiateurs, et que dans ce pays on nomme *cruppellaires*. Une armure de fer les couvre tout entiers, et les rend impénétrables aux coups, mais incapables d'en porter eux-mêmes. Ces forces s'augmentaient par l'ardeur d'une foule de Gaulois voisins, qui, sans attendre un concours public de leurs cités, venaient séparément offrir leurs services, et par la mésintelligence de nos généraux, qui se disputaient le commandement. Enfin Varron, infirme et vieux, le céda à Silius, qui était dans la vigueur de l'âge.

XLIV. Cependant, à Rome, ce n'étaient pas seulement, disait-on, les Trévires et les Éduens qui se révoltaient, mais soixante-quatre cités de la Gaule ; les Germains s'étaient ligués avec elles ; les Espagnes étaient chancelantes. On enchérissait encore, comme c'est l'ordinaire, sur les exagérations de la renommée. Les bons citoyens gémissaient par intérêt pour la patrie ; mais une foule de mécontents, dans l'espoir d'un changement, se réjouissaient de leurs propres dangers.

quinta parte sui	la cinquième partie d'eux
armis legionariis;	*étant pourvue* d'armes de-légionnaires;
ceteri	les autres
cum venabulis et cultris,	avec des épieux et des couteaux,
quæque alia tela sunt	et les autres traits qui sont *d'usage*
venantibus.	aux chasseurs.
Adduntur e servitiis	*A eux* sont ajoutés d'entre les esclaves
destinati gladiaturæ,	ceux destinés au métier-de-gladiateur,
quibus, more gentico,	auxquels, selon l'usage de-la-nation,
tegimen ferri continuum	*est* une armure de fer toute-d'une-pièce
(vocant cruppellarios),	(on *les* appelle *cruppellaires*),
inhabiles	inhabiles
inferendis ictibus,	pour porter des coups,
impenetrabiles accipiendis.	impénétrables pour *en* recevoir.
Hæ copiæ augebantur	Ces troupes étaient augmentées
ut nondum	comme non-encore (sinon encore)
consensione aperta	par le concours ouvert
civitatum vicinarum,	des cités voisines,
ita viritim	ainsi (du moins) individuellement
studiis promptis,	par un zèle manifeste,
et certamine	et par la rivalité
ducum romanorum,	des généraux romains,
inter quos ambigebatur,	entre lesquels il y-avait-dispute,
utroque	l'un - et-l'autre
poscente bellum sibi.	demandant la guerre pour soi.
Mox Varro,	Bientôt Varron,
invalidus senecta,	affaibli par la vieillesse, [*l'âge.*
concessit Silio vigenti.	céda à Silius qui était-dans-la-vigueur *de*
XLIV. At Romæ	XLIV. Mais à Rome, *la nouvelle*
non modo Treveros	non seulement les Trévires
et Æduos,	et les Éduens,
sed sexaginta	mais soixante
et quatuor civitates	et quatre cités
Galliarum	des Gaules
descivisse,	avoir fait-défection,
Germanos assumptos	les Germains *avoir été* adjoints
in societatem,	en alliance,
Hispanias dubias;	les Espagnes *être* douteuses;
cuncta	toutes *ces nouvelles*
(ut mos famæ)	(comme *c'est* l'usage de la renommée)
credita	*furent* crues
in majus.	dans *une proportion* plus grande.
Quisque optimus mœrebat	Chaque *citoyen* le meilleur s'affligeait
cura reipublicæ :	par souci de la république :
multi, odio præsentium	beaucoup, par haine des choses présentes
et cupidine mutationis,	et par désir du changement,
lætabantur	se réjouissaient

5

periculis lætabantur ; increpabantque Tiberium, « Quod, in
tanto rerum motu, libellis accusatorum insumeret operam. An
Julium Sacrovirum majestatis crimine reum in senatu fore?
Exstitisse tandem viros qui cruentas epistolas armis cohiberent : miseram pacem vel bello bene mutari. » Tanto impensius in securitatem compositus, neque loco neque vultu mutato, sed ut solitum per illos dies egit : altitudine animi[1] ; an
compererat modica esse et vulgatis leviora.

XLV. Interim Silius, cum legionibus duabus incedens,
præmissa auxiliari manu, vastat Sequanorum[2] pagos, qui,
finium extremi et Æduis contermini sociique, in armis erant.
Mox Augustodunum petit propero agmine, certantibus inter se
signiferis, fremente etiam gregario milite, « Ne suetam requiem, ne spatia noctium opperiretur ; viderent modo adversos
et adspicerentur : id satis ad victoriam. » Duodecimum apud

Ils s'indignaient « qu'au milieu de ces grands mouvements Tibère
consumât tout son temps à lire des accusations. Irait-il aussi dénoncer Julius Sacrovir au sénat pour crime de lèse-majesté? Il s'était
enfin trouvé des hommes de cœur qui opposaient leurs armes à ces
lettres sanguinaires ; la guerre même valait mieux qu'une paix si
malheureuse. » Tibère, bravant ces rumeurs, affecta encore plus
de sécurité; il ne changea ni de séjour ni de visage; il continua ses
occupations ordinaires, soit dissimulation, soit qu'il sût le péril
moindre qu'on ne l'avait publié.

XLV. Cependant Silius, ayant fait prendre les devants à une
troupe auxiliaire, marche avec deux légions, et dévaste le terri-
toire des Séquanes, qui étaient les plus proches voisins, les alliés
des Éduens, et qui avaient aussi pris les armes. De là il gagne
Augustodunum à grandes journées ; les porte-enseignes signalaient
à l'envi leur impatience ; les moindres soldats s'indignaient « du
repos accoutumé, des retardements de la nuit : qu'ils vissent seulement l'ennemi, disaient-ils, qu'ils en fussent aperçus; c'était assez
pour vaincre. » A douze milles d'Augustodunum, on découvrit

quoque suis periculis ;
increpabantque Tiberium,
« Quod, in tanto motu
rerum,
insumeret operam
libellis accusatorum.
An Julium Sacrovirum
fore reum in senatu
crimine majestatis ?
Tandem viros exstitisse
qui cohiberent armis
epistolas cruentas :
pacem miseram
mutari bene
vel bello. »
Egit per illos dies
compositus in securitatem
tanto impensius,
neque loco
neque vultu mutato,
sed ut solitum :
altitudine animi ;
an compererat
esse modica
et leviora vulgatis.
XLV. Interim Silius,
incedens,
cum duabus legionibus,
manu auxiliari præmissa,
vastat pagos Sequanorum,
qui, extremi finium
et contermini
sociique Æduis,
erant in armis.
Mox petit Augustodunum
agmine propero,
signiferis
certantibus inter se,
etiam gregario milite
fremente,
« Ne opperiretur
requiem suetam,
ne spatia noctium ;
viderent modo
adversos
et adspicerentur :
id satis ad victoriam. »

même de leurs *propres* dangers ;
et ils blâmaient Tibère
« De ce que, dans un si-grand mouvement
d'affaires,
il employait *ses* soins
à des libelles d'accusateurs.
Sans doute Julius Sacrovir
devoir être accusé devant le sénat
de crime de *lèse*-majesté ?
Enfin des hommes s'être élevés
qui arrêtaient par les armes
ces lettres sanglantes :
une paix misérable
être échangée bien (avantageusement)
même pour la guerre. »
Il passa *le temps* pendant ces jours-là
arrangé en vue de (affectant) la sécurité
d'autant avec-plus-de-soin,
ni le lieu où *il résidait*
ni *son* visage n'étant changé,
mais, comme *cela était* accoutumé *à lui* :
on ne sait si c'était par profondeur d'âme;
ou s'il avait reconnu
ces dangers être médiocres
et plus faibles que *ceux* publiés.
XLV. Cependant Silius,
s'avançant
avec deux légions,   [avant,
une troupe auxiliaire étant envoyée-en-
ravage les bourgades des Séquanes,
qui, *placés* à-l'extrémité des frontières
et limitrophes
et alliés aux Éduens,
étaient en armes.
Bientôt il gagne Augustodunum
par une marche rapide,
les porte-enseignes
rivalisant entre eux,
même le simple soldat
frémissant *et disant*,
« Qu'il n'attendît pas
le repos accoutumé,
qu'*il n'attendît* pas les espaces des nuits;
qu'ils vissent seulement
les ennemis en-face
et qu'ils fussent vus *par eux* :
cela *être* assez pour la victoire. »

lapidem, Sacrovir copiæque patentibus locis apparuere. In
fronte statuerat ferratos [1], in cornibus cohortes, a tergo se-
mermos. Ipse inter primores equo insigni adire, memorare
veteres Gallorum glorias, quæque Romanis adversa intulissent;
quam decora victoribus libertas; quanto intolerantior [2] servitus
iterum victis.

XLVI. Non diu hæc, nec apud lætos : etenim propinquabat
legionum acies; inconditjque ac militiæ nescii oppidani neque
oculis neque auribus satis competebant [3]. Contra Silius, etsi
præsumpta spes hortandi causas exemerat, clamitabat tamen,
« Pudendum ipsis, quod Germaniarum victores adversum
Gallos, tanquam in hostem, ducerentur. Una nuper cohors
rebellem Turonium, una ala Treverum, paucæ hujus ipsius
exercitus turmæ profligavere Sequanos : quanto pecunia dites
et voluptatibus opulentos, tanto magis imbelles, Æduos evin-

— dans une plaine l'armée de Sacrovir. Il avait placé en première
ligne ses hommes bardés de fer, ses cohortes sur les flancs, et, par
derrière, les bandes à moitié armées. Lui-même, sur un cheval
superbe, entouré des principaux chefs, parcourait tous les rangs,
rappelant à chacun les anciens exploits des Gaulois, et tout le mal
qu'ils avaient fait aux Romains; combien la liberté serait glorieuse
après la victoire, et la servitude plus accablante après une nouvelle
défaite.

XLVI. Son discours ne fut ni long, ni d'un grand effet; car les
légions s'avançaient en bataille, et ce ramas d'habitants sans dis-
cipline, sans la moindre connaissance de la guerre, déjà ne voyait
plus, n'entendait plus rien. De son côté Silius, quoique des espérances si bien fondées rendissent toute exhortation superflue, ne
cessait de crier « qu'il serait honteux pour les vainqueurs de la
Germanie de regarder des Gaulois comme des ennemis; qu'une
cohorte avait suffi contre les Turoniens rebelles, une seule division
de cavalerie contre les Trévires, quelques hommes de cette même
armée contre les Séquanes; que les riches et voluptueux Éduens
étaient encore moins redoutables. Romains, dit-il, vous avez

Apud duodecimum lapidem	A la douzième pierre
Sacrovir copiæque	Sacrovir et *ses* troupes
apparuere	parurent
locis patentibus.	dans des lieux découverts.
Statuerat in fronte	Il avait placé en tête
ferratos,	les *hommes* bardés-de-fer,
in cornibus cohortes,	aux ailes les cohortes,
a tergo semermos.	par derrière les *hommes* à-demi-armés.
Ipse inter primores	Lui-même entre les principaux [perbe,
adire equo insigni;	de visiter. *les rangs* sur un cheval su-
memorare veteres glorias	de rappeler les anciennes gloires
Gallorum,	des Gaulois,
quæque adversa	et quels revers [mains;
intulissent Romanis;	ils avaient apporté (causés) aux Ro-
quam libertas	*disant* combien la liberté
decora victoribus;	*serait* belle pour *eux* vainqueurs;
quanto intolerantior	combien plus intolérable
servitus	la servitude *serait*
victis iterum.	pour *eux* vaincus une-seconde-fois.
XLVI. Non diu hæc,	XLVI. *Il* ne *dit* pas longtemps cela,
nec apud lætos :	ni devant des *hommes* joyeux :
etenim acies legionum	en effet le corps-de-bataille des légions
propinquabat;	s'approchait;
oppidanique	et les habitants-de-la-ville *assiégée*
inconditi ac nescii militiæ	indisciplinés et ignorants de la guerre
satis competebant	n'étaient-en-assez-bon-état
neque oculis	ni d'yeux
neque auribus.	ni d'oreilles.
Contra Silius,	D'autre-part Silius,
etsi spes præsumpta	bien que l'espoir conçu-d'avance
exemerat causas hortandi,	*lui* eût ôté les motifs d'exhorter *les siens*,
clamitabat tamen,	criait-sans-cesse cependant,
« Pudendum ipsis,	« *Cela être* honteux pour eux-mêmes,
quod victores Germanorum	de ce que les vainqueurs des Germains
ducerentur	fussent conduits
adversum Gallos,	contre les Gaulois,
tanquam in hostem.	comme contre un ennemi.
Nuper una cohors	Naguère une *seule* cohorte
Turonium rebellem,	a *accablé* le Turonien rebelle,
una ala Treverum,	une *seule* aile a *accablé* le Trévire,
paucæ turmæ	quelques escadrons
hujus exercitus ipsius	de cette armée même
profligavere Sequanos :	ont accablé les Séquanes :
evincite Æduos,	achevez-de-vaincre les Éduens,
tanto magis imbelles,	d'autant plus impropres-à-la-guerre,
quanto dites pecunia	que *vous les voyez* riches d'argent
et opulentos voluptatibus,	et abondants en plaisirs,

cite[1], et fugientibus consulite[2]. » Ingens ad ea clamor : et circumfudit eques, frontemque pedites invasere ; nec cunctatum
apud latera. Paulum moræ attulere ferrati, restantibus laminis adversum pila et gladios : sed miles, correptis securibus et
dolabris, ut si murum perrumperet, cædere tegmina et corpora : quidam trudibus aut furcis inertem molem prosternere ;
jacentesque, nullo ad resurgendum nisu, quasi exanimes linquebantur. Sacrovir primo Augustodunum, dein, metu deditionis, in villam propinquam cum fidissimis pergit. Illic sua
manu, reliqui mutuis ictibus occidere : incensa super villa
omnes cremavit.

XLVII. Tum demum Tiberius ortum patratumque bellum
senatui scripsit : neque dempsit aut addidit vero ; sed « Fide
ac virtute legatos, se consiliis superfuisse. » Simul causas, cur
non ipse, non Drusus profecti ad id bellum forent, adjunxit,
magnitudinem imperii extollens ; « Neque decorum principibus,

vaincu ; songez à poursuivre. » Un grand cri s'élève à ce discours.
La cavalerie enveloppe les flancs, l'infanterie attaque le front de
l'ennemi. Les ailes ne firent aucune résistance : on fut un peu arrêté
par les *cruppellaires*, dont l'armure résistait au javelot et à l'épée ;
mais les soldats, saisissant des coignées et des haches, enfoncent
ces murailles de fer, fendent le corps avec l'armure ; d'autres, avec
des leviers et des fourches, culbutent ces masses lourdes et immo-
biles, qui, une fois renversées, restaient comme mortes, sans pouvoir faire le moindre effort pour se relever. Sacrovir, avec ses plus
fidèles amis, se sauva d'abord à Augustodunum, et de là, craignant
d'être livré, il se retira dans une maison de campagne voisine, où
il se poignarda lui-même ; les autres s'entre-tuèrent : le feu qu'ils
avaient mis aux bâtiments servit à tous de bûcher.

XLVII. Alors enfin Tibère fit part au sénat de ces événements,
annonçant la révolte avec la soumission ; n'ajoutant, n'ôtant rien à
la vérité. « Du reste, disait-il, le dévouement et la bravoure de ses
lieutenants, et la sagesse de ses propres mesures avaient triomphé de
tout. » En même temps il expliqua pourquoi ni lui ni Drusus
n'étaient partis pour cette guerre ; exaltant « la grandeur de l'em-

et consulite fugientibus. » et veillez sur les fuyards. »
Ad ea ingens clamor : A ces *mots s'élève* un grand cri :
et eques circumfudit, et le cavalier investit *les ailes*,
peditesque et les fantassins
invasere frontem ; attaquèrent le front ;
nec cunctatum apud latera. et l'on ne tarda pas sur les flancs.
Ferrati Les *hommes* bardés-de-fer
attulere paulum moræ, apportèrent un peu de retard,
laminis restantibus les lames *de leur armure* résistant
adversum pila et gladios : contre les javelots et les épées :
sed miles, mais le soldat,
securibus et dolabris des haches et des marteaux
correptis, étant saisis,
cædere tegmina et corpora, *se met à* tailler armures et corps,
ut si perrumperet murum : comme s'il brisait un mur :
quidam prosternere quelques-uns *se mettent à* renverser
molem inertem *cette* masse inerte
trudibus aut furcis ; avec des leviers ou des fourches ;
jacentesque et *ces hommes* gisants
linquebantur étaient laissés
quasi exanimes, comme inanimés,
nullo nisu ad resurgendum. sans aucun effort pour se relever.
Sacrovir cum fidissimis Sacrovir avec les plus dévoués
pergit primo se rend d'abord
Augustodunum, à Augustodunum,
dein, metu deditionis, puis, par crainte d'une reddition,
in villam propinquam. dans une villa voisine.
Illic sua manu, Là *il périt* de sa *propre* main,
reliqui occidere ceux-qui-restaient périrent
ictibus mutuis : sous des coups mutuels :
villa incensa super la villa incendiée par-dessus
cremavit omnes. *les* brûla tous.
XLVII. Tum demum XLVII. Alors seulement
Tiberius scripsit senatui Tibère écrivit au sénat
bellum ortum la guerre avoir commencé
patratumque : et *être* finie :
neque dempsit aut addidit et il n'ôta ou (ni) n'ajouta *rien*
vero ; au vrai (à la vérité) ;
sed « Legatos superfuisse mais « *Ses* lieutenants avoir triomphé
fide ac virtute, par *leur* dévouement et *leur* courage,
se consiliis. » lui par *ses* mesures. »
Simul adjunxit causas En même temps il ajouta les causes
cur non ipse, non Drusus pourquoi ni lui-même, ni Drusus
profecti forent n'étaient partis
ad id bellum, pour cette guerre,
extollens magnitudinem exaltant la grandeur
imperii ; de l'empire ;

si una alterave civitas turbet, omissa Urbe, unde in omnia
regimen : nunc, quia non metu ducatur, iturum ut præsentia
spectaret componeretque. » Decrevere patres vota pro reditu
ejus, supplicationesque et alia decora[1]. Solus Dolabella Cornelius, dum anteire ceteros parat, absurdam in adulationem
progressus, censuit ut ovans e Campania Urbem introiret.
Igitur secutæ Cæsaris litteræ, quibus « Se non tam vacuum
gloria prædicabat, ut, post ferocissimas gentes perdomitas,
tot receptos in juventa aut spretos triumphos, jam senior peregrinationis suburbanæ inane præmium peteret. »

XLVIII. Sub idem tempus, ut mors Sulpicii Quirini publicis
exsequiis frequentaretur, petivit a senatu. Nihil ad veterem et
patriciam Sulpiciorum familiam Quirinus pertinuit, ortus apud
municipium Lanuvium : sed impiger militiæ, et acribus mini-

pire, qui ne permettait point à ses chefs de quitter, pour quelques
troubles dans une ou deux villes, la capitale d'où partent les ordres
qui régissent tout l'univers. Maintenant qu'on ne pouvait plus attri-
buer son départ à la crainte, il irait voir le désordre ; et le réparer. »
Les sénateurs décrétèrent des vœux pour son retour, des supplications et autres honneurs. Le seul Cornélius Dolabella, voulant
renchérir sur les autres, proposa que Tibère rentrât de la Campanie
dans Rome avec l'ovation. Mais celui-ci répondit « qu'après avoir
dompté les nations les plus belliqueuses, obtenu ou méprisé tant de
triomphes dans sa jeunesse, il croyait n'être point assez dénué de
gloire pour ambitionner, à son âge, cette vaine récompense d'une
promenade hors des faubourgs. »

XLVIII. A peu près dans le même temps, il demanda au sénat
pour Sulpicius Quirinus, qui venait de mourir, des funérailles publiques. Quirinus n'appartenait nullement à l'ancienne famille des
Sulpicius ; il était originaire de la ville municipale de Lanuvium.
Des talents militaires, quelques commissions où il montra du zèle,

« Neque decorum
principibus,
si una civitas alterave
turbet,
omissa Urbe,
unde regimen in omnia :
nunc,
quia non ducatur metu,
iturum ut spectaret
componeretque
præsentia. »
Patres decrevere
pro reditu ejus
vota supplicationesque
et alia decora.
Solus Dolabella Cornelius,
dum parat
anteire ceteros,
progressus
in adulationem absurdam,
censuit ut introiret ovans
e Campania Urbem.
Igitur litteræ Cæsaris
secutæ,
quibus prædicabat
« Se non tam vacuum
gloria, ut,
post gentes ferocissimas
perdomitas,
tot triumphos
receptos aut spretos
in juventa,
jam senior peteret
inane præmium   [næ.»
peregrinationis suburba-
XLVIII. Sub idem tem-
petivit a senatu   [pus,
ut mors Sulpicii Quirini
frequentaretur
exsequiis publicis.
Quirinus pertinuit nihil
ad familiam veterem
et patriciam
Sulpiciorum,
ortus apud municipium
Lanuvium :
sed impiger militiæ,

« Et *cela* n'*être* pas convenable
aux princes,
si une cité ou une seconde (une ou deux
causent-du-trouble,   [cités
de partir, la ville (Rome) étant laissée,
d'où la direction *s'étend* vers tout :
maintenant,   [crainte,
parce qu'il n'était pas conduit par la
lui devoir aller pour qu'il vît
et qu'il arrangeât
les *affaires* présentes. »
Les sénateurs décrétèrent
pour le retour de lui
des vœux et des supplications
et autres *honneurs* convenables.
Seul Dolabella Cornélius,
tandis qu'il se prépare
à dépasser *tous* les autres,
s'étant avancé
jusqu'à une adulation absurde,
fut-d'-avis qu'il entrât avec-l'ovation
de la Campanie dans la ville (Rome).
Donc une lettre de César (Tibère),
suivit (vint ensuite) ;
par laquelle il disait-hautement
« Lui n'*être* pas si vide
de gloire, que,
après les nations les plus farouches
entièrement-domptées,
après tant-de triomphes
reçus ou méprisés
dans *sa* jeunesse,
déjà *devenu* vieux il demandât
la vaine récompense
d'un voyage de-faubourg. »
XLVIII. Vers le même temps,
il demanda au sénat
que la mort de Sulpicius Quirinus
fût célébrée
par des funérailles publiques.
Quirinus n'appartint en rien
à la famille ancienne
et patricienne
des Sulpicius,
étant né dans le municipe
de Lanuvium :
mais infatigable à la guerre,

steriis, consulatum [1] sub divo Augusto , mox , expugnatis per
Ciliciam Homonadensium [2] castellis, insignia triumphi adeptus;
datusque rector C. Cæsari, Armeniam obtinenti, Tiberium
quoque, Rhodi agentem , coluerat, Quod tunc patefecit in senatu , laudatis in se officiis , et incusato M. Lollio [3], quem auctorem C. Cæsari pravitatis et discordiarum [4] arguebat. Sed
ceteris haud læta memoria Quirini erat, ob intenta, ut memoravi [5], Lepidæ pericula , sordidamque et præpotentem senectam.

XLIX. Fine anni, C. Lutorium Priscum , equitem romanum, post célèbre carmen quô Germanici suprema defleverat,
pecunia donatum a Cæsare , corripuit delator, objectans ægro
Druso composuisse , quod , si exstinctus foret, majore præmio
vulgaretur. Id C. Lutorius in domo P. Petronii, socru ejus
Vitellia coram multisque illustribus feminis, per vaniloquentiam legerat. Ut delator exstitit , ceteris ad dicendum testimonium exterritis [6], sola Vitellia nihil se audivisse asseve-

lui valurent le consulat sous Auguste. Depuis, ayant emporté les
forteresses des Homonades en Cilicie, il obtint les ornements du
triomphe. Donné pour conseil à Caïus César , lorsque celui-ci gouvernait l'Arménie, il n'en avait pas moins cultivé Tibère, alors
confiné à Rhodes. Le prince apprit au sénat ces particularités,
louant les bons offices du défunt, et l'opposant à M. Lollius, qu'il
accusait des injustices et de l'inimitié de Caïus. Mais le public était
loin de regretter autant Quirinus, à cause de son acharnement
contre Lépida, dont j'ai parlé , et du pouvoir révoltant que lui donnait son avare vieillesse.

XLIX. Sur la fin de l'année, C. Lutorius Priscus , chevalier romain , se vit la proie d'un délateur. Il avait composé sur la mort de
Germanicus un poëme qui eut de la célébrité , et lui valut une grati-
fication du prince. Drusus étant tombé malade, Lutorius fit de nouveaux vers dans l'espoir que, si Drusus mourait, ils seraient encore
mieux récompensés. La vanité les lui avait fait lire dans la maison
de P. Pétronius, devant Vitellia , belle-mère de ce dernier , et
d'autres femmes de distinction. Quand celles-ci virent le fait dénoncé, elles prirent peur et avouèrent tout ; Vitellia seule protesta

et ministeriis acribus, — et par des services actifs,
adeptus consulatum — il obtint le consulat
sub divo Augusto, — sous le divin Auguste,
mox insignia triumphi, — puis les insignes du triomphe,
castellis Homonadensium — les forts des Homonades
per Ciliciam — en Cilicie,
expugnatis ; — ayant été pris-d'assaut ;
datusque rector C. Cæsari, — et donné *pour* directeur à C. César,
obtinenti Armeniam, — qui gouvernait l'Arménie,
coluerat quoque Tiberium, — il avait cultivé aussi Tibère,
agentem Rhodi. — qui vivait à Rhodes.
Quod patefecit tunc — *Ce* que *Tibère* fit-connaître alors
in senatu, — dans le sénat,
officiis in se laudatis, — les devoirs *rendus* à lui-même étant loués,
et M. Lollio incusato, — et M. Lollius étant accusé,
quem arguebat — lequel il signalait
auctorem C. Cæsari — *comme ayant été* conseiller à C. César
pravitatis et discordiarum. — de *son* injustice et de *ses* inimitiés.
Sed memoria Quirini — Mais la mémoire de Quirinus
haud erat læta ceteris, — n'était pas agréable aux autres,
ob pericula intenta Lepidæ, — à cause des dangers suscités à Lépida,
ut memoravi, — comme je *l'ai* rapporté,
senectamque sordidam — et *à cause de sa* vieillesse sordide
et præpotentem. — et trop-puissante.
XLIX. Fine anni, — XLIX. A la fin de l'année,
delator corripuit — un délateur saisit
C. Lutorium Priscum, — C. Lutorius Priscus,
equitem romanum, — chevalier romain,
donatum pecunia a Cæsare, — gratifié d'argent par César (Tibère),
post carmen celebre — après un poème célèbre
quo defleverat — dans lequel il avait déploré
suprema Germanici, — les derniers *moments* de Germanicus,
objectans composuisse, — *lui* reprochant d'avoir composé,
Druso ægro, — Drusus *étant* malade,
quod vulgaretur — *un autre poème* qui devait être publié
præmio majore, — avec une récompense plus grande,
si exstinctus foret. — si *Drusus* était mort.
C. Lutorius legerat id — C. Lutorius avait lu ce *poëme*
per vaniloquentiam — par vanité
in domo P. Petronii, — dans la maison de L. Pétronius,
coram Vitellia socru ejus — en présence de Vitellia belle-mère de lui
multisque feminis — et de beaucoup de femmes
illustribus. — distinguées.
Ut delator exstitit, — Dès que le délateur eut paru, [crainte
ceteris exterritis — *tous* les autres étant poussés-par-la-
ad dicendum testimonium, — à rendre témoignage,
Vitellia sola asseveravit — Vitellia seule affirma

ravit. Sed arguentibus ad perniciem plus fidei fuit; sententiaque Haterii Agrippæ, consulis designati, indictum reo ultimum supplicium.

L. Contra M. Lepidus in hunc modum exorsus est : « Si, patres conscripti, unum id spectamus, quam nefaria voce C. Lutorius Priscus mentem suam et aures hominum polluerit, neque carcer, neque laqueus, ne serviles quidem cruciatus in eum suffecerint. Sin flagitia et facinora sine modo sunt, suppliciis ac remediis principis moderatio majorumque et vestra exempla temperant; et vana a scelestis, dicta a maleficiis differunt; est locus sententiæ per quam neque huic delictum impune sit, et nos clementiæ simul ac severitatis non pœniteat. Sæpe audivi[1] principem nostrum conquerentem, si quis, sumpta morte, misericordiam ejus prævenisset. Vita Lutorii in integro est; qui neque servatus in periculum reipublicæ, neque

n'avoir rien entendu. Mais les témoins à charge l'emportèrent, et Hatérius Agrippa, consul désigné, opina pour le dernier supplice.

L. M. Lépidus fut d'un avis contraire. « Pères conscrits, dit-il, si, n'envisageant que la conduite de Lutorius Priscus, vous réfléchissez de quelles paroles, de quelles idées répréhensibles il a souillé son imagination et les oreilles des Romains, sans doute vous regarderez la prison, le gibet, les tortures même des esclaves, comme un supplice insuffisant. Mais les châtiments ont des bornes, quand les forfaits n'en ont point; et la modération du prince, celle de vos aïeux et la vôtre vous prescrivent d'adoucir les peines. Au fond, il y a loin de l'indiscrétion au crime, des paroles aux actions. Il est des tempéraments qui, sans laisser impunie la faute de Lutorius, peuvent ne vous faire repentir ni de votre sévérité, ni de votre indulgence. J'ai entendu souvent l'empereur gémir sur ceux qui, par une mort volontaire, prévenaient sa clémence : Lutorius est encore vivant, et sa vie ne peut être un danger, ni sa mort une leçon pour

se audivisse nihil.	elle n'avoir entendu *lire* rien.
Sed plus fidei fuit	Mais plus de foi fut *ajoutée*
arguentibus	à ceux qui accusaient
ad perniciem;	pour la perte *de l'accusé;*
sententiaque	et sur l'avis
Haterii Agrippæ,	d'Hatérius Agrippa,
consulis designati,	consul désigné,
ultimum supplicium	le dernier supplice
indictum reo.	*fut* prononcé contre l'accusé.
L. Contra M. Lepidus	L. Au contraire M. Lépidus
exorsus est	commença
in hunc modum :	de cette manière :
« Patres conscripti,	« Pères conscrits,
si spectamus id unum,	si nous considérons cela seul,
quam C. Lutorius Priscus	combien C. Lutorius Priscus
polluerit voce nefaria	a souillé par une voix criminelle
suam mentem	son esprit
et aures hominum,	et les oreilles des hommes,
neque carcer,	ni la prison,
neque laqueus,	ni le lacet,
ne cruciatus quidem	ni même les tortures
serviles	réservées-aux-esclaves
suffecerint in eum.	n'auront suffi (ne suffiront) contre lui.
Sin flagitia et facinora	Mais si *ses* désordres et *ses* forfaits
sunt sine modo,	sont sans mesure,
moderatio principis	la modération du prince
exemplaque majorum	et les exemples de *nos* ancêtres
et vestra	et les vôtres
temperant suppliciis	tempèrent les supplices
ac remediis,	et les remèdes,
et vana differunt a scelestis,	et les *actes* de-vanité diffèrent des crimi- [nels,
dicta a maleficiis;	les paroles des méfaits;
locus est sententiæ	lieu est (il y a lieu) à une sentence
per quam neque delictum	par laquelle et la faute
sit impune huic,	ne soit pas impunie à celui-ci,
et nos non pœniteat	et nous ne nous repentions pas
clementiæ simul	de *notre* clémence à la fois
ac severitatis.	et de *notre* sévérité.
Audivi sæpe	J'ai entendu souvent
nostrum principem	notre prince
conquerentem, si quis,	se plaignant, si quelqu'un, [mort,
morte sumpta,	par une mort prise (en se donnant la
prævenisset	avait prévenu
misericordiam ejus.	la pitié de lui.
Vita Lutorii	La vie de Lutorius
est in integro;	est dans une *situation* entière;
qui neque servatus	*lui* qui ni sauvé

interfectus in exemplum ibit. Studia illi, ut plena vecordiæ, ita inania et fluxa sunt; nec quidquam grave ac serium ex eo metuas, qui, suorum ipse flagitiorum proditor, non virorum animis, sed muliercularum adrepit. Cedat tamen Urbe, et, bonis amissis, aqua et igni[1] arceatur. Quod perinde censeo ac si lege majestatis teneretur. »

LI. Solus Lepido Rubellius Blandus e consularibus assensit: ceteri sententiam Agrippæ secuti; ductusque in carcerem Priscus, ac statim exanimatus. Id Tiberius solitis sibi ambagibus apud senatum incusavit, quum 'extolleret pietatem[2] quamvis modicas principis injurias acriter ulciscentium, deprecaretur tam præcipites verborum pœnas, laudaret Lepidum, neque Agrippam argueret. Igitur factum senatusconsultum, ne decreta patrum ante diem decimum ad ærarium deferrentur[3], idque vitæ spatium damnatis prorogaretur. Sed

l'État. Son ambition, aussi puérile qu'insensée, ne sera point contagieuse. Eh! que craindre d'un homme qui, recherchant l'admiration, non de ses semblables, mais de femmelettes, a été lui-même le premier à se trahir? Mon avis est toutefois qu'on l'éloigne de Rome, que l'on confisque ses biens, qu'on lui interdise le feu et l'eau, comme s'il était réellement coupable de lèse-majesté. »

LI. Rubellius Blandus, consulaire, fut seul de l'avis de Lépidus. Les autres suivirent celui d'Agrippa; en conséquence, on conduisit Lutorius en prison, où il fut mis à mort sur-le-champ. Tibère s'en plaignit au sénat, dans les termes ambigus qui lui étaient familiers, exaltant l'attachement des sénateurs, leur zèle à venger le prince des plus légères offenses, et déplorant la précipitation d'un supplice infligé pour des paroles; louant aussi Lépidus, et ne blâmant point Agrippa. C'est pourquoi il fut résolu que les décrets du sénat ne seraient, à l'avenir, enregistrés qu'après dix jours, et qn'on différerait jusqu'à ce temps le supplice des condamnés.

ibit in periculum
reipublicæ,
neque interfectus
in exemplum.
Studia illi
sunt inania et fluxa
ita ut plena vecordiæ;
nec metuas quidquam
grave ac serium ex eo,
qui ipse proditor
suorum flagitiorum,
adrepit animis
non virorum,
sed muliercularum.
Tamen cedat Urbe,
et, bonis amissis,
arceatur aqua et igni.
Quod censeo perinde
ac si teneretur lege
majestatis. »
LI. Rubellius Blandus
solus e consularibus
assensit Lepido :
ceteri secuti
sententiam Agrippæ;
Priscusque
ductus in carcerem,
ac statim exanimatus.
Tiberius incusavit id
apud senatum
ambagibus solitis sibi,
quum extolleret pietatem
ulciscentium acriter
injurias principis,
quamvis modicas,
deprecaretur
pœnas tam præcipites
verborum,
laudaret Lepidum,
neque argueret Agrippam.
Igitur senatusconsultum
factum
ne decreta patrum
deferrentur ad ærarium
ante decimum diem,
idque spatium vitæ
prorogaretur damnatis.

n'ira à un danger (ne sera un danger)
de (pour) la république,
ni mis-à-mort
n'ira à exemple (ne servira d'exemple).
Les goûts à lui
sont vains et frivoles
ainsi qu'*ils sont* pleins de démence;
et tu ne pourrais craindre quoi que-ce-soit
de grave et de sérieux de celui (d'un
qui lui-même décèleur   [homme),
de ses *propres* désordres,
s'insinue dans les âmes
non d'hommes,
mais de femmelettes.   [(Rome),
Cependant qu'il se retire de la ville
et, *ses* biens étant perdus,
qu'il soit écarté de l'eau et du feu.
Ce dont je suis-d'avis aussi-bien   [loi
que s'il était tenu par (sous le coup de) la
de *lèse-majesté*. »
LI. Rubellius Blandus
seul des consulaires
approuva Lépidus :
les autres suivirent
l'opinion d'Agrippa;
et Priscus
fut conduit en prison,
et aussitôt mis-à-mort.
Tibère reprocha cela
devant le sénat
avec les détours habituels à lui,
tandis qu'il exaltait le zèle-pieux
de ceux qui vengeaient énergiquement
les injures du prince,
quoique légères,
et *les* priait-de-renoncer
à des châtiments si précipités
de (pour des) paroles,
louait Lépidus,
et ne blâmait point Agrippa.
Donc un sénatus-consulte
fut fait (rendu)
pour que les décrets des sénateurs
ne fussent pas portés au trésor-public
avant le dixième jour,
et *pour que* cet espace de vie
fût prorogé aux condamnés.

non senatui libertas ad pœnitendum erat, neque Tiberius interjectu temporis mitigabatur.

LII. C. Sulpicius, D. Haterius consules sequuntur[1] : inturbidus externis rebus annus; domi suspecta severitate adversum
luxum, qui immensum proruperat ad cuncta quis pecunia
prodigitur. Sed alia sumptuum, quamvis graviora, dissimulatis
plerumque pretiis occultabantur; ventris et ganeæ paratus,
assiduis sermonibus vulgati, fecerant curam ne princeps antiquæ parsimoniæ durius adverteret. Nam, incipiente C. Bibulo,
ceteri quoque ædiles disseruerant, sperni sumptuariam legem[2],
vetitaque utensilium pretia augeri in dies; nec mediocribus
remediis sisti posse. Et consulti patres integrum id negotium
ad principem distulerant. Sed Tiberius, sæpe apud se pensitato an coerceri, tam profusæ cupidines possent, num coercitio plus damni in rempublicam ferret, quam indecorum

Mais ni les sénateurs n'avaient la liberté de révoquer leurs arrêts, ni
·le temps n'adoucissait Tibère.

LII. Vint ensuite le consulat de C. Sulpicius et de D. Haterius.
Rome, tranquille au dehors, eut à redouter au dedans la sévérité du
prince contre les débordements du luxe qui ne connaissaient plus de
mesure. Pour les autres objets de dépense, quoique plus ruineux,
on les cachait en déguisant une partie du prix. Mais, pour les dépenses de la table, les conversations journalières les dénonçaient au
prince, et l'on tremblait que son austère économie ne voulût ramener durement les Romains à leur antique frugalité. Tous les
édiles, C. Bibulus à leur tête, avaient représenté dans le sénat que
la loi somptuaire était méprisée, qu'on excédait de jour en jour les
sommes fixées pour les repas, que le mal demandait un remède
violent; et le sénat avait renvoyé la décision au prince. Tibère
examina longtemps en lui-même s'il était possible de réprimer des
excès aussi répandus, si la réforme n'en serait pas nuisible à l'État,
combien il serait honteux de l'entreprendre sans y réussir, ou de ne

Sed libertas
non erat senatui
ad pœnitendum,
neque Tiberius
mitigabatur
interjectu temporis.
LII. C. Sulpicius,
D. Haterius
sequuntur consules :
annus inturbidus
rebus externis;
severitate suspecta domi
adversum luxum,
qui proruperat immensum
ad cuncta
quis pecunia prodigitur.
Sed alia sumptuum,
quamvis graviora,
occultabantur plerumque
pretiis dissimulatis;
paratus ventris et ganeæ,
vulgati
sermonibus assiduis,
fecerant curam
ne princeps
parsimoniæ antiquæ
adverteret durius.
Nam, C. Bibulo incipiente,
ceteri ædiles quoque
disseruerant
legem sumptuariam sperni,
pretiaque vetita
utensilium
augeri in dies;
nec posse sisti
remediis mediocribus.
Et patres consulti
distulerant ad principem
id negotium integrum.
Sed Tiberius,
pensitato sæpe apud se,
an cupidines tam profusæ
possent coerceri,
num coercitio
ferret in rempublicam
plus damni,
quam indecorum attrectare

Mais la liberté
n'était pas au sénat
pour se repentir,
et Tibère
n'était point adouci
par un intervalle de temps.
LII. C. Sulpicius,
D. Hatérius
suivent *comme* consuls :
l'année *fut* sans-troubles
par les affaires étrangères;
la sévérité étant crainte à l'intérieur
contre le luxe,
qui avait débordé sans-mesure
vers toutes les choses
pour lesquelles l'argent se prodigue.
Mais les autres *détails* des dépenses,
quoique plus graves,
étaient cachés la-plupart-du-temps
par des prix dissimulés;
les apprêts du ventre et de la débauche,
divulgués
par des entretiens continuels,
avaient fait *naître* l'inquiétude
qu'un prince
d'une économie antique
ne sévît trop cruellement.
Car, C. Bibulus commençant,
les autres édiles aussi
avaient exposé
la loi somptuaire être méprisée,
et les prix défendus
des provisions-usuelles
s'augmenter *de jour* en jour;
et *cela* ne pouvoir être arrêté
par des remèdes médiocres.
Et les sénateurs consultés
avaient renvoyé au prince
cette affaire entière.
Mais Tibère,   [même,
la question ayant été pesée souvent en lui-
si des passions si effrénées
pouvaient être réprimées,
si *leur* répression
*n'*apporterait *pas* à la république
plus de dommage,   [cher
combien *il serait* messéant à lui de tou-

attrectare quod non obtineret, vel retentum ignominiam et
infamiam virorum illustrium posceret, postremo litteras ad
senatum composuit, quarum sententia in hunc modum fuit :

LIII. « Ceteris forsitan in rebus, patres conscripti, magis
expediat me coram interrogari, et dicere quid e republica
censeam : in hac relatione, subtrahi oculos meos melius fuit,
ne, denotantibus vobis ora ac metum singulorum qui pudendi
luxus arguerentur, ipse etiam viderem eos ac velut deprenderem. Quod si mecum ante viri strenui, ædiles, consilium habuissent, nescio an suasurus fuerim omittere potius prævalida
et adulta vitia, quam hoc assequi, ut palam fieret quibus flagitiis
impares essemus. Sed illi quidem officio functi sunt, ut ceteros
quoque magistratus sua munia implere velim ; mihi autem
neque honestum silere, neque proloqui expeditum, quia non
ædilis, aut prætoris, aut consulis partes sustineo : majus ali-

réussir qu'en flétrissant les hommes les plus illustres. Enfin il écrivit
au sénat une lettre à peu près conçue en ces termes : ·

LIII. « Toute autre délibération, pères conscrits, demanderait
peut-être ma présence et mes avis ; mais dans celle-ci, où vos regards, où la confusion et la frayeur des coupables me révéleraient
à moi-même la honte de leur luxe, où le juge serait le témoin, mon
éloignement est un bien. Que si les courageux édiles m'avaient auparavant consulté, je ne sais si je ne leur eusse pas plutôt conseillé
de fermer les yeux sur des vices si puissants et si accrédités, que de
s'exposer, par leur poursuite, à manifester l'impuissance des lois
contre ces déréglements. Au reste, ces dignes magistrats ont rempli
leur devoir avec un zèle que je voudrais trouver dans tous les autres ;
pour moi, il me serait peu honorable de me taire, et je ne suis pas
libre de tout dire, parce que le prince n'est ni un édile, ni un préteur, ni un consul ; élevé plus haut, on exige plus de lui ; et,

quod non obtineret,   à ce qu'il n'obtiendrait pas,
vel retentum   ou *qui* étant maintenu
posceret ignominiam   exigerait l'ignominie
et infamiam   et l'infamie
virorum illustrium,   d'hommes illustres,
postremo composuit   à la fin composa
litteras ad senatum,   une lettre au sénat,
quarum sententia   de laquelle le sens
fuit in hunc modum :   fut de cette sorte :

LIII. «Patres conscripti,   LIII. « Pères conscrits,
forsitan in ceteris rebus   peut-être dans les autres choses
expediat magis   il serait-utile davantage
me interrogari coram,   moi être interrogé en présence *de tous*,
et dicere quid censeam   et dire quoi je pense
e republica :   *être* dans-l'intérêt-de-la république :
in hac relatione,   *mais* dans cette délibération,
fuit melius   il a été (il eût été) mieux
meos oculos subtrahi,   mes yeux (regards) être écartés,
ne, vobis denotantibus   pour-éviter-que, vous signalant
ora ac metum singulorum   les figures et la crainte de chacun *de ceux*
qui arguerentur   qui seraient accusés
luxus pudendi,   d'un luxe honteux,
ipse etiam viderem   moi-même aussi je visse
ac velut deprenderem eos.   et pour-ainsi-dire surprisse eux.
Quod si ante   Que si auparavant
ædiles, viri strenui   les édiles hommes actifs
habuissent consilium   avaient tenu conseil
mecum,   avec-moi,
nescio an suasurus fuerim   je ne sais si je n'aurais pas conseillé
omittere vitia   de négliger des vices
prævalida et adulta   fortifiés et grandis
potius quam assequi hoc,   plutôt que d'obtenir ce *résultat*,
ut fieret palam   *savoir* qu'il devînt *connu* ouvertement
quibus flagitiis   contre quels désordres
essemus impares.   nous étions impuissants.
Sed quidem illi   Mais certes ceux-là
functi sunt officio,   se sont acquittés de *leur* devoir,
ut velim   comme je voudrais
ceteros magistratus quoque   les autres magistrats aussi
implere sua munia ;   remplir leurs fonctions ;
mihi autem   quant à moi
neque honestum silere,   il n'est ni honnête de me taire,
neque expeditum proloqui,   ni facile de parler,
quia non sustineo partes   parce que je ne soutiens pas le rôle
ædilis, aut prætoris,   d'un édile, ou d'un préteur,
aut consulis :   ou d'un consul :   [élevé
aliquid majus et excelsius   quelque chose de plus grand et de plus

quid et excelsius a principe postulatur ; et, quum recte facto-
rum sibi quisque gratiam trahant, unius invidia ab omnibus
peccatur. Quid enim primum prohibere et priscum ad morem
recidere aggrediar? Villarumne infinita spatia [1], familiarum
numerum et nationes? argenti et auri pondus? æris tabula-
rumque miracula? promiscuas viris et feminis vestes [2], atque
illa feminarum propria, quis, lapidum causa [3], pecuniæ nostræ
ad externas aut hostiles gentes transferuntur?

LIV. « Nec ignoro in conviviis et circulis incusari ista et
modum posci; sed, si quis legem sanciat, pœnas indicat,
iidem illi civitatem verti, splendidissimo cuique exitium
parari, neminem criminis expertem clamitabunt. Atqui ne
corporis quidem morbos veteres et diu auctos, nisi per dura
et aspera, coerceas : corruptus simul et corruptor, æger et
flagrans animus, haud levioribus remediis restinguendus est

tandis que chacun s'attribue la gloire des succès, il répond seul des
fautes de tous. Par où commencer la réforme, et que faut-il ramener
d'abord à l'antique simplicité ? Seraient-ce ces immenses maisons de
campagne et ces nations d'esclaves ? Ces masses d'or et d'argent, ces
statues et ces tableaux, merveilles de l'art ? Ces vêtements qui ne
laissent plus de différence entre les deux sexes, ou ces dépenses particulières des femmes, qui, pour des pierreries, transportent chez
l'étranger, chez l'ennemi même, les trésors de l'empire ?

LIV. « Je n'ignore point que dans les festins et dans les cercles
mille voix s'élèvent contre ces abus et en demandant la répression :
mais si l'on fait une loi, si l'on établit des peines, ces mêmes voix
crieront qu'on bouleverse l'État, qu'on prépare la ruine des grands,
que tous les citoyens sont menacés. Cependant, si les maladies
mêmes du corps, quand elles sont opiniâtres et invétérées, exigent un
traitement sévère et rigoureux, croit-on que dans celles de l'âme, à
la fois corrompue et corruptrice, débile et ardente, on puisse
dompter le mal sans des remèdes aussi actifs que les passions qui

postulatur a principe ;	est exigé du prince ;
et, quum trahant.	et, quoique *les hommes* tirent
quisque sibi	chacun à soi
gratiam recte factorum,	la reconnaissance d'*actions* bien faites,
peccatur ab omnibus	il est mal-fait par tous
invidia unius. [mum	avec la haine d'un seul.
Quid enim aggrediar pri-	Car quoi entreprendrai-je d'abord
prohibere	d'empêcher *de croître*
et recidere	et de retrancher (ramener en retranchant)
ad morem priscum ?	à l'usage ancien ?
Spatiane infinita	Est-ce les espaces infinis
villarum,	des villas,
numerum et nationes	le nombre et les nations
familiarum ?	d'esclaves ?
pondus argenti et auri ?	le poids de l'argent et de l'or ?
miracula æris	les merveilles d'airain
tabularumque ?	et de tableaux ?
vestes promiscuas	les vêtements communs
viris et feminis,	aux hommes et aux femmes,
atque illa	et ces *ornements*
propria feminarum,	propres aux femmes,
quis, causa lapidum,	par lesquelles, à cause de *quelques* pierres,
nostræ pecuniæ	notre argent
transferuntur ad gentes	est transporté chez des nations
externas aut hostiles?	étrangères ou ennemies?
LIV. « Nec ignoro	LIV. « Et je n'ignore pas
ista incusari	ces *abus* être accusés
in conviviis et circulis,	dans les festins et les cercles,
et modum posci ;	et une mesure être réclamée ;
sed, si quis sanciat legem,	mais, si quelqu'un sanctionne une loi,
indicat pœnas,	fixe des peines,
illi iidem clamitabunt	ces mêmes *hommes* crieront-sans-cesse
civitatem verti,	l'État être bouleversé,
exitium parari	la ruine être préparée
cuique splendidissimo,	à chaque *citoyen* le plus illustre,
neminem expertem	personne *n'être* exempt
criminis.	d'accusation.
Atqui ne coerceas quidem	Cependant tu n'arrêterais pas même
morbos corporis veteres	les maladies du corps invétérées
et auctos diu,	et accrues depuis-longtemps,
nisi per dura et aspera :	sinon par des *remèdes* durs et violents :
animus	*ainsi* l'âme
corruptus simul	corrompue à la fois
et corruptor,	et corruptrice,
æger et flagrans,	malade et ardente,
restinguendus est	doit être éteinte
remediis haud levioribus	par des remèdes non plus faibles

quàm libidinibus ardescit. Tot a majoribus repertæ leges, tot quas divus Augustus tulit, illæ oblivione, hæ (quod flagitiosius est) contemptu abolitæ, securiorem luxum fecere. Nam, si velis quod nondum vetitum est, timeas ne vetere ; at, si prohibita impune transcenderis, neque metus ultra neque pudor est. Cur ergo olim parsimonia pollebat ? Quia sibi quisque moderabatur ; quia unius urbis cives eramus : ne irritamenta quidem eadem intra Italiam dominantibus. Externis victoriis aliena, civilibus etiam nostra consumere didicimus. Quantulum istud est, de quo ædiles admonent ! Quàm, si cetera respicias, in levi habendum ! At hercule nemo refert quod Italia externæ opis [1] indiget, quod vita populi romani [2] per incerta maris et tempestatum quotidie volvitur, ac, nisi provinciarum copiæ et dominis et servitiis et agris subvenerint, nostra nos

l'enflamment? Qu'ont produit tant de lois établies par nos ancêtres, tant de lois portées par Auguste ? Les unes abolies par le temps, les autres, ce qui est plus honteux, décréditées par le mépris, n'ont fait qu'enhardir le luxe. Car, si l'on se livre à des excès non encore défendus, on peut craindre la défense ; mais si, après la défense, on la transgresse impunément, il n'y a plus ni crainte ni honte. D'où vient donc que l'économie régnait autrefois parmi nous? C'est que chacun bornait ses désirs ; c'est que nous étions citoyens d'une seule cité ; l'Italie même, quand nous l'eûmes conquise, n'offrait pas à nos passions les mêmes aliments. Depuis, nos victoires extérieures nous ont appris à dévorer le bien des étrangers, et nos guerres civiles, à consumer même le nôtre. Qu'est-ce que l'abus dont nous avertissent les édiles, auprès des vices énormes qui affligent l'État ? On se plaint des profusions de la table ; mais on ne vous dit point que, sans l'étranger, l'Italie ne subsisterait pas ; que la vie du peuple romain est tous les jours à la merci des flots et des tempêtes. Si l'abondance des provinces cessait de subvenir à l'insuffisance de nos champs, aux besoins des maîtres, des esclaves, seraient-ce nos maisons et

quam ardescit libidinibus.	qu'elle n'est consumée de passions.
Tot leges	Tant de lois
repertæ a majoribus,	trouvées par nos ancêtres,
tot quas tulit	tant d'autres que porta
divus Augustus,	le divin Auguste,
abolitæ, illæ oblivione ,	abolies, celles-là par l'oubli,
hæ (quod est flagitiosius)	celles-ci (ce qui est plus honteux)
contemptu ,	par le mépris ;
fecere luxum securiorem.	ont fait (rendu) le luxe plus tranquille.
Nam si velis ,	Car si tu veux défendre
quod nondum vetitum est,	ce qui n'a pas encore été défendu ,
timeas ne vetere ;	crains que tu n'en sois empêché ;
at, si impune	mais, si impunément
transcenderis prohibita,	tu as transgressé des défenses,
neque metus neque pudor	ni crainte ni pudeur
est ultra.	n'est au delà (n'est plus).
Cur ergo parsimonia	Pourquoi donc l'économie
pollebat olim ?	était-elle-puissante autrefois ?
Quia quisque	Parce que chacun
moderabatur sibi ;	se modérait soi-même ;
quia eramus cives	parce que nous étions citoyens
unius urbis :	d'une seule ville :
ne irritamenta quidem	les excitations ne furent même pas
eadem	les mêmes
dominantibus	à nous dominant
intra Italiam.	en dedans de l'Italie.
Didicimus	Nous avons appris
victoriis externis	par des victoires étrangères
consumere aliena ,	à dissiper les biens d'autrui ,
civilibus	par les guerres civiles
etiam nostra.	à dissiper même les nôtres.
Quantulum est istud,	Combien-petit est cet abus,
de quo ædiles admonent !	dont les édiles nous avertissent !
Quam habendum	Comme il doit être tenu
in levi ,	en légère considération,
si respicias cetera !	si tu regardes les autres !
At hercule nemo refert	Mais par-Hercule nul ne fait-de-rapport
quod Italia	sur ce que l'Italie
indiget opis externæ,	a-besoin de ressources étrangères,
quod vita populi romani	sur ce que la vie du peuple romain
volvitur quotidie	est ballottée chaque-jour
per incerta maris	à travers les incertitudes de la mer,
et tempestatum ,	et des tempêtes,
ac;	et;
nisi copiæ provinciarum	si les provisions des provinces
subvenerint et dominis	ne viennent-en-aide et aux maîtres
et servitiis et agris ,	et aux esclaves et aux champs;

scilicet nemora nostræque villæ tuebuntur! Hanc, patres
conscripti, curam sustinet princeps : hæc omissa funditus
rempublicam trahet. Reliquis intra animum medendum est :
nos pudor, pauperes necessitas, divites satias in melius mutet.
Aut, si quis ex magistratibus tantam industriam ac severitatem
pollicetur, ut ire obviam queat, hunc et laudo, et exonerari
laborum meorum partem fateor. Sin accusare vitia volunt,
dein, quum gloriam ejus rei adepti sunt, simultates faciunt,
ac mihi relinquunt, credite, patres conscripti, me quoque
non esse offensionum avidum : quas quum graves, et plerumque iniquas, pro republica suscipiam, inanes et irritas, neque
mihi aut vobis usu futuras, jure deprecor. »

LV. Auditis Cæsaris litteris, remissa ædilibus talis cura;
luxusque mensæ, a fine Actiaci belli ad ea arma quis Ser.

nos bois qui nous feraient vivre ? Ce sont là, pères conscrits, les
soins qui méritent d'occuper le prince : s'il les néglige, c'en est fait
de l'empire. Pour le reste, il en faut laisser le remède à nous-mêmes.
Que la pudeur agisse sur nous, la nécessité sur les pauvres, la
satiété sur les riches; ou, si quelques-uns des magistrats nous pro-
mettent assez de vigilance et de sévérité pour prévenir le désordre,
je les loue, et je confesse qu'ils me déchargent d'une partie de mes
travaux; mais s'ils se bornent à dénoncer les vices, et qu'ensuite,
contents de cette gloire, il me laissent le poids des inimitiés que sus-
citera leur zèle, je vous déclare, pères conscrits, que Tibère n'est
pas plus qu'eux jaloux de la haine. J'ai bravé, pour le bien de
l'État, des ressentiments profonds, et le plus souvent injustes; mais,
quand ils ne sont point nécessaires, quand ils ne sont utiles ni à
moi ni à vous, il est juste qu'on me les épargne. »

LV. Le sénat, d'après cette lettre de Tibère, dispensa les édiles
de pareils soins. Le luxe de la table se soutint avec fureur pendant
cent ans, depuis la bataille d'Actium jusqu'à la guerre qui mit Galba

scilicet nostra nemora | sans doute nos bois
nostræque villæ | et nos villas
tuebuntur nos! | protégeront nous!
Hanc curam, | C'est ce soin (ce fardeau),
patres conscripti, | pères conscrits,
princeps sustinet : | que le prince soutient :
hæc omissa | c'est ce soin qui négligé
trahet rempublicam | entraînera l'Etat
funditus. | de-fond-en-comble.
Medendum est reliquis | Il faut remédier aux autres maux
intra animum : | dans notre cœur :
pudor mutet nos in melius, | que la pudeur change nous en mieux,
necessitas pauperes, | que la nécessité change les pauvres,
satias divites. | la satiété les riches.
Aut, si quis | Ou, si quelqu'un
ex magistratibus | des magistrats
pollicetur | promet
tantam industriam | une si-grande activité
ac severitatem, | et sévérité,
ut queat ire obviam, | qu'il puisse aller à-l'encontre,
et laudo hunc, | et je loue ce magistrat,
et fateor | et j'avoue
partem meorum laborum | une part de mes fatigues
exonerari. | être allégée.
Sin volunt accusare vitia, | Mais-s'ils veulent accuser les vices,
dein, quum adepti sunt | puis, lorsqu'ils ont obtenu
gloriam ejus rei, | la-gloire de cette chose,
faciunt simultates, | s'ils créent des inimitiés,
ac relinquunt mihi, | et les laissent à moi,
credite, patres conscripti, | croyez, pères conscrits,
me quoque   [num: | moi aussi
non esse avidum offensio- | n'être point avide d'inimitiés :
quas graves | desquelles graves
et plerumque iniquas | et ordinairement injustes
quum suscipiam | lorsque je me charge
pro republica, | pour l'Etat,
jure deprecor | à bon droit je vous prie-de-détourner
inanes et irritas, | celles qui sont vaines et inutiles,
neque futuras usui | et qui ne doivent pas être à utilité
mihi aut vobis. » | à moi ou (ni) à vous. »
LV. Litteris Cæsaris | LV. La lettre de César (Tibère)
auditis, | ayant été entendue,
talis cura remissa ædilibus; | un tel soin fut remis (ôté) aux édiles;
luxusque mensæ, | et le luxe de la table,
exerciti sumptibus profusis | déployé avec des dépenses infinies
per centum annos, | pendant cent ans,
a fine belli Actiaci | depuis la fin de la guerre d'-Actium

Galba rerum adeptus est[1], per annos centum profusis sumpti-
bus exerciti, paulatim exolevere. Causas ejus mutationis quæ-
rere libet. Dites olim familiæ nobilium, aut claritudine insignes,
studio magnificentiæ prolabebantur. Nam etiam tum plebem,
socios, regna colere, et coli licitum : ut quisque opibus, domo,
paratu speciosus, per nomen et clientelas[2] illustrior habebatur.
Postquam cædibus sævitum, et magnitudo famæ exitio erat,
ceteri ad sapientiora convertere. Simul novi homines e municipiis et coloniis, atque etiam provinciis, in senatum crebro
assumpti, domesticam parsimoniam intulerunt; et, quanquam
fortuna vel industria plerique pecuniosam ad senectam perve-
nirent, mansit tamen prior animus. Sed præcipuus adstricti
moris auctor Vespasianus fuit, antiquo ipse cultu victuque.
Obsequium inde in principem, et æmulandi amor, validior

en possession de l'empire; depuis, il tomba peu à peu. Je veux rechercher les causes de ce changement. Autrefois les familles pa-
triciennes ou illustres qui étaient riches s'abandonnaient sans réserve au goût de la magnificence : car il était alors permis de
cultiver le peuple, les alliés, les rois, et d'en recevoir les hommages ;
et plus chacun étalait de richesses et de faste, plus il s'attirait
de considération et de clients. Quand la tyrannie eut versé des flots
de sang, et qu'une grande renommée devint un crime, ceux qui
avaient échappé furent plus réservés. D'ailleurs, tous ces hommes
nouveaux, qui, des villes municipales, des colonies, et même des
provinces, passèrent souvent dans le sénat, y portèrent l'économie
de leur vie privée ; et, quoique la plupart d'entre eux, ou heureux
ou habiles, parvinssent sur la fin de leur vie à une grande opulence,
ils conservèrent leur premier esprit. Mais le principal auteur de la
réforme fut Vespasien, qui, à sa table et dans ses vêtements, rappelait la simplicité antique. Le désir de plaire et de ressembler au
prince fit plus que les lois, les châtiments et la crainte. Peut-être

ad ea arma.	jusqu'à ces armes (cette guerre)
quis Ser. Galba	par lesquelles Ser. Galba
adeptus est rerum,	obtint les affaires (l'empire),
exolevere paulatim.	se passa peu-à-peu.
Libet quærere causas	Il *me* plaît de rechercher les causes
ejus mutationis.	de ce changement.
Olim familiæ nobilium	Autrefois les familles de nobles
dites, aut insignes	riches, ou remarquables
claritudine,	par *leur* illustration,
prolabebantur	s'écroulaient (se ruinaient)
studio magnificentiæ.	par le goût de la magnificence.
Nam etiam tum licitum	Car encore alors *il était* permis
colere plebem,	de cultiver le peuple,
socios, regna,	les alliés, les royaumes,
et coli :	et d'être cultivé *par eux* :
ut quisque speciosus	selon que chacun *était* remarquable
opibus, domo, paratu,	par *ses* richesses, *sa* maison, *son* luxe,
habebatur illustrior	il était tenu pour plus illustre
per nomen et clientelas.	par le nom et les clientèles.
Postquam sævitum	Après qu'il *eut été* sévi
cædibus,	par des meurtres,
et magnitudo famæ	et que la grandeur de la renommée
erat exitio,	fut à perte,
ceteri convertere	les autres se tournèrent
ad sapientiora.	vers des *habitudes* plus sages.
Simul homines novi	En même temps des hommes nouveaux
e municipiis et coloniis,	*venus* des municipes et des colonies,
atque etiam provinciis,	et même des provinces,
assumpti crebro	admis fréquemment
in senatum,	dans le sénat,
intulerunt	importèrent
parsimoniam domesticam ;	l'économie de *leur-pays* ;
et, quanquam plerique	et, quoique la plupart
pervenirent	parvinssent
ad senectam pecuniosam	à une vieillesse opulente
fortuna vel industria,	par le hasard ou par *leur* activité,
tamen animus prior	cependant *leur* caractère premier
mansit.	subsista.
Sed auctor præcipuus	Mais l'auteur principal
moris adstricti	d'habitudes serrées (austères)
fuit Vespasianus,	fut Vespasien,
ipse cultu	lui-même d'habillement
victuque antiquo.	et de régime antique.
Inde obsequium	De là le désir-de-plaire
in principem,	au prince,
et amor æmulandi,	et la passion de *l'*imiter,
validior quam poena	plus forte que la peine.

quam pœna ex legibus et metus. Nisi forte rebus cunctis inest
quidam velut orbis, ut, quemadmodum temporum' vices, ita
morum vertantur : nec omnia apud priores meliora, sed nostra quoque ætas multa laudis et artium, imitanda posteris,
tulit. Verum hæc nobis in majores certamina ex honesto
maneant.

LVI. Tiberius, fama moderationis parta, quod ingruentes
accusatores represserat, mittit litteras ad senatum, quis potestatem tribuniciam Druso petebat. Id summi fastigii vocabulum
Augustus reperit, ne regis aut dictatoris nomen assumeret, ac
tamen appellatione aliqua cetera imperia præmineret. M. deinde
Agrippam socium ejus potestatis, quo defuncto, Tiberium
Neronem delegit, ne successor in incerto foret. Sic cohiberi
pravas aliorum spes rebatur : simul modestiæ Neronis et suæ
magnitudini fidebat. Quo tunc exemplo, Tiberius Drusum

aussi que toutes les choses humaines sont assujetties à des révolutions périodiques, et que les mœurs changent comme les temps.
Tout n'a pas été mieux autrefois, et notre siècle a produit aussi
des vertus et des talents dignes d'être imités par la postérité. Ah!
puissions-nous le disputer toujours à nos ancêtres en vertu !

LVI. Tibère, s'étant fait une réputation de bonté pour avoir
arrêté les attaques incessantes des délateurs, écrivit au sénat une
lettre par laquelle il demandait pour Drusus la puissance tribunitienne. C'est le nom qu'Auguste imagina pour la suprême domination, afin d'éviter de prendre celui de roi ou de dictateur, et de
se réserver toutefois un titre supérieur aux autres dignités. Il avait
ensuite associé à ce pouvoir M. Agrippa ; et, ce dernier étant mort,
il y éleva Tibère Néron, pour ne point laisser d'incertitude sur son
successeur. Il se flattait par là de contenir l'ambition des prétendants.
D'ailleurs, il se fiait sur la modération de son collègue et sur sa
propre grandeur. Maintenant, à l'exemple d'Auguste, Tibère asso-

ex legibus	de-par les lois
et metus.	et que la crainte.
Nisi forte cunctis rebus	A moins que peut-être en toutes choses
inest velut quidam orbis,	ne soit comme un certain cercle,
ut vices morum	tellement que les phases des mœurs
vertantur ita,	changent ainsi,
quemadmodum temporum:	comme celles des saisons:
nec omnia meliora	et que tout n'ait pas été meilleur
apud patres,	chez nos pères,
sed nostra ætas quoque	mais que notre âge aussi
tulit multa	ait porté (produit) de nombreux exemples
laudis et artium	de gloire et de talents
imitanda posteris.	à imiter par les descendants.
Verum hæc certamina	Mais que ces rivalités
ex honesto	sur ce qui est honnête
maneant nobis	subsistent à nous
in majores.	vis-à-vis des ancêtres.
LVI. Tiberius,	LVI. Tibère,
fama moderationis parta,	la réputation de modération étant acquise,
quod represserat	parce qu'il avait réprimé
accusatores ingruentes,	les accusateurs qui fondaient-sur tout,
mittit ad senatum litteras,	envoie au sénat une lettre,
quis petebat Druso	par laquelle il demandait pour Drusus
potestatem tribuniciam.	le pouvoir tribunitien.
Augustus	Auguste
reperit id vocabulum	trouva cette dénomination
summi fastigii,	de la suprême élévation,
ne assumeret nomen	pour qu'il ne prît pas le nom
regis aut dictatoris,	de roi ou de dictateur,
ac tamen præmineret	et que cependant il dominât
cetera imperia	tous-les-autres pouvoirs
aliqua appellatione.	par quelque appellation.
Deinde	Ensuite
delegit M. Agrippam	il choisit M. Agrippa
socium ejus potestatis,	comme associé à ce pouvoir,
quo defuncto,	lequel étant mort,
Tiberium Neronem,	il choisit Tibère Néron,
ne successor	pour que son successeur [signé d'avance].
foret in incerto.	ne fût pas dans l'incertitude (fût dé-
Sic rebatur	Ainsi il pensait
spes pravas aliorum	les espérances mauvaises des autres
cohiberi :	être réprimées.
simul fidebat	en même temps il se confiait
modestiæ Neronis	dans la modestie de Néron
et suæ magnitudini.	et dans sa propre grandeur.
Quo exemplo tunc	D'après lequel exemple alors
Tiberius admovet Drusum	Tibère approche Drusus

summæ rei admovet, quum, incolumi Germanico, integrum inter duos judicium tenuisset. Sed principio litterarum veneratus deos, ut consilia sua reipublicæ prosperarent, modica de moribus adolescentis, neque in falsum aucta retulit : « Esse illi conjugem et tres liberos, eamque ætatem¹ qua ipse quondam a divo Augusto ad capessendum hoc munus vocatus sit. Neque nunc propere, sed per octo annos capto experimento, compressis seditionibus, compositis bellis, triumphalem et bis consulem, noti laboris participem sumi. »

LVII. Præceperant animis orationem patres ; quo quæsitior adulatio fuit. Nec tamen repertum nisi ut effigies principum, aras deum, templa et arcus, aliaque solita censerent : nisi quod M. Silanus ex contumelia consulatus honorem principibus petivit ; dixitque pro sententia, ut publicis privatisve monumentis², ad memoriam temporum, non consulum nomina

ciait Drusus au rang suprême, ayant, pendant la vie de Germanicus, laissé son choix indécis entre les deux frères. Sa lettre commençait par des supplications aux dieux, pour que ses desseins tournassent à la prospérité de la république. Ensuite il entrait dans quelques détails sur son fils ; il rappelait, sans exagération, « que Drusus avait une femme, trois enfants, l'âge où lui-même avait été appelé à cet honneur par Auguste ; qu'on ne pouvait accuser son choix de précipitation ; qu'éprouvé pendant huit ans, décoré d'un triomphe et de deux consulats, ayant réprimé des séditions, terminé des guerres, Drusus avait l'expérience du fardeau qu'il allait partager. »

LVII. Les sénateurs s'étaient attendus à la demande du prince, et leurs flatteries n'en furent que plus étudiées. Toutefois ils n'imaginèrent rien que des statues pour les princes, des autels pour les dieux, des temples, des arcs de triomphe, et autres honneurs accoutumés. Seulement M. Silanus voulut dégrader le consulat pour honorer les princes. Il proposa que l'époque de la construction des monuments publics ou privés fût, à l'avenir, indiquée, non par la

summæ rei,	du souverain pouvoir,
quum,	tandis que,
Germanico incolumi,	Germanicus vivant,
tenuisset inter duos	il avait tenu entre *eux* deux
judicium integrum.	*son* jugement impartial.
Sed principio litterarum	Mais au début de *sa* lettre
veneratus deos,	ayant fait-hommage aux dieux,
ut prosperarent reipublicæ	pour qu'ils fissent-réussir pour l'État
sua consilia,	ses *propres* desseins,
retulit modica	il rapporta des *détails* modestes'
neque aucta in falsum,	et qui n'étaient pas exagérés à faux,
de moribus adolescentis :	sur les mœurs du jeune *prince :*
« Conjugem esse illi	« Une épouse être à lui
et tres liberos,	et trois enfants,
eamque ætatem	et ce *même* âge
qua ipse quondam	où lui-même autrefois
vocatus sit a divo Augusto	avait été appelé par le divin Auguste
ad capessendum	à prendre
hoc munus.	cette charge. [la-hâte,
Neque nunc propere,	Et *Drusus* n'*être* pas maintenant *choisi* à-mais essai *de lui* ayant été pris (fait)
sed experimento capto	
per octo annos,	pendant huit années,
seditionibus compressis,	des séditions ayant été comprimées,
bellis compositis,	des guerres ayant été arrangées,
triumphalem	honoré-du-triomphe
et bis consulem	et deux-fois consul
sumi participem	être pris *pour* associé
laboris noti. »	d'une tâche connue *de lui.* »
LVII. Patres	LVII. Les sénateurs
præceperant animis	avaient pressenti dans *leurs* âmes
orationem ;	ce discours ;
quo adulatio fuit quæsitior.	par quoi l'adulation fut plus raffinée.
Nec tamen repertum	Et cependant *rien* ne *fut* trouvé
nisi ut censerent	sinon qu'ils proposassent
effigies principum,	des statues des princes,
aras deum,	des autels des dieux,
templa et arcus,	des temples et des arcs *de triomphe,*
aliaque solita :	et autres *honneurs* accoutumés :
nisi quod M. Silanus	si ce n'est que M. Silanus
petivit principibus	demanda pour les princes
honorem	un honneur
ex contumelia consulatus ;	*résultant* de l'avilissement du consulat ;
dixitque pro sententia,	et il dit (proposa) pour avis,
ut monumentis	que sur les monuments
publicis privatisve,	publics ou privés,
ad memoriam temporum,	pour la mémoire des temps *futurs,*
præscriberentur nomina	fussent inscrits les noms

præscriberentur, sed eorum qui tribuniciam potestatem gere-
rent. At Q. Haterius, quum ejus diei senatusconsulta aureis
litteris figenda in curia censuisset, derideculo fuit senex, fœdis-
simæ adulationis tantum infamia usurus.

LVIII. Inter quæ, provincia Africa Junio Blæso prorogata,
Servius Maluginensis, flamen Dialis, ut Asiam sorte haberet[1]
postulavit, « Frustra vulgatum dictitans, non licere Dialibus
egredi Italia[2]; neque aliud jus suum quam Martialium Quirinaliumque flaminum[3] : porro, si hi duxissent provincias, cur
Dialibus id vetitum ? Nulla de eo populi scita, non in libris
cærimoniarum reperiri. Sæpe pontifices[4] Dialia sacra fecisse,
si flamen valetudine aut munere publico impediretur : duobus
et septuaginta annis post Cornelii Merulæ cædem[5], neminem
suffectum, neque tamen cessavisse religiones. Quod si per tot

désignation des consuls, mais par celle des citoyens qui exerceraient
la puissance tribunitienne. Q. Hatérius voulut aussi que les décrets
de ce jour fussent gravés en lettres d'or dans l'intérieur du sénat ;
flatterie non moins ridicule que vile, dans un vieillard qui n'avait à
en recueillir que l'infamie.

LVIII. Cependant on avait continué Junius Blésus dans le gouvernement de l'Afrique, et il ne restait à donner que celui de l'Asie.
Servius Maluginensis, flamine de Jupiter, y prétendit. « C'était à
tort, répétait-il sans cesse, que l'on soutenait que les prêtres de Jupiter ne pouvaient sortir de l'Italie ; leurs droits n'étaient pas différents de ceux des prêtres de Mars et de Quirinus ; ces derniers
pouvaient posséder des gouvernements, pourquoi les autres en se-
raient-ils exclus ? Aucun plébiscite, aucun livre sur la religion
n'ordonnait cette exclusion ; souvent les pontifes avaient remplacé
les prêtres de Jupiter, lorsque des maladies ou des fonctions publiques enlevaient ceux-ci à leurs autels. Après le meurtre de Cornélius Mérula, sa place était restée vacante pendant soixante-douze
ans, sans que la religion en eût souffert. Si on avait pu se passer

non consulum,	non des consuls,
sed eorum qui gererent	mais de ceux qui exerceraient
potestatem tribuniciam.	le pouvoir tribunitien.
At Q. Haterius,	Mais Q. Haterius,
quum censuisset	lorsqu'il eut proposé
senatusconsulta ejus diei	les sénatus-consultes de ce jour
figenda in curia	devoir être fixés (gravés) dans la curie
litteris aureis,	en lettres d'-or,
senex fuit deridiculo,	vieillard fut à risée,
usurus tantum infamia	comme devant jouir seulement de l'infamie
foedissimæ adulationis.	de la plus honteuse adulation.
LVIII. Inter quæ,	LVIII. Sur ces entrefaites,
provincia Africa prorogata	la province d'Afrique ayant été prorogée
Junio Blæso,	à Junius Blésus,
Servius Maluginensis,	Servius Maluginensis,
flamen Dialis,	flamine de-Jupiter,
postulavit	demanda
ut haberet Asiam sorte,	qu'il eût (d'avoir) l'Asie par le sort,
dictitans,	répétant,
« Vulgatum frustra	« Ceci être répandu en vain
non licere Dialibus	ne pas être-permis aux prêtres de-Jupiter
egredi Italia;	de sortir de l'Italie;
neque suum jus aliud	et son droit n'être pas autre
quam flaminum	que celui des flamines
Martialium	de-Mars
Quirinaliumque :	et de-Quirinus :
porro, si hi	or, si ceux-ci
duxissent provincias,	avaient tiré au sort des provinces,
cur id vetitum	pourquoi cela être (serait-il) défendu
Dialibus ?	aux prêtres de-Jupiter ?
Nulla scita populi	Aucuns décrets du peuple
reperiri de eo,	n'être trouvés sur ce point,
non in libris	ni rien dans les livres
cærimoniarum.	des rites.
Sæpe pontifices	Souvent les pontifes
fecisse sacra	avoir fait les sacrifices
Dialia,	des-flamines-de-Jupiter,
si flamen impediretur	si un flamine était empêché
valetudine	par sa santé
aut munere publico ;	ou par une charge publique :
septuaginta et duobus annis	soixante et douze années
post cædem	après le meurtre
Cornelii Merulæ	de Cornélius Mérula,
neminem suffectum,	personne n'avoir été mis-à-sa-place,
neque tamen religiones	et cependant les cérémonies-religieuses
cessavisse.	n'avoir point cessé.
Quod si per tot annos	Que si pendant tant d'années

6.

annos possit non creari, nullo sacrorum damno, quanto facilius
abfuturum ad unius anni proconsulare imperium! Privatis
olim simultatibus effectum ut a pontificibus maximis ire in
provincias prohiberentur; nunc, deum munere, summum
pontificum etiam summum hominum esse, non æmulationi,
non odio aut privatis affectionibus obnoxium. »

LIX. Adversus quæ quum augur Lentulus aliique varie dis-
sererent, eo decursum est ut pontificis maximi sententiam
opperirentur. Tiberius, dilata notione de jure flaminis, decre-
tas ob tribuniciam Drusi potestatem cærimonias temperavit;
nominatim arguens insolentiam sententiæ[1], aureasque litteras
contra patrium morem. Recitatæ et Drusi epistolæ, quanquam
ad modestiam flexæ, pro superbissimis accipiuntur : « Huc de-
cidisse cuncta, ut ne juvenis quidem, tanto honore accepto,
adiret Urbis deos, ingrederetur senatum, auspicia saltem
gentile apud solum inciperet! Bellum scilicet[2]; aut diverso

---

aussi longtemps d'un prêtre de Jupiter, sans nuire aux sacrifices,
l'absence d'une année de proconsulat serait encore moins nuisible.
C'étaient les ressentiments particuliers des souverains pontifes qui,
jadis, leur avaient interdit les gouvernements; maintenant, grâce
aux dieux, leur chef était celui de l'État, et sa place l'élevait au-
dessus des rivalités, des haines et de toutes les passions des personnes privées. »

LIX. L'augure Lentulus et d'autres s'opposèrent par différentes rai-
sons aux prétentions de Servius; les avis se partageant, on résolut
d'attendre la décision du grand pontife lui-même. Tibère, différant cet
examen, apporta quelques restrictions aux honneurs qu'on avait décernés à Drusus en vue de la puissance tribunitienne; il blâma nommé-
ment l'innovation de Silanus, et les lettres d'or qui choquaient les
usages anciens. Drusus écrivit aussi; sa lettre, quoique modeste en
apparence, parut le comble de l'orgueil. « Voilà donc, disait-on, l'a-
vilissement où l'on était tombé! Un jeune homme, après avoir reçu
un tel honneur, ne daignait pas même venir remercier les dieux de
la cité, entrer dans le sénat, inaugurer du moins sa nouvelle dignité

possit non creari ,	un *flamine* pouvait ne pas être créé ,
nullo damno	avec aucun (sans) dommage
sacrorum ,	des (pour les) *cérémonies* sacrées ,
quanto facilius	combien plus aisément
abfuturum	*lui* devoir s'absenter
ad imperium proconsulare	pour le commandement proconsulaire
unius anni !	d'une *seule* année !
Effectum olim	*Ceci avoir été* produit autrefois
simultatibus privatis	par des différends privés ,
ut prohiberentur	*savoir* qu'ils fussent empêchés
a maximis pontificibus	par les souverains pontifes
ire in provincias ;	d'aller dans les provinces;
nunc, munere deum ,	maintenant, par un don des dieux ,
summum pontificum	le plus grand des pontifes
esse etiam	être aussi
summum hominum,	le plus grand des hommes.
non obnoxium æmulationi,	non sujet à la jalousie ,
non odio	non à la haine
aut affectionibus privatis.»	ou (ni) aux passions des-particuliers. »
LIX. Adversus quæ	LIX. Contre lesquelles *paroles*
quum augur Lentulus	comme l'augure Lentulus
aliique dissererent varie ,	et d'autres parlaient diversement ,
decursum est eo	on *en* vint là
ut opperirentur sententiam	qu'on attendît l'avis
maximi pontificis.	du souverain pontife.
Tiberius , notione dilata	Tibère , l'examen étant ajourné
de jure flaminis ,	touchant le droit du flamine ,
temperavit	restreignit
cærimonias decretas	les cérémonies décrétées
ob potestatem tribuniciam	à cause du pouvoir tribunitien
Drusi ;	de Drusus;
arguens nominatim	reprochant nommément
insolentiam sententiæ ,	l'étrangeté de la proposition ,
litterasque aureas	et les lettres d'-or
contra morem patrium.	*comme étant* contre l'usage des-pères.
Et epistolæ Drusi recitatæ,	Et des lettres de Drusus lues ,
quanquam flexæ	quoique inclinant
ad modestiam,	vers la modestie ,
accipiuntur	sont reçues
pro superbissimis :	pour très-orgueilleuses ?
« Cuncta decidisse huc ,	« Tout être tombé là (à ce point) ,
ut ne juvenis quidem ,	que pas même un jeune *homme,*
tanto honore accepto ,	un si-grand honneur étant reçu ,
adiret deos Urbis ,	ne visitât les dieux de la ville (Rome),
ingrederetur senatum ,	n'entrât au sénat,
saltem acciperet auspicia	du moins ne reçût les auspices
apud solum gentile !	sur le sol national !

terrarum distineri, littora et lacus Campaniæ quum maxime peragrantem. Sic imbui rectorem generis humani ; id primum e paternis consiliis discere. Sane gravaretur adspectum civium senex imperator, fessamque ætatem et actos labores prætenderet : Druso quod, nisi ex arrogantia, impedimentum ? »

LX. Sed Tiberius, vim principatus sibi firmans, imaginem antiquitatis senatui præbebat, postulata provinciarum ad disquisitionem patrum mittendo. Crebrescebat enim græcas per urbes licentia atque impunitas asyla statuendi[1] : complebantur templa pessimis servitiorum ; eodem subsidio obærati adversum creditores, suspectique capitalium criminum receptabantur. Nec ullum satis validum imperium erat coercendis seditionibus populi, flagitia hominum, ut cærimonias deum, protegentis. Igitur placitum ut mitterent civitates jura atque legatos. Et

sur le sol de sa patrie ! Était-ce la guerre ou un voyage lointain qui le retenaient, lui qui choisissait ce moment pour parcourir les lacs et les rivages de la Campanie ? C'était donc ainsi qu'on élevait le souverain du monde ! Le mépris des hommes était la première leçon que lui donnait son père ! On pardonnait encore à un vieil empereur de fuir l'aspect des citoyens, d'alléguer les fatigues de l'âge et ses travaux passés ; mais Drusus, qui l'arrêtait, sinon son arrogance ? »

LX. Cependant Tibère, continuant d'affermir dans ses mains les ressorts de l'autorité, laissait au sénat une ombre de son ancien pouvoir, en lui renvoyant les requêtes des provinces. De jour en jour en effet la licence et l'impunité des asiles se multipliaient dans les villes grecques. Les temples se remplissaient d'esclaves pervers ; les débiteurs s'y dérobaient à leurs créanciers, les grands coupables à la justice ; et nulle autorité ne pouvait arrêter les mouvements du peuple, qui croyait défendre ses dieux en protégeant des scélérats. Les villes eurent ordre d'envoyer leurs titres d'asile et des députés.

Scilicet bellum ;
aut distineri
diverso terrarum ,
peragrantem
quùm maxime
littora et lacus Campaniæ.
Sic imbui
rectorem generis humani ;
discere id primum
e consiliis paternis.
Sane imperator senex
gravaretur
adspectum civium,
prætenderetque
ætatem fessam
et labores actos :
Druso
quod impedimentum,
nisi ex arrogantia ? »
LX. Sed Tiberius,
firmans sibi
vim principatus,
præbebat senatui
imaginem antiquitatis,
mittendo
postulata provinciarum
ad disquisitionem patrum.
Licentia enim et impunitas
statuendi asyla
crebrescebat
per urbes græcas :
templa complebantur
pessimis servitiorum ;
obærati
adversum creditores,
suspectique
criminum capitalium
receptabantur
eodem subsidio.
Nec ullum imperium
erat satis validum
coercendis seditionibus
populi, protegentis
flagitia hominum,
ut cærimonias deum.
Igitur placitum ut civitates
mitterent jura

Sans doute la guerre *en être cause ;*
ou *lui* être retenu
par l'éloignement des pays,
lui qui parcourait
alors précisément
les rivages et les lacs de la Campanie.
Ainsi être imbu (formé)
le maître du genre humain ;
lui apprendre cela d'abord
d'entre les conseils paternels.
Certes qu'un empereur vieilli
supportât-avec-peine
la vue des citoyens,
et prétextât
son âge fatigué
et *ses* travaux passés :
mais à Drusus
quel empêchement *pouvait être*,
sinon *provenant* d'arrogance ? »
LX. Mais Tibère,
affermissant pour lui-même
la force du principat,
offrait au sénat
une image de l'antiquité ,
en envoyant
les demandes des provinces
à l'examen des sénateurs.
Car la licence et l'impunité
d'établir des asiles
se multipliait
dans les villes grecques :
les temples se remplissaient
des pires des esclaves ;
les débiteurs
contre *leurs* créanciers,
et les *gens* suspects
de crimes capitaux
étaient reçus
dans le même abri.
Et nulle autorité
n'était assez forte
pour réprimer les séditions
du peuple , qui protégeait
les désordres des hommes,
comme *il eût fait* les cérémonies des dieux.
Donc *il fut* trouvé-bon que les cités
envoyassent *leurs* droits

quædam quod falso usurpaverant sponte omisere : multæ ve-
tustis superstitionibus aut meritis in populum Romanum fide-
bant. Magnaque ejus diei species fuit, quo senatus majorum
beneficia, sociorum pacta, regum etiam qui ante vim Romanam valuerant decreta, ipsorumque numinum religiones intro-
spexit, libero, ut quondam, quid firmaret mutaretve.

LXI. Primum omnium Ephesii adiere, memorantes, « Non,
ut vulgus crederet, Dianam atque Apollinem Delo[1] genitos :
esse apud se Cenchrium amnem, lucum Ortygium, ubi Lato-
nam, partu gravidam, et oleæ[2] quæ tum etiam maneat adni-
sam, edidisse ea numina; deorumque monitu sacratum nemus.
Atque ipsum illic Apollinem, post interfectos Cyclopas, Jovis
iram vitavisse. Mox Liberum patrem, bello victorem, supplicibus Amazonum[3] quæ aram insederant ignovisse. Auctam hinc,

---

Quelques-unes renoncèrent d'elles-mêmes à des usurpations manifestes ; mais plusieurs se fondaient sur des traditions anciennes,
ou sur des services rendus au peuple romain. Ce fut un jour bien
glorieux que celui où les bienfaits de nos aïeux, les traités des alliés,
les décrets des rois qui avaient eu la puissance avant nous, et le
culte même des dieux, furent soumis à l'examen du sénat, libre,
comme autrefois, de confirmer ou d'abolir.

LXI. Les Éphésiens parurent les premiers. Ils représentèrent « que
Diane et Apollon n'étaient point nés à Délos, comme on le croyait
communément; que c'était chez eux, sur les bords du Cenchrius,
dans le bois d'Ortygie, que Latone avait mis au monde ces deux di-
vinités; qu'on voyait encore l'olivier contre lequel la déesse s'était
appuyée dans son travail, et que le bois avait été consacré par
l'ordre des dieux; qu'Apollon lui-même, après le meurtre des Cy-
clopes, y avait trouvé un asile contre la colère de Jupiter; que, depuis, Bacchus, vainqueur des Amazones, avait épargné toutes celles
qui s'étaient réfugiées au pied de l'autel; qu'Hercule, maître de la

atque legatos.	et des députés.
Et quædam	Et quelques-unes
omisere sponte	renoncèrent spontanément [(sans droit) :
quod usurpaverant falso :	à ce qu'elles avaient usurpé faussement
multæ fidebant	beaucoup se fiaient
superstitionibus vetustis	à des croyances anciennes
aut meritis	ou à leurs services
in populum romanum.	envers le peuple romain.
Speciesque ejus diei	Et le spectacle de ce jour
fuit magna,	fut grandiose,
quo senatus introspexit	où le sénat examina
beneficia majorum,	les bienfaits de nos ancêtres,
pacta sociorum,	les traités des alliés,
decreta etiam regum	les décrets même des rois
qui valuerant	qui avaient eu-le-pouvoir
ante vim romanam,	avant la puissance romaine,
religionesque	et le culte
numinum ipsorum,	des divinités elles-mêmes, [fois,
libero, ut quondam,	son jugement étant libre, comme autre-
quid firmaret mutaretve.	quoi il confirmerait ou changerait.
LXI. Ephesii	LXI. Les Éphésiens
adiere primi omnium,	vinrent les premiers de tous,
memorantes,	rappelant,
« Dianam atque Apollinem	« Diane et Apollon
non genitos Delo,	n'être pas nés à Délos,
ut vulgus crederet :	comme le vulgaire le croyait :
apud se esse	chez eux être
amnem Cenchrium,	le fleuve Cenchrius,
lucum Ortygium,	le bois d'-Ortygie,
ubi Latonam,	où Latone,
gravidam partu,	grosse d'un fruit,
et adnisam oleæ	et appuyée-contre un olivier
quæ maneat etiam tum,	qui subsistait encore alors,
edidisse ea numina;	avoir mis-au-monde ces divinités ;
nemusque sacratum	et le bois avoir été consacré
monitu deorum.	par un avertissement des dieux.
Atque illic	Et là
Apollinem ipsum,	Apollon lui-même,
post Cyclopas interfectos,	après les Cyclopes tués,
vitavisse iram Jovis.	avoir évité la colère de Jupiter.
Mox patrem Liberum,	Puis le père (auguste) Bacchus,
victorem bello,	vainqueur à la guerre,
ignovisse	avoir pardonné
supplicibus Amazonum,	aux suppliantes des Amazones,
quæ insederant aram.	qui avaient occupé l'autel.
Hinc cærimoniam	De là la religion
auctam templo,	avoir été accrue pour le temple,

concessu Herculis, quum Lydia potiretur, cærimoniam templo:
neque Persarum ditione deminutum jus. Post Macedonas, dein
nos servavisse. »

LXII. Proximo Magnetes[1] L. Scipionis[2] et L. Sullæ constitutis nitebantur : quorum ille Antiocho, hic Mithridate pulsis,
fidem atque virtutem Magnetum decoravere, uti Dianæ Leucophrynæ[3] perfugium inviolabile foret. Aphrodisienses[4] posthac
et Stratonicenses[5] dictatoris Cæsaris, ob vetusta in partes
merita, et recens divi Augusti decretum attulere, laudati quod
Parthorum irruptionem[6], nihil mutata in populum Romanum
constantia, pertulissent. Sed Aphrodisiensium civitas Veneris,
Stratonicensium Jovis et Triviæ religionem tuebantur. Altius
Hierocæsarienses[7] exposuere, Persicam apud se Dianam, delubrum rege Cyro dicatum. Et memorabantur Perpennæ,
Isaurici[8], multaque alia imperatorum nomina, qui non modo
templo, sed duobus millibus passuum eamdem sanctitatem

Lydie, avait donné au temple de nouveaux priviléges, respectés par
les Perses, maintenus par les Macédoniens et par nous. »

LXII. Les Magnésiens vinrent après. Ils s'appuyaient sur des ordonnances de L. Scipion et de L. Sylla, qui, vainqueurs, l'un d'Antiochus, l'autre, de Mithridate, pour honorer le courage et la fidélité
des Magnésiens, avaient déclaré leur temple de Diane Leucophryne
un asile inviolable. Les députés d'Aphrodisias et de Stratonice rapportèrent un ancien décret du dictateur César, qui attestait les services rendus à son parti, et un plus récent d'Auguste, où ces deux
villes étaient louées d'avoir subi une irruption des Parthes sans que
leur fidélité envers le peuple romain en fût ébranlée. Les Aphrodisiens
soutenaient les droits de Vénus, les Stratoniciens, ceux de Jupiter et
d'Hécate. Hiérocésarée remontait plus haut. Elle exposa que son
temple de Diane Persique avait été fondé par Cyrus ; elle cita Perpenna, Isauricus et plusieurs autres généraux, qui, non contents

concessu Herculis,
quum potiretur Lydia :
neque jus deminutum
ditione Persarum.
Post Macedonas,
nos dein servavisse. »
LXII. Proximo
Magnetes nitebantur
constitutis
L. Scipionis et L. Sullæ :
quorum ille, hic,
Antiocho, Mithridate
pulsis,
decoravere
fidem atque virtutem
Magnetum,
uti perfugium
Dianæ Leucophrynæ
foret inviolabile.
Posthac Aphrodisienses
et Stratonicenses
attulere decretum
dictatoris Cæsaris,
ob vetusta merita
in partes,
et recens divi Augusti,
laudati quod pertulissent
irruptionem Parthorum,
constantia mutata nihil
in populum romanum.
Sed tuebantur
civitas Aphrodisiensium
religionem Veneris,
Stratonicensium
Jovis et Triviæ.
Altius
Hierocæsarienses
exposuere
Dianam Persicam apud se,
delubrum dicatum
rege Cyro.
Et nomina
Perpennæ, Isaurici,
multaque alia
imperatorum,
qui tribuerant
eamdem sanctitatem

par une concession d'Hercule,
lorsqu'il était-maître de la Lydie :
et ce droit n'avoir pas été diminué
par la domination des Perses.
Après cela les Macédoniens,
et nous (Rome) ensuite l'avoir maintenu. »
LXII. Immédiatement-après
les Magnésiens s'appuyaient
sur les ordonnances
de L. Scipion et de L. Sylla :
desquels celui-là et celui-ci,
Antiochus et Mithridate
étant chassés,
honorèrent
la fidélité et le courage
des Magnésiens,
au point que l'asile
de Diane Leucophryne
fût inviolable.
Ensuite les Aphrodisiens
et les Stratoniciens
apportèrent un décret
du dictateur César,
à cause de leurs anciens services
envers son parti,
et un décret récent du divin Auguste,
où ils étaient loués de ce qu'ils avaient
une irruption des Parthes,   [supporté
leur constance n'étant changée en rien
envers le peuple romain.
Mais ils observaient
la cité des Aphrodisiens
le culte de Vénus,
celle des Stratoniciens
le culte de Jupiter et d'Hécate.
Remontant plus haut
les Hiérocésariens
exposèrent
Diane Persique être chez eux,
un temple lui avoir été dédié
sous le roi Cyrus.
Les noms aussi
de Perpenna, d'Isauricus,
et beaucoup d'autres noms
de généraux,
qui avaient accordé
la même sainteté

tribuerant. Exin Cyprii tribus delubris, quorum vetustissimum Paphiæ Veneri auctor Aerias, post filius ejus Amathus Veneri Amathusiæ, et Jovi Salaminio Teucer, Telamonis patris ira profugus, posuissent.

LXIII. Auditæ aliarum quoque civitatum legationes. Quorum copia fessi patres, et quia studiis certabatur, consulibus permisere ut, perspecto jure, et si qua iniquitas involveretur, rem integram rursum ad senatum referrent. Consules, super eas civitates quas memoravi, « Apud Pergamum [1] Æsculapii compertum asylum retulerunt : ceteros obscuris ob vetustatem initiis niti. Nam Smyrnæos oraculum Apollinis, cujus imperio Stratonicidi Veneri templum dicaverint ; Tenios [2] ejusdem carmen referre, quo sacrare Neptuni effigiem ædemque jussi sint. Propiora Sardianos : Alexandri victoris id donum ; neque

de reconnaître la sainteté de son asile, l'avaient étendue à deux mille pas. Cypre défendait trois de ses temples, ceux de Vénus à Paphos et à Amathonte, et celui de Jupiter à Salaminé. Le premier, qui était le plus ancien, avait été fondé par Aérias, le second par son fils Amathus, et le troisième par Teucer, fuyant la colère de son père Télamon.

LXIII. On entendit aussi les députés de plusieurs autres villes. Enfin les sénateurs, fatigués de tant de discussions et des vifs débats qu'elles occasionnaient, chargèrent les consuls d'examiner les titres, de démêler toutes les fraudes, et de renvoyer de nouveau la décision au sénat. Outre les asiles dont je viens de parler, les consuls rapportèrent « que celui d'Esculape à Pergame ne pouvait se contester ; mais que les autres ne s'appuyaient que sur de vieilles et obscures traditions ; qu'en effet les Smyrnéens et les Téniens n'alléguaient qu'un oracle d'Apollon, qui avait autorisé les uns à bâtir un temple à Vénus Stratonicienne, et les autres à consacrer une statue et un sanctuaire à Neptune. Sardes et Milet, qui toutes deux adoraient

non modo templo, [suum,	non seulement au temple,
sed duobus millibus pas-	mais à deux milliers de pas *alentour*,
memorabantur.	étaient rappelés.
Exin Cyprii	Ensuite les Cypriotes
tribus delubris,	*parlèrent* pour trois temples,
quorum Aerias auctor	dont Aérias le fondateur
vetustissimum	*avait élevé* le plus ancien
Veneri Paphiæ,	à Vénus de-Paphos,
post filius ejus Amathus,	puis le fils de lui Amathus,
et Teucer, profugus	et Teucer, fugitif
ira Telamonis patris,	par le ressentiment de Télamon *son* père,
posuissent	avaient élevé *les deux autres*
Veneri Amathusiæ,	à Vénus d'-Amathonte,
Jovi Salaminio.	à Jupiter de-Salamine.
LXIII. Legationes	LXIII. Les députations
aliarum civitatum	d'autres cités
auditæ quoque.	*furent* entendues aussi.
Quorum copia	Par la quantité desquelles *requêtes*
patres fessi,	les sénateurs fatigués,
et quia certabatur studiis,	et parce qu'on disputait avec passion,
permisere consulibus,	remirent *l'affaire* aux consuls,
ut, jure perspecto,	pour que, le droit *de chacun* examiné,
et si qua iniquitas	et si quelque injustice
involveretur,	y était mêlée,
referrent rursum	ils apportassent de-nouveau
ad senatum	au sénat
rem integram.	l'affaire entière.
Consules retulerunt	Les consuls rapportèrent
super eas civitates	outre ces cités
quas memoravi,	que j'ai rappelées,
« Asylum Æsculapii	« L'asile d'Esculape
apud Pergamum	à Pergame
compertum	*être* avéré :
ceteros niti	*mais* les autres *requérants* s'appuyer
initiis obscuris	sur des commencements obscurs
ob vetustatem.	à cause de l'ancienneté.
Nam Smyrnæos	Car les Smyrnéens
referre oraculum Apollinis	rapporter un oracle d'Apollon
imperio cujus	par l'ordre duquel
dicaverint templum	ils avaient dédié un temple
Veneri Stratonicidi ;	à Vénus de-Stratonice ; [*dieu*,
Tenios carmen ejusdem,	ceux-de-Ténos une réponse du même
quo jussi sint	par laquelle ils avaient reçu-l'ordre
sacrare effigiem	de consacrer une statue
ædemque Neptuni.	et un temple de (à) Neptune.
Sardianos	Ceux-de-Sardes
propiora :	*invoquer des titres* plus rapprochés :

minus Milesios Dario rege niti : sed cultus numinum utrisque, Dianam aut Apollinem venerandi. Petere et Cretenses simulacro divi Augusti. » Factaque senatusconsulta, quis, multo cum honore, modus tamen præscribebatur; jussique ipsis in templis figere æra[1], sacrandam ad memoriam, neu specie religionis in ambitionem delaberentur.

LXIV. Sub idem tempus, Juliæ Augustæ valetudo atrox necessitudinem principi fecit festinati in Urbem reditus, sincera adhuc inter matrem filiumque concordia, sive occultis odiis. Neque enim multo ante, quum, haud procul theatro Marcelli, effigiem divo Augusto Julia dicaret, Tiberii nomen suo postscripserat : idque ille credebatur, ut inferius majestate principis, gravi et dissimulata offensione abdidisse. Sed tum supplicia diis, ludique magni[2] ab senatu decernuntur, quos pontifices

---

Diane et Apollon, produisaient des titres plus récents : la première, une donation d'Alexandre, après sa victoire ; la seconde, des concessions du roi Darius. Enfin les Crétois demandaient le droit d'asile pour une statue d'Auguste. » On rendit plusieurs sénatus-consultes qui, en honorant ces pieux établissements, ne laissèrent pas de les restreindre, et l'on ordonna de suspendre dans les temples même les tables d'airain de ces nouveaux règlements, pour en consacrer la mémoire, et prévenir les usurpations dont la religion pouvait fournir le prétexte.

LXIV. Vers ce temps-là, Julia Augusta étant tombée dangereusement malade, Tibère ne put se dispenser de hâter son retour à Rome, soit qu'une sincère union subsistât encore entre la mère et le fils, soit du moins que leur haine n'eût point éclaté. Car, peu auparavant, Augusta, en faisant la dédicace d'une statue d'Auguste, près du théâtre de Marcellus, avait fait inscrire son nom avant celui du prince; ce que Tibère avait regardé comme une insulte à la majesté impériale, et ce qui laissa, suivant l'opinion commune, au fond de son cœur, un vif ressentiment qu'il dissimulait. Quoi qu'il en soit, le sénat ordonna des prières solennelles et de grands jeux,

id donum	ceci *être* un don
Alexandri victoris;	d'Alexandre vainqueur;
neque Milesios niti minus	et les Milésiens ne s'appuyer pas moins
rége Dario:	du roi Darius :
sed utrisque	mais aux uns-et-aux-autres
cultus numinum,	*être* le culte de *deux* divinités,
venerandi Dianam	*l'habitude* d'honorer Diane
aut Apollinem.	ou (et) Apollon.
Et Cretenses petere	Les Crétois aussi demander
simulacro divi Augusti. »	pour la statue du divin Auguste. »
Senatusconsultaque facta,	Et des sénatus-consultes *furent* faits,
quis, cum multo honore,	par lesquels, avec beaucoup d'honneur,
modus tamen	une mesure cependant
præscribebatur;	était prescrite;
jussique	et *tous* reçurent-l'ordre
figere æra	de fixer de l'airain (une table d'airain)
in templis ipsis,	dans les temples eux-mêmes,
ad sacrandam memoriam,	pour consacrer la mémoire *de ces décrets*,
neu delaberentur	et-pour qu'on ne se laissât-pas-aller
in ambitionem	à l'ambition
spécie religionis.	sous prétexte de religion.
LXIV. Sub idem tempus,	LXIV. Vers le même temps,
valetudo atrox	une maladie cruelle
Juliæ Augustæ	de Julia Augusta
fecit principi	fit au prince
necessitudinem	une nécessité
reditus festinati	d'un retour hâté
in Urbem;	à la ville (Rome);
concordia sincera adhuc	l'union *étant* sincère encore
inter matrem filiumque,	entre la mère et le fils,
sive odiis occultis.	ou *leurs* haines *étant* secrètes.
Neque enim multo ante,	Et en effet non beaucoup auparavant,
quum Julia dicaret	lorsque Julia dédiait
effigiem divo Augusto,	une statue au divin Auguste,
haud procul	non loin
theatro Marcelli,	du théâtre de Marcellus,
postscripserat suo	elle avait inscrit-après le sien
nomen Tiberii;	le nom de Tibère;
illeque credebatur	et celui-ci (Tibère) était cru
abdidisse id,	avoir caché cela *au fond de son cœur*,
ut inferius	comme au-dessous
majestate principis,	de la majesté du prince,
offensione	avec un mécontentement
gravi et dissimulata.	grave et dissimulé.
Sed tum supplicia diis	Mais alors des supplications aux dieux
decernuntur ab senatu,	sont décrétées par le sénat,
magnique ludi,	et de grands jeux;

et augures et quindecimviri, septemviris [1] simul et sodalibus
Augustalibus, ederent. Censuerat L. Apronius ut feciales quoque iis ludis præsiderent. Contradixit Cæsar, distincto sacerdotiorum jure, et repetitis exemplis : « Neque enim unquam
fecialibus hoc majestatis fuisse ; ideo Augustales adjectos,
quia proprium ejus domus sacerdotium esset, pro qua vota
persolverentur. »

LXV. Exsequi sententias haud institui, nisi insignes per
honestum aut notabili dedecore : quod præcipuum munus
annalium reor, ne virtutes sileantur, utque pravis dictis factisque ex posteritate et infamia metus sit. Ceterum tempora illa
adeo infecta et adulatione sordida fuere, ut non modo prime-
res civitatis, quibus claritudo sua obsequiis protegenda erat,
sed omnes consulares, magna pars eorum qui prætura functi,
multique etiam pedarii senatores [2], certatim exsurgerent fœda-
que et nimia censerent. Memoriæ proditur Tiberium, quo-

que devaient présider les pontifes, les augures, les quindécemvirs,
les septemvirs et les prêtres d'Auguste. L. Apronius avait proposé que
les féciaux présidassent aussi à ces jeux. Le prince fut d'un avis contraire ; il distingua les droits des différents sacerdoces, et prouva par
de nombreux exemples, « que jamais les féciaux n'avaient joui d'un
pareil honneur ; que, si l'on y appelait les prêtres d'Auguste, c'était
comme attachés spécialement à la famille pour laquelle s'acquittaient
les vœux. »

LXV. Mon dessein n'est pas de rapporter tous les avis des sénateurs ; je me borne à ceux qui offrent un caractère remarquable
d'honneur ou d'opprobre, persuadé que le principal objet de l'histoire est de préserver les vertus de l'oubli et de contenir par la
crainte de l'infamie et de la postérité les paroles et les actions perverses. Au reste, ce siècle fut tellement infecté d'une basse adulation,
que non-seulement les premiers de Rome, qui avaient besoin de
ménagement pour se faire pardonner leur célébrité, mais encore tous
les consulaires, la plupart des anciens préteurs, et même beaucoup
de simples sénateurs, se levaient à l'envi pour voter les flatteries les
plus honteuses et les plus exagérées. On rapporte que Tibère, toutes

quos ederent pontifices
et augures,
et quindecimviri,
simul septemviris,
et sodalibus Augustalibus.
L. Apronius censuerat
ut feciales quoque
præsiderent iis ludis.
Cæsar contradixit,
jure sacerdotiorum
distincto,
et exemplis repetitis :
« Neque enim unquam
hoc majestatis
fuisse fecialibus;
ideo Augustales
adjectos,
quia sacerdotium
esset proprium ejus domus,
pro qua
vota persolverentur. »
LXV. Haud institui
exsequi sententias,
nisi insignes per honestum
aut dedecore notabili :
quod reor
munus præcipuum
annalium,
ne virtutes sileantur,
utque metus sit
ex posteritate et infamia
dictis factisque pravis.
Ceterum illa tempora
fuere adeo infecta
et sordida adulatione,
ut non modo
primores civitatis,
quibus sua claritudo
protegenda erat obsequiis,
sed omnes consulares,
magna pars eorum
qui functi prætura,
multique etiam
senatores pedarii
exsurgerent certatim
censerentque
fœda et nimia.

que devaient donner les pontifes
et les augures
et les quindécemvirs,
avec les septemvirs
et les prêtres-de-la-confrérie d'-Auguste.
L. Apronius avait opiné,
que les féciaux aussi
présidassent à ces jeux.
César (Tibère) le combattit,
le droit des sacerdoces
étant distingué,
et des exemples étant repris (rappelés) :
« Et en effet jamais
ce *degré* de majesté
n'avoir été aux féciaux ;
pour cela les prêtres-d'-Auguste
avoir été ajoutés,
parce que *ce* sacerdoce
était propre à cette famille,
pour laquelle
les vœux s'acquittaient. »
LXV. Je n'ai point entrepris
de poursuivre (dire) *toutes* les opinions,
sinon *celles* signalées par l'honnêteté
ou par un avilissement digne-d'être-
ce que je pense. [noté :
être le devoir principal
d'annales,
pour que les vertus ne soient pas tues,
et que crainte soit
du côté de la postérité et de la honte
pour les paroles et les actions perverses.
Au reste ces temps-là
furent tellement gâtés
et salis par l'adulation,
que non seulement
les premiers de l'État,
auxquels leur illustration [ments,
devait être protégée par des empresse-
mais tous les consulaires,
une grande partie de ceux
qui avaient exercé la préture,
et beaucoup même
de sénateurs pédaires
se levaient à-l'envi
et votaient
des choses honteuses et excessives.

ties curia egrederetur, græcis verbis in hunc modum eloqui solitum : « O homines ad servitutem paratos[1]! » Scilicet etiam illum, qui libertatem publicam nollet, tam projectæ servientium patientiæ tædebat.

LXVI. Paulatim dehinc ab indecoris ad infesta transgrediebantur. C. Silanum, proconsulem Asiæ, repetundarum a sociis postulatum, Mamercus Scaurus e consularibus, Junius Otho prætor, Brutidius Niger ædilis, simul corripiunt, objectantque violatum Augusti numen, spretam Tiberii majestatem : Mamercus antiqua exempla jaciens, L. Cottam a Scipione Africano[2], Ser. Galbam a Catone censorio[3], P. Rutilium a M. Scauro[4] accusatos. Videlicet Scipio et Cato talia ulciscebantur, aut ille Scaurus quem, proavum suum, opprobrium majorum Mamercus infami opera dehonestabat. Junio Othoni[5] litterarium ludum exercere vetus ars fuit : mox Sejani potentia senator, obscura

les fois qu'il sortait du sénat, s'écriait en grec : « O lâches qui courent au-devant de la servitude[*]! » Tant leur servile et patiente abjection inspirait de mépris à l'ennemi même de la liberté publique !

LXVI. Insensiblement ils passaient de la bassesse à la cruauté. C. Silanus, proconsul d'Asie, était poursuivi par sa province pour concussion. Mamercus Scaurus, consulaire, Junius Othon, préteur, Brutidius Niger, édile, se disputent cette victime, et tous trois ils l'accusent d'avoir manqué de respect à la divinité d'Auguste et à la majesté de Tibère. Scaurus s'autorisait des anciens exemples de Scipion l'Africain, de Caton le censeur, et de Mamercus Scaurus, qui avaient accusé, l'un L. Cotta, l'autre Ser. Galba, celui-ci P. Rutilius, comme si c'étaient là les crimes que poursuivaient les Scipion, les Caton, et ce fameux Scaurus, que son arrière-petit-fils, l'opprobre de ses aïeux, déshonorait par ses infâmes manœuvres. Junius Othon avait été d'abord maître d'école. Devenu

Proditur memoriæ
Tiberium,
quoties egrederetur curia,
solitum eloqui
verbis græcis
in hunc modum :
« O homines
paratos ad servitutem ! »
Scilicet
tædebat illum etiam,
qui nollet
libertatem publicam,
patientiæ tam projectæ
servientium.
LXVI. Dehinc   [tim
transgrediebantur paula-
ab indecoris ad infesta.
Mamercus Scaurus
e consularibus,
Junius Otho prætor,
Brutidius Niger ædilis,
corripiunt simul
C. Silanum,
proconsulem Asiæ,
postulatum repetundarum
a sociis,
objectantque
numen Augusti violatum,
majestatem Tiberii
spretam :
Mamercus jaciens
exempla antiqua,
L. Cottam, Ser. Galbam,
P. Rutilium accusatos
a Scipione Africano,
a Catone censorio,
a M. Scauro.
Videlicet Scipio et Cato
ulciscebantur talia,
aut ille Scaurus,
quem Mamercus,
opprobrium majorum,
dehonestabat opera infami.
Ars vetus fuit Junio Othoni
exercere
ludum litterarium :
mox senator

Il est transmis à la mémoire
Tibère,
chaque-fois-qu'il sortait de la curie,
avoir eu-coutume de s'exprimer
en mots grecs
de cette manière :
« O hommes
prêts à la servitude ! »
A savoir
le-dégoût-prenait ce *prince* même,
qui ne-voulait-pas
la liberté publique,
de la patience si abjecte
de *ces* esclaves.
LXVI. Puis
ils passaient peu-à-peu
de choses basses à des choses cruelles.
Mamercus Scaurus
un des consulaires,
Junius Othon préteur,
Brutidius Niger édile,
saisissent ensemble
C. Silanus,
proconsul d'Asie,   [cussion)
dénoncé pour *sommes* à réclamer (con-
par les alliés,
et *lui* reprochent
la sainteté d'Auguste violée,
la majesté de Tibère
méprisée :
Mamercus citant
des exemples anciens,
L. Cotta, Ser. Galba,
P. Rutilius accusés
le premier par Scipion l'Africain,
le second par Caton le censeur,
le troisième par M. Scaurus.
Apparemment Scipion et Caton
poursuivaient de tels *crimes*,
ou ce Scaurus,
que Mamercus,
opprobre de *ses* ancêtres,
déshonorait par une œuvre infâme.
Le métier ancien fut à Junius Othon
de tenir
une école de-lettres :
bientôt *devenu* sénateur

initia impudentibus ausis propellebat. Brutidium[1], artibus honestis copiosum, et, si rectum iter pergeret, ad clarissima quæque iturum, festinatio exstimulabat, dum æquales, dein superiores, postremo suasmet ipse spes anteire parat, quod multos, etiam bonos, pessumdedit, qui, spretis quæ tarda cum securitate, præmatura vel cum exitio properant.

LXVII. Auxere numerum accusatorum Gellius Publicola et M. Paconius[2] : ille quæstor Silani, hic legatus. Nec dubium habebatur sævitiæ captarumque pecuniarum teneri reum : sed multa aggerebantur etiam insontibus periculosa, quum, super tot senatores adversos, facundissimis totius Asiæ, eoque ad accusandum delectis, responderet solus et orandi nescius, proprio in metu, qui exercitam quoque eloquentiam debilitat, non temperante Tiberio quin premeret voce, vultu, eo quod ipse creberrime interrogabat : neque refellere[3] aut eludere

sénateur par le crédit de Séjan, il cherchait, à force d'audace et d'impudence, à pousser son obscure fortune. Brutidius, homme plein de mérite, et certain, en suivant le droit chemin, d'arriver au faîte des honneurs, avait une impatience qui l'aiguillonnait sans cesse; il voulait surpasser ses égaux, ses supérieurs, jusqu'à ses propres espérances; et c'est ce qui souvent a perdu des hommes même vertueux, qui, dédaignant un avancement lent, mais sûr, le hâtent et le précipitent, au risque de se précipiter eux-mêmes.

LXVII. Gellius Publicola et M. Paconius augmentèrent le nombre des accusateurs : l'un était questeur de Silanus, l'autre son lieutenant. Il ne paraissait pas douteux que Silanus n'eût à se reprocher des concussions et de la dureté; mais il y avait une accumulation de circonstances qui eût mis en péril l'innocence même. Indépendamment de tant de sénateurs qui le poursuivaient, les hommes les plus éloquents de toute l'Asie avaient été choisis pour l'accuser; il était seul à leur répondre, n'ayant aucun talent oratoire, et d'ailleurs l'éloquence même expérimentée se trouble dans un danger personnel. Tibère ne cessait encore de l'intimider par son air, par le ton de sa voix, par une foule d'interrogations pressantes,

potentia Sejani ,	par la puissance de Séjan ,
propellebat initia obscura	il poussait-en-avant *ces* débuts obscurs
ausis impudentibus.	par des entreprises impudentes.
Brutidium ,	*Quant à* Brutidius ,
copiosum artibus honestis,	abondant en qualités honorables,
et iturum	et qui devait aller
ad quæque clarissima ,	à toutes les choses les plus brillantes,
si pergeret rectum iter,	s'il suivait le droit chemin,
festinatio exstimulabat ,	*son* impatience *l'*aiguillonnait, [égaux,
dum parat anteire æquales,	tandis qu'il se dispose à devancer *ses*
dein superiores ,	puis *ses* supérieurs,
postremo ipse	enfin lui-même
suasmet spes :	ses *propres* espérances :
quod pessumdedit multos,	ce qui perdit bien des *hommes*,
etiam bonos ,	même honnêtes ,
qui, spretis	qui, *ces succès* étant méprisés
quæ tarda cum securitate,	lesquels *sont* lents avec sécurité ,
properant præmatura	*en* pressent (se hâtent d'en obtenir) de
vel cum exitio. [cola	même avec perte *pour eux*. [prématurés
LXVII. Gellius Publi-	LXVII. Gellius Publicola
et M. Paconius	et M. Paconius
auxere numerum	augmentèrent le nombre
accusatorum :	des accusateurs :
ille quæstor Silani,	celui-là questeur de Silanus,
hic legatus.	celui-ci *son* lieutenant.
Nec habebatur dubium	Et il n'était pas tenu-pour douteux
teneri	*Silanus* être tenu (convaincu)
reum sævitiæ	coupable de cruauté
pecuniarumque captarum :	et d'argent pris : [accumulées,
sed multa aggerebantur,	mais beaucoup de *circonstances* étaient
periculosa	dangereuses
etiam insontibus,	même pour des innocents,
quum, super tot senatores	vu que, outre tant de sénateurs
adversos ,	opposés *à lui*,
solus et nescius orandi,	seul et ignorant *de l'art* de plaider ,
in metu proprio ,	dans une crainte personnelle,
qui debilitat eloquentiam	qui affaiblit l'éloquence
quoque exercitam,	même exercée,
responderet facundissimis	il répondait aux *hommes les* plus éloquents
Asiæ totius ,	de l'Asie tout-entière,
eoque delectis	et pour cela choisis
ad accusandum ;	pour *l'*accuser ;
Tiberio non temperante	Tibère ne se contenant pas
quin premeret	qu'il ne *l'*accablât
voce , vultu,	de la voix , du visage ,
eo quod ipse interrogabat	parce que lui-même *l'*interrogeait
creberrime :	très-fréquemment :

dabatur ; ac sæpe etiam confitendum erat, ne frustra quæsivisset. Servos quoque Silani, ut tormentis interrogarentur, actor publicus mancipio acceperat ; et, ne quis necessariorum juvaret periclitantem, majestatis crimina subdebantur, vinclum et necessitas silendi. Igitur, petito paucorum dierum interjectu, defensionem sui deseruit, ausis ad Cæsarem codicillis, quibus invidiam et preces miscuerat.

LXVIII. Tiberius, quæ in Silanum parabat, quo excusatius sub exemplo acciperentur, libellos divi Augusti de Voleso Messala[1], ejusdem Asiæ proconsule, factumque in eum senatusconsultum recitari jubet. Tum L. Pisonem[2] sententiam rogat. Ille, multum de clementia principis præfatus, aqua atque igni Silano interdicendum censuit, ipsumque in insulam Gyarum relegandum. Eadem ceteri, nisi quod Cn. Lentulus

qu'on ne pouvait ni éluder ni combattre ; et souvent même Silanus était contraint d'avouer, de peur que le prince n'eût interrogé en vain. En outre un agent du fisc avait acheté les esclaves de Silanus, afin qu'on pût les appliquer à la question ; et, pour qu'aucun de ses amis ne pût venir à son secours, on ajoutait l'accusation de lèse-majesté, qui glaçait tous les cœurs et fermait toutes les bouches. Aussi, après avoir demandé un délai de quelques jours, Silanus renonça à se défendre. Il risqua seulement une lettre pour le prince, où il entremêlait les plaintes et les prières.

LXVIII. Tibère, croyant, à la faveur d'un exemple, faire excuser le traitement qu'il préparait à Silanus, fit lire un mémoire d'Auguste et un ancien décret du sénat contre Volésus Messala, qui avait été aussi proconsul d'Asie. Il demanda ensuite l'avis de L. Pison. Celui-ci, après un long préambule sur la clémence du prince, proposa d'interdire l'eau et le feu à Silanus, et de le reléguer dans l'île de Gyare. Ce fut l'avis des autres. Seulement Cn. Lentulus ajouta que, par respect pour la mère de Silanus, la-

neque dabatur	et il ne *lui* était pas donné
refellere aut eludere;	de réfuter ou d'éluder *rien;*
ac sæpe etiam	et souvent même
confitendum,	il *lui* fallait avouer,
ne quæsivisset frustra.	pour que *Tibère* n'eût pas demandé en
Actor publicus quoque	Un agent public aussi [vain.
acceperat mancipio,	avait reçu par mancipation
servos Silani,	les esclaves de Silanus,
ut interrogarentur	pour qu'ils fussent interrogés
tormentis;	par les tortures;
et, ne quis necessariorum	et, afin que quelqu'un de *ses* amis
juvaret periclitantem,	n'aidât pas *lui* en péril,
crimina majestatis	des accusations de *lèse*-majesté
subdebantur,	étaient ajoutées,
vinclum et necessitas	lien et nécessité
silendi.	de se taire.
Igitur, interjectu	Donc, un intervalle
paucorum dierum	de quelques jours
petito,	ayant été demandé,
deseruit defensionem sui,	il abandonna la défense de lui-même,
codicillis ad Cæsarem	un mémoire à César
ausis,	étant osé (risqué),
quibus miscuerat	dans lequel il avait mêlé
invidiam et preces.	le reproche et les prières.
LXVIII. Tiberius,	LXVIII. Tibère,
quoquæ parabat	afin que *ce* qu'il préparait
in Silanum	contre Silanus
acciperentur excusatius	fût reçu avec plus d'excuse
sub exemplo,	sous (à la faveur de) un exemple,
jubet libellos divi Augusti	ordonne un mémoire du divin Auguste
de Voleso Messala,	sur Volésus Messala,
proconsule ejusdem Asiæ,	proconsul de la même Asie,
senatusconsultumque	et le sénatus-consulte
factum in eum	fait (rendu) contre celui-ci
recitari.	être lus.
Tum rogat L. Pisonem	Alors il demande à L. Pison
sententiam.	*son* opinion.
Ille, præfatus multum	Celui-ci, ayant parlé d'abord beaucoup
de clementia principis,	de la clémence du prince,
censuit interdicendum	opina falloir (qu'il fallait) interdire
Silano	à Silanus
aqua et igni,	l'eau et le feu,
relegandumque ipsum	et *le* reléguer lui-même
in insulam Gyarum.	dans l'île *de* Gyare.
Ceteri eadem,	Les autres *votèrent* les mêmes choses,
nisi quod Cn. Lentulus	si ce n'est que Cn. Lentulus
dixit	dit

separanda Silani materna bona, quippe alia parente geniti, reddendaque filio dixit, annuente Tiberio. At Cornelius Dolabella[1], dum adulationem longius sequitur, increpitis C. Silani moribus, addidit, « Ne quis vita probrosus et opertus infamia provinciam sortiretur, idque princeps dijudicaret. Nam a legibus delicta puniri; quanto fore mitius in ipsos, melius in socios, provideri ne peccaretur? »

LXIX. Adversum quæ disseruit Cæsar : « Non quidem sibi ignara quæ de Silano vulgabantur, sed non ex rumore statuendum : multos in provinciis, contra quam spes aut metus de illis fuerit, egisse : excitari quosdam ad meliora magnitudine rerum, hebescere alios : neque posse principem sua scientia cuncta complecti; neque expedire ut ambitione aliena trahatur. Ideo leges in facta constitui, quia futura in incerto sint. Sic a majoribus institutum, ut, si anteissent delicta, pœnæ

quelle était de mœurs si différentes, il était juste de soustraire à la confiscation les biens maternels de Silanus, et de les conserver à son fils. Tibère y consentit. Cornélius Dolabella, poussant plus loin la flatterie, après s'être élevé contre les déréglements de Silanus, demanda « que l'on exclût des gouvernéments quiconque aurait des mœurs et une réputation infâmes; exclusion dont le prince serait juge. En effet, disait-il, si les lois punissent les délits, combien ne serait-il pas plus heureux pour les alliés et plus doux pour les candidats eux-mêmes qu'on leur ôtât les moyens d'en commettre? »

LXIX. Tibère répondit « qu'il n'avait point ignoré ce qu'on publiait de Silanus, mais qu'on ne devait point fonder un jugement sur de simples bruits; que beaucoup de gouverneurs avaient démenti l'espérance ou la crainte qu'on avait conçue d'eux; que les hautes positions donnaient aux uns le ressort qu'elles ôtaient aux autres; qu'il n'était ni possible que le prince embrassât tout par ses propres connaissances, ni convenable qu'il se laissât entraîner par l'impulsion d'autrui; que les lois ne devaient punir que le passé, l'avenir étant dans l'incertitude; qu'ainsi les premiers Romains avaient ordonné que les peines ne vinssent qu'à la suite des délits;

bona materna Silani separanda,	les biens maternels de Silanus devoir être séparés,
quippe geniti parente alia,	en-tant-que (car il était) né d'une mère *tout* autre *que lui*,
reddendaque filio,	et devoir être rendus à *son* fils,
Tiberio annuente.	Tibère *y* consentant.
At Cornelius Dolabella,	Mais Cornélius Dolabella,
dum sequitur longius adulationem;	tandis qu'il poursuit plus loin l'adulation,
moribus C. Silani increpitis,	les mœurs de C. Silanus étant censurées,
addidit, « Ne quis probrosus vita et opertus infamia sortiretur provinciam,	ajouta, « Que quelqu'un déshonoré de vie et couvert d'infamie n'obtînt-pas-au-sort une province,
principesque dijudicaret id.	et que le prince jugeât cela.
Nam delicta puniri a legibus;	Car les délits être punis par les lois;
quanto fore mitius in ipsos,	combien devoir être plus doux envers *les candidats* eux-mêmes,
melius in socios,	*et* meilleur pour les alliés,
provideri ne peccaretur? »	être (qu'il fût) pourvu *à ceci*, qu'il ne fût pas commis-de-faute? »
LXIX. Adversum quæ Cæsar disseruit:	LXIX. Contre lesquels *avis* César (Tibère) exposa:
« Quæ quidem vulgabantur de Silano	« Certes *ce* qui était publié sur Silanus
non ignara sibi,	n'*être* point ignoré de lui,
sed non statuendum ex rumore:	mais ne pas falloir statuer d'après la rumeur:
multos in provinciis egisse contra quam spes aut metus fuerit de illis:	beaucoup dans les provinces avoir agi autrement que l'espoir ou la crainte avait été par rapport à eux:
quosdam excitari ad meliora magnitudine rerum,	quelques-uns être excités à de meilleurs *actes* par la grandeur de *leur* fortune,
alios hebescere:	d'autres s'émousser:
neque principem posse complecti cuncta sua scientia;	et le prince ne pouvoir embrasser toutes choses par sa connaissance *personnelle*;
neque expedire ut trahatur ambitione aliena.	et ne pas être-bon qu'il soit entraîné par l'ambition d'-autrui.
Leges constitui in facta ideo, quia futura sint in incerto.	Les lois être établies contre les faits, pour cela, parce que les *actes* futurs sont dans l'incertitude.
Sic institutum a majoribus, ut pœnæ sequerentur,	Ainsi *avoir été* institué par les ancêtres, que les peines suivissent,

sequerentur : ne verterent sapienter reperta et semper placita;
satis onerum principibus, satis etiam potentiæ. Minui jura,
quoties gliscat potestas; nec utendum imperio, ubi legibus
agi possit. » Quanto rarior apud Tiberium popularitas, tanto
lætioribus animis accepta. Atque ille, prudens moderandi, si
propria ira non impelleretur, addidit, « Insulam Gyarum im-
mitem et sine cultu hominum esse : darent Juniæ familiæ, et
viro quondam ordinis ejusdem, ut Cythnum¹ potius concede-
ret; id sororem quoque Silani Torquatam, priscæ sanctimo-
niæ virginem, expetere. » In hanc sententiam facta discessio².

LXX. Post auditi Cyrenenses³, et, accusante Anchario
Prisco, Cæsius Cordus repetundarum damnatur. L. Ennium,
equitem romanum, majestatis postulatum, quod effigiem
principis promiscuum ad usum argenti vertisset, recipi Cæsar

qu'il fallait se garder de renverser des institutions sages et univer-
sellement approuvées ; que les princes avaient un fardeau assez lourd,
et même assez de puissance ; que la justice se discrédite quand le pouvoir s'y mêle, et qu'il ne faut point user de l'autorité quand on
peut employer les lois. » Plus ce langage populaire était rare chez
Tibère, plus il excita de satisfaction. Ce prince qui savait se
modérer lorsqu'il n'était point animé par des ressentiments per-
sonnels, ajouta « que l'île de Gyare était une île sauvage et déserte;
qu'on devait à la famille des Junius, à un homme qui avait été sénateur, de l'envoyer plutôt à Cythnos ; que la sœur de Silanus, Tor-
quata, vestale digne des premiers temps, demandait cette grâce. »
On s'en tint à ce dernier avis.

LXX. On donna ensuite audience aux Cyrénéens, et Césius Cordus, accusé de concussions par Ancharius Priscus, fut condamné.
Un chevalier romain, L. Ennius, avait été dénoncé comme coupable de lèse-majesté, pour avoir converti en argenterie de service

si delicta anteissent :	si les délits avaient précédé :
ne verterent	qu'ils ne changeassent pas
reperta sapienter	des *règles* trouvées sagement
et placita semper ;	et agréées toujours ;
satis onerum principibus ,	assez de fardeaux *être* aux princes ,
etiam satis potentiæ.	même assez de puissance.
Jura minui ,	Les droits être diminués ,
quoties potestas gliscat ;	toutes-les-fois-que le pouvoir s'accroît ;
nec utendum imperio ,	et ne pas falloir user d'autorité ,
ubi possit agi legibus. »	*là* où l'on peut agir avec les lois. »
Popularitas accepta	Ce langage-populaire *fut* accueilli
animis	avec des dispositions-d'esprit
tanto lætioribus ,	d'autant plus favorables ,
quanto rarior	qu'il *était* plus rare
apud Tiberium.	chez Tibère.
Atque ille ,	Et lui ,
prudens moderandi ,	habile à *se* modérer ,
si non impelleretur	s'il n'était pas poussé
ira propria ,	par un ressentiment personnel ,
addidit, « Insulam Gyarum	ajouta, « L'île *de* Gyare
esse immitem	être sauvage
et sine cultu hominum :	et sans culture d'hommes :
darent familiæ Juniæ ,	qu'ils donnassent à la famille Junia ,
et viro	et à un homme
quondam ejusdem ordinis,	autrefois du même ordre (du sénat) ,
ut concederet potius	qu'il se retirât (pût se retirer) plutôt
Cythnum ;	à Cythnos ;
Torquatam quoque,	Torquata aussi ,
sororem Silani ,	sœur de Silanus ,
virginem	vierge
sanctimoniæ priscæ,	d'une sainteté antique ,
expetere id. »	demander cela. »
Discessio facta	La séparation se fit (le vote eut lieu)
in hanc sententiam.	conformément à cet avis.
LXX. Post	LXX. Après *cela*
Cyrenenses auditi ,	les Cyrénéens *furent* entendus ,
et, Auchario Prisco	et, Ancharius Priscus
accusante,	l'accusant,
Cæsius Cordus damnatur	Césius Cordus est condamné
repetundarum.	pour *sommes* à réclamer (concussion).
Cæsar vetuit	César (Tibère) défendit
L. Ennium ,	L. Ennius ,
equitem romanum ,	chevalier romain ,
postulatum majestatis ,	dénoncé pour *lèse*-majesté,
quod vertisset	parce qu'il avait converti
effigiem principis	une statue du prince
ad usum promiscuum	en un usage vulgaire

7.

inter reos vetuit; palam aspernante Ateio Capitone, quasi per
libertatem. « Non enim debere eripi patribus vim statuendi;
neque tantum maleficium impune habendum. Sane lentus in
suo dolore esset; reipublicæ injurias ne largiretur. » Intellexit
hæc Tiberius, ut erant magis quam ut dicebantur, perstititque
intercedere. Capito insignitior infamia fuit, quod, humani di-
vinique juris sciens, egregium publicum et bonas domi artes
dehonestavisset.

LXXI. Incessit dein religio, quonam in templo locandum
foret donum quod pro valetudine Augustæ equites romani vo-
verant Equestri Fortunæ[1]. Nam, etsi delubra ejus deæ multa
in Urbe, nullum tamen tali cognomento erat. Repertum est
ædem esse apud Antium quæ sic nuncuparetur, cunctasque
cærimonias Italicis in oppidis, templaque et numinum effigies,
juris atque imperii romani esse ; ita donum apud Antium sta-

une statue de Tibère. Celui-ci défendit d'admettre l'accusation ; sur
quoi Atéius Capiton se récria hautement, en affectant un air d'indépendance, « qu'on ne devait point enlever au sénat le droit de
juger, ni laisser un tel crime impuni ; qu'indifférent, s'il le voulait,
pour ses propres injures, le prince ne devait point faire si bon
marché de celles de l'État. » Tibère, interprétant le sens plutôt que
la lettre de ces reproches, persista dans son opposition ; mais la
voix publique n'en signala que mieux la bassesse de Capiton, qui,
par une action honteuse, avait déshonoré ses vertus domestiques,
les talents d'un homme d'État, et des connaissances profondes en
droit civil et religieux.

LXXI. Un doute s'éleva sur le temple où l'on placerait l'offrande
que les chevaliers romains avaient vouée à la Fortune Équestre pour
la santé d'Augusta ; car, encore qu'il y eût à Rome plusieurs
temples de la Fortune, aucun n'était sous ce nom. Comme on
trouva que celui d'Antium avait cette dénomination, et qu'en tout

argenti;	d'argenterie;
recipi-inter reos.;	être reçu parmi les accusés;
Ateio Capitone	Atéius Capiton [défense,
aspernante palam,	méprisant (repoussant) ouvertement cette
quasi per libertatem.	comme par liberté.
« Vim enim statuendi	« En effet la puissance de statuer
non debere eripi patribus;	ne devoir pas être ôtée aux sénateurs;
neque tantum maleficium	et un si-grand méfait
habendum impune.	ne devoir pas être tenu impuni.
Sane esset lentus	Certes qu'il fût lent (patient)
in dolore suo;	dans un ressentiment sien;
ne largiretur	mais qu'il ne fît-pas-largesse
injurias reipublicæ. »	des injures de la république. »
Tiberius intellexit hæc,	Tibère comprit ces mots,
ut erant	comme ils étaient
magis quam ut dicebantur,	plus que comme ils étaient dits,
perstititque intercedere.	et persista à s'opposer.
Capito fuit insignitior	Capiton fut plus remarqué
infamia,	par son infamie,
quod, sciens	parce que, connaissant
juris humani divinique,	le droit humain et divin,
dehonestavisset	il avait déshonoré
egregium publicum	un remarquable talent-public
et artes bonas domi.	et des qualités estimables dans sa maison
LXXI. Dein	LXXI. Ensuite
religio incessit,	un doute-religieux s'éleva,
in quonam templo	dans quel temple
locandum foret donum	devait être placé un don
quod equites romani	que les chevaliers romains
voverant	avaient voué
Fortunæ Equestri	à la Fortune Équestre
pro valetudine Augustæ.	pour la santé d'Augusta.
Nam, etsi delubra ejus deæ	Car, quoique les temples de cette déesse
multa in Urbe,	fussent nombreux dans la ville (Rome),
tamen nullum erat	cependant aucun n'était
tali cognomento.	avec un tel surnom.
Repertum est	Il fut trouvé
ædem esse apud Antium	un temple être à Antium
quæ nuncuparetur sic,	lequel était appelé ainsi,
cunctasque cærimonias	et toutes les cérémonies
in oppidis Italicis	dans les villes d'-Italie
templaque et effigies	et les temples et les images
numinum	des divinités
esse juris	être de la juridiction
atque imperii romani :	et de l'autorité romaines :
ita donum	ainsi ce don
statuitur apud Antium.	est placé à Antium.

tuitur. Et, quando de religionibus tractabatur, dilatum nuper responsum adversus Servium Maluginensem, flaminem Dialem, prompsit Cæsar ; recitavitque decretum pontificum : « Quoties valetudo adversa flaminem Dialem incessisset, ut, pontificis maximi arbitrio, plus quam binoctium abesset; dum ne diebus publici sacrificii, neu sæpius quam bis eumdem in annum. » Quæ, principe Augusto constituta, satis ostendebant annuam absentiam et provinciarum administrationem Dialibus non concedi : memorabaturque L. Metelli, pontificis maximi; exemplum, qui Aulum Postumium[1] flaminem attinuisset. Ita sors Asiæ in eum qui consularium Maluginensi proximus erat collata.

LXXII. Iisdem diebus Lepidus ab senatu petivit ut basilicam Paulli[2], Æmilia monumenta, propria pecunia firmaret ornaretque. Erat etiam tum in more publica munificentia : nec Augustus arcuerat Taurum, Philippum, Balbum[2], hostiles

ce qui concernait le culte, les temples et les statues des dieux, toutes les villes étaient dans le ressort de Rome et soumises à sa juridiction, on porta le don à Antium. Ces discussions religieuses ramenèrent l'affaire de Servius Maluginensis, flamine de Jupiter, dont Tibère avait différé l'examen. Il rapporta un décret des pontifes, qui défendait aux flamines de Jupiter de s'absenter de Rome, pour cause de maladie, plus de deux jours de suite, et plus de deux fois chaque année, et jamais les jours de sacrifice public, ni sans la permission du grand pontife. Ce règlement, publié sous Auguste, montrait assez que l'administration des provinces, qui exigeait un an d'absence, était interdite aux prêtres de Jupiter; et de plus, on cita l'exemple du grand pontife L. Métellus, qui avait retenu à Rome le flamine Aulus Postumius. Ainsi l'Asie fut donnée au consulaire le plus ancien après Maluginensis.

LXXII. A la même époque, Lépidus demanda au sénat la permission de réparer et d'embellir à ses frais la basilique de Paul-Émile, monument de sa maison. Ces libéralités publiques étaient encore en usage; et Auguste n'avait point empêché Taurus, Philippe et Balbus de consacrer les dépouilles de l'ennemi ou le superflu

Et, quando tractabatur	Et, pendant qu'il était discuté
de religionibus,	sur des points-de-religion,
Cæsar prompsit responsum	César (Tibère) donna sa réponse
dilatum nuper [nensem,	différée naguère
adversus Servium Malugi-	à l'égard de Servius Maluginensis,
flaminem Dialem ;	flamine de-Jupiter ;
recitavitque	et il lut
decretum pontificum :	un décret des pontifes :
« Ut,	« Que ;
quoties valetudo adversa	chaque-fois-qu'une santé contraire
incessisset	aurait atteint
flaminem Dialem,	un flamine de-Jupiter,
abesset	il s'absentât
plus quam binoctium,	plus que deux-nuits,
arbitrio maximi pontificis ;	au gré du grand pontife ;
dum ne diebus	pourvu que ce ne fût pas aux jours
sacrificii publici,	d'un sacrifice public,
neu sæpius quam bis	ni plus souvent que deux-fois
in eumdem annum. »	pour une même année. »
Quæ, constituta	Lesquelles règles, établies
Augusto principe,	Auguste étant prince,
ostendebant satis	montraient assez
absentiam annuam	une absence annuelle
et administrationem	et l'administration
provinciarum	des provinces [piter :
non concedi Dialibus :	n'être pas accordées aux prêtres de-Ju-
exemplumque L. Metelli,	et l'exemple de L. Métellus,
maximi pontificis,	grand pontife,
attinuisset [mium,	qui avait retenu
flaminem Aulum Postu-	le flamine Aulus Postumius,
memorabatur,	était rapporté.
Ita sors Asiæ	Ainsi le lot de l'Asie
collata in eum consularium	fut reporté à celui d'entre les consulaires
qui erat proximus	qui était le plus proche (le premier)
Maluginensi.	de (après) Maluginensis.
LXXII. Iisdem diebus	LXXII. Dans ces-mêmes jours
Lepidus petivit ab senatu	Lépidus demanda au sénat
ut firmaret ornaretque	qu'il réparât et ornât
propria pecunia	avec son propre argent
basilicam Paulli,	la basilique de Paulus,
monumenta Æmilia.	monument Émilien.
Munificentia publica	La munificence publique (envers l'État)
erat etiam tum in more :	était encore alors en usage :
nec Augustus arcuerat	et Auguste n'avait pas empêché
Taurum, Philippum,	Taurus, Philippe,
Balbum,	Balbus,
conferre exuvias hostiles	d'appliquer les dépouilles ennemies

exuvias aut exundantes opes ornatum ad Urbis et posterum
gloriam conferre. Quo tum exemplo Lepidus, quanquam pecuniæ modicus, avitum decus recoluit. At Pompeii theatrum,
igne fortuito haustum, Cæsar exstructurum pollicitus est, « Eo
quod nemo e familia restaurando sufficeret; manente tamen
nomine Pompeii. » Simul laudibus Sejanum extulit, « Tanquam
labore vigilantiaque ejus tanta vis unum intra damnum ste-
tisset. » Et censuere patres effigiem Sejano, quæ apud theatrum Pompeii locaretur : neque multo post Cæsar, quum
Junium Blæsum, proconsulem Africæ, triumphi insignibus
attolleret, dare id se dixit honori Sejani, cujus ille avun-
culus erat.

LXXIII. Ac tamen res Blæsi dignæ decore tali fuere. Nam
Tacfarinas, quanquam sæpius depulsus, reparatis per intima
Africæ auxiliis, huc arrogantiæ venerat ut legatos ad Tiberium
mitteret, sedemque ultro sibi atque exercitui suo postularet,
aut bellum inexplicabile ¹ minitaretur. Non alias magis sua

---

d'une immense richesse à la décoration de Rome et à l'illustration
de leur postérité. Lépidus, à leur exemple, quoique n'ayant qu'une
fortune médiocre, voulut maintenir la gloire de sa famille. Mais le
théâtre de Pompée ayant été consumé par un incendie, comme
personne de cette maison n'aurait pu soutenir les dépenses de la re-
construction, Tibère promit de s'en charger, en laissant toutefois à
cet édifice le nom de Pompée. Il fit aussi un grand éloge de Séjan,
dont les soins et la vigilance avaient, selon lui, borné à ce seul
édifice les ravages de la flamme. Le sénat décerna à Séjan une statue
qui devait être placée dans le théâtre de Pompée. Quelque temps
après, Tibère, accordant les ornements du triomphe à Junius
Blésus, proconsul d'Afrique, déclarait que c'était en considération
de Séjan, dont Blésus était l'oncle.

LXXIII. Cependant les exploits de Blésus méritaient cet honneur.
Tacfarinas, quoique souvent battu, avait trouvé toujours au fond
de l'Afrique des ressources pour se relever. Il en était venu à un tel
degré d'insolence, qu'il osa député vers Tibère, et lui faire signi-
fier qu'il eût à lui céder de bonne grâce un établissement pour lui
et pour son armée ; autrement, il le menaçait d'une guerre inter-

aut opes exundantes	ou des richesses surabondantes
ad ornatum Urbis	à l'ornement de la ville (Rome)
et gloriam posterum.	et à la gloire des descendants.
Quo exemplo tum Lepidus,	Suivant lequel exemple alors Lépidus,
quanquam modicus	quoique modeste
pecuniæ,	d'argent,
recoluit decus avitum.	renouvela la gloire de-ses-aïeux.
At Cæsar pollicitus est	Mais César (Tibère) promit
exstructurum	lui-même devoir relever
theatrum Pompeii,	le théâtre de Pompée,
haustum igne fortuito,	dévoré par un feu (incendie) fortuit,
« Eo quod nemo e familia	« Parce que personne de la famille
sufficeret restaurando ;	ne pouvait suffire à le restaurer ;
nomine Pompeii	le nom de Pompée
manente tamen. »	subsistant cependant. »
Simul extulit Sejanum	En même temps il exalta Séjan
laudibus,	par des louanges,
« Tanquam tanta vis	« Comme si un si-grand fléau
stetisset	s'était arrêté
intra unum damnum	à un seul dommage
labore vigilantiaque ejus. »	par l'effort et la vigilance de lui. »
Et patres censuere Sejano	Et les sénateurs votèrent à Séjan
effigiem, quæ locaretur	une statue, qui serait placée
apud theatrum Pompeii :	dans le théâtre de Pompée :
neque multo post Cæsar,	et non beaucoup après César (Tibère),
quum attolleret	lorsqu'il rehaussait
insignibus triumphi	par les insignes du triomphe
Junium Blæsum,	Junius Blésus,
proconsulem Africæ,	proconsul d'Afrique,
dixit se dare id	dit lui-même donner cela
honori Sejani,	à l'honneur de (pour honorer) Séjan,
cujus ille erat avunculus.	dont celui-là (Blésus) était l'oncle.
LXXIII. Ac tamen	LXXIII. Et cependant
res Blæsi fuere dignæ	les actions de Blésus furent dignes
tali decore.	d'un tel honneur.
Nam Tacfarinas,	Car Tacfarinas,
quanquam depulsus	quoique chassé
sæpius,	souvent,
auxiliis reparatis	des renforts ayant été renouvelés
per intima Africæ,	dans l'intérieur de l'Afrique,
venerat huc arrogantiæ,	en était venu à ce point d'arrogance,
ut mitteret legatos	qu'il envoyait des députés
ad Tiberium,	à Tibère,
postularetque ultro sedem	et demandait spontanément une résidence
sibi atque suo exercitui,	pour lui-même et pour son armée,
aut minitaretur	ou (et sinon) menaçait
bellum inexplicabile.	d'une guerre interminable.

populique romani contumelia indoluisse Cæsarem ferunt, quam quod desertor et prædo hostium more[1] ageret. « Ne Spartaco quidem, post tot consularium exercituum clades inultam Italiam urenti, quanquam Sertorii atque Mithridatis ingentibus bellis labaret respublica, datum ut pacto in fidem acciperetur : nedum, pulcherrimo populi romani fastigio, latro Tacfarinas pace et concessione agrorum redimeretur. » Dat negotium Blæso, ceteros quidem ad spem proliceret arma sine noxa ponendi ; ipsius autem ducis quoquo modo potiretur.

LXXIV. Et recepti ea venia plerique : mox adversum artes Tacfarinatis haud dissimili modo belligeratum. Nam quia ille, robore exercitus impar, furandi melior, plures per globos incursaret eluderetque, et insidias simul tentaret, tres inces-

minable. Jamais outrage, dit-on, ne fut plus sensible à ce prince. Il rougit pour lui-même et pour le peuple romain qu'un déserteur, qu'un brigand osât parler comme une puissance ennemie. « Spartacus lui-même, vainqueur de tant d'armées consulaires, saccageant impunément l'Italie, n'avait pu obtenir de composition, quoique la république fût alors pressée à la fois et par Sertorius et par Mithridate ; et maintenant le peuple romain, dans tout l'éclat de sa gloire, se dépouillerait de ses possessions pour acheter la paix du brigand Tacfarinas ! » Tibère donna ordre à Blésus d'offrir leur grâce à tous les rebelles qui mettraient bas les armes, et de s'emparer du chef, à quelque prix que ce fût.

LXXIV. L'amnistie enleva à Tacfarinas un grand nombre de soldats, et, pour déjouer ses artifices, on le combattit suivant sa propre méthode. Ses troupes, incapables de résister à notre armée, mais excellentes pour piller, voltigeaient par bandes détachées, évitaient le combat, et se mettaient en embuscade ; de même Blésus forma trois corps, qui prirent trois routes différentes. D'un côté,

Ferunt Cæsarem	On rapporte César (Tibère)
non indoluisse magis alias	n'avoir pas gémi plus une-autre-fois
contumelia sua	d'un affront sien (qui lui était fait)
populique romani,	et *d'un affront* du (fait au) peuple romain,
quam quod desertor	que de ce qu'un déserteur
et prædo	et un brigand
ageret more hostium.	agît à la manière des ennemis.
« Ne datum	« *Ceci* n'avoir pas *été* accordé
Spartaco quidem,	même à Spartacus,
urenti Italiam inultam	qui incendiait l'Italie non-vengée
post clades	après les défaites
tot exercituum	de tant d'armées
consularium,	consulaires,
quanquam respublica	quoique la république
labaret	chancelât
ingentibus bellis	par les grandes guerres
Sertorii atque Mithridatis,	de Sertorius et de Mithridate,
ut acciperetur pacto	qu'il fût reçu par traité
in fidem :	en amitié :
nedum,	bien loin que,
fastigio populi Romani	la grandeur du peuple romain
pulcherrimo,	*étant* la plus belle *possible*,
latro Tacfarinas	le brigand Tacfarinas
redimeretur	fût racheté (on se rachetât de Tacfarinas)
pace	par la paix
et concessione agrorum. »	et par une concession de terres. »
Dat negotium Blæso,	Il donne commission à Blésus,
proliceret quidem ceteros	qu'il alléchât à-la-vérité les autres
ad spem ponendi arma	à l'espoir de poser les armes
sine noxa;	sans dommage ;
potiretur autem	mais qu'il s'emparât
ducis ipsius	du chef lui-même
modo quoquo.	d'une manière quelconque.
LXXIV. Et plerique	LXXIV. Et la plupart
recepti ea venia :	*furent* regagnés par ce pardon :
mox belligeratum	bientôt on fit-la-guerre
modo haud dissimili	d'une manière non différente
adversum artes	contre les ruses
Tacfarinatis.	de Tacfarinas.
Nam quia ille, impar	Car parce que celui-ci, incapable *de lutter*
robore exercitus,	par la force de *son* armée,
melior furandi,	meilleur pour brigander,
incursaret	courait
per plures globos	par nombreuses bandes
eluderetque,	et *nous* éludait,
et simul tentaret insidias,	et en même temps tentait des embuscades,
tres incessus,	trois marches,

sus, totidem agmina parantur. Ex quis Cornelius Scipio legatus
præfuit, qua prædatio in Leptitanos, et suffugia Garamantum[1];
alio latere, ne Cirtensium pagi impune traherentur, propriam
manum Blæsus filius duxit; medio, cum delectis, castella et
munitiones idoneis locis imponens; dux ipse arcta et infensa
hostibus cuncta fecerat; quia, quoquo inclinarent, pars alia
militis Romani in ore, in latere, et sæpe a tergo erat : multique eo modo cæsi aut circumventi. Tunc tripartitum exercitum
plures in manus dispergit, præponitque centuriones virtutis
expertæ. Nec, ut mos fuerat, acta æstate retrahit copias, aut
in hibernaculis veteris provinciæ componit : sed, ut in limine
belli dispositis castellis, per expeditos et solitudinum gnaros
mutantem mapalia Tacfarinatem proturbat; donec, fratre ejus

Cornélius Scipion, un des lieutenants, défendait la frontière de
Leptis, et coupait la retraite chez les Garamantes; d'un autre, le
fils de Blésus protégeait le pays de Cirta; le général était au milieu
avec des troupes d'élite. Il avait disposé dans tous les lieux convenables des forts qui tenaient l'ennemi en échec et le serraient de si
près, que, de quelque côté qu'il se tournât, il trouvait toujours
quelque détachement de Romains en face, sur ses flancs, souvent
même sur ses derrières. Par ce moyen, on tua ou on prit beaucoup
de monde aux barbares. Alors Blésus partagea de nouveau chaque
corps en plusieurs pelotons, mit à leur tête des centurions d'une
valeur éprouvée, et, la campagne finie, il n'eut garde, comme on
l'avait fait jusqu'alors, de retirer ses troupes et de les faire hiverner
dans les quartiers éloignés; au contraire, il les tint, pour ainsi
dire, aux portes de l'ennemi, dans des forts qu'il fit construire, et,
avec des coureurs qui connaissaient parfaitement le désert, il chassa
Tacfarinas de poste en poste. Ce ne fut qu'après avoir fait son frère

totidem agmina,	autant-de corps,
parantur.	sont préparés.
Ex quis	Desquels *corps*
Cornelius Scipio legatus	Cornélius Scipion lieutenant
præfuit,	commanda *l'un*,
qua prædatio	là où le brigandage
in Leptitanos,	*avait lieu* contre ceux-de-Leptis,
et suffugia	et où *se trouvaient* les refuges [mantes) ;
Garamantum ;	des Garamantes (offerts par les Gara-
alio latere,	de l'autre côté,
ne pagi Cirtensium	pour que les bourgades de ceux-de-Cirta
traherentur impune,	ne fussent pas pillées impunément,
Blæsus filius	Blésus le fils
duxit manum propriam ;	conduisit une troupe particulière ;
medio, cum delectis,	au milieu, avec des *hommes* choisis,
imponens castella	établissant des forts
et munitiones	et des retranchements
locis idoneis,	dans des lieux convenables,
dux ipse	le général lui-même
fecerat cuncta	avait rendu tous *les passages*
arcta et infensa hostibus ;	étroits et incommodes aux ennemis ;
quia,	parce que,
quoquo inclinarent,	de-quelque-côté-qu'ils se tournassent,
aliqua pars militis Romani	quelque partie du soldat romain (de l'ar-
erat in ore, in latere,	était en tête, en flanc, [mée romaine)
et sæpe a tergo :	et souvent par derrière :
multique eo modo	et beaucoup de cette façon
cæsi aut circumventi.	*furent* taillés-en-pièces ou enveloppés.
Tunc dispergit	Alors il divise
in plures manus	en plusieurs troupes
exercitum tripartitum,	*son* armée partagée-en-trois-corps,
præponitque centuriones	et met-à-la-tête des centurions
virtutis expertæ.	d'un courage éprouvé.
Nec, æstate acta,	Et, l'été étant passé,
retrahit copias,	il ne retire pas *ses* troupes,
ut fuerat mos,	comme ç'avait été la coutume,
aut componit	ou il *ne les* établit *pas*
in hibernaculis	dans les quartiers-d'hiver
veteris provinciæ :	de l'ancienne province :
sed, castellis dispositis	mais, des forts ayant été disposés
ut in limine	comme sur le seuil (les frontières)
belli,	d'une guerre (d'un pays en guerre),
per expeditos	à-l'aide-de *soldats* armés-à-la-légère
et gnaros solitudinum,	et qui-connaissaient les déserts,
proturbat Tacfarinatem	il chasse Tacfarinas
mutantem mapalia ;	qui changeait de cabanes (retraites) ;
donec,	jusqu'à ce que,

capto, regressus est, properantius tamen quam ex utilitate
sociorum, relictis per quos resurgeret bellum. Sed Tiberius,
pro confecto interpretatus, id quoque Blæso tribuit, ut imperator a legionibus salutaretur; prisco erga duces honore, qui,
bene gesta republica, gaudio et impetu victoris exercitus con-
clamabantur : erantque plures simul imperatores, nec super
ceterorum æqualitatem. Concessit quibusdam et Augustus id
vocabulum; ac tunc Tiberius Blæso postremum.

LXXV. Obiere eo anno viri illustres, Asinius Saloninus[1],
M. Agrippa et Pollione Asinio avis, fratre Druso insignis, Cæ-
sarique progener destinatus, et Capito Ateius[2], de quo memoravi, principem in civitate locum studiis civilibus assecutus;
sed avo centurione Sullano, patre prætorio. Consulatum ei
acceleraverat Augustus, ut Labeonem Antistium, iisdem arti-

---

prisonnier qu'il revint, trop tôt encore pour le bien de la province,
où il laissa le germe d'une nouvelle guerre. Mais Tibère, la regar-
dant comme terminée, accorda à Blésus l'honneur d'être salué
imperator par ses légions; titre que les soldats, au milieu des trans-
ports et des acclamations de la victoire, donnaient anciennement
aux généraux qui avaient bien mérité de la patrie. Plusieurs en
étaient revêtus à la fois, et il n'emportait aucune prééminence.
Auguste l'avait accordé à quelques-uns; Blésus le reçut alors de
Tibère, et nul ne l'obtint après lui.

LXXV. La mort enleva cette année deux personnages considé-
rables, Asinius Saloninus, et cet Atéius Capiton dont j'ai parlé.
Asinius tirait un grand éclat de M. Agrippa et d'Asinius Pollion
dont il était le petit-fils, de Drusus qu'il avait pour frère, et de
Tibère, dont il devait épouser la petite-fille. Capiton parvint au
premier rang dans Rome par ses vastes connaissances en législation;
du reste, il avait pour aïeul un centurion de Sylla, et pour père un
préteur. Auguste l'avait élevé rapidement au consulat; afin que, par

fratre ejus capto,	le frère de lui ayant été pris,
regressus est,	il revint.,
properantius tamen	avec-plus-de-hâte cependant
quam ex utilitate	qu'*il n'eût fallu* pour l'intérêt
sociorum,	des alliés,
reliótis	*des hommes* ayant été laissés
per quos bellum resurgeret.	par lesquels la guerre pût renaître.
Sed Tiberius,	Mais Tibère,
interpretatus pro confecto,	ayant interprété *la guerre* comme finie,
tribuit Blæso id quoque,	accorda à Blésus cette *faveur* aussi,
ut salutaretur imperator	qu'il fût salué impérator
a legionibus;	par *ses* légions;
honore prisco	selon un honneur ancien
erga duces,	envers les généraux,
qui, republica	qui, la chose-publique
gesta bene,	ayant été conduite bien,
conclamabantur	étaient acclamés
gaudio et impetu	par la joie et l'élan
exercitus victoris :	de l'armée victorieuse :
pluresque simul	et plusieurs à la fois
erant imperatores,	étaient impérators,
nec super æqualitatem	et non au-dessus de l'égalité
ceterorum.	des autres *citoyens*.
Et Augustus	Auguste aussi
concessit id vocabulum	accorda ce nom
quibusdam;	à quelques-uns;
ac tunc Tiberius Blæso	et alors Tibère *l'accorda* à Blésus
postremum.	pour-la-dernière-fois.
LXXV. Eo anno	LXXV. En cette année
obiere viri illustres,	moururent *deux* hommes illustres,
Asinius Saloninus,	Asinius Saloninus,
insignis avis	remarquable par *ses deux* aïeuls
M. Agrippa	M. Agrippa
et Pollione Asinio,	et Pollion Asinius,
fratre Druso,	par *son* frère Drusus,
destinatusque progener	et destiné *pour* mari-de-la-petite-fille
Cæsari,	à (de) César (Tibère),
et Capito Ateïus,	et Capiton Atéius,
de quo memoravi,	duquel j'ai parlé,
assecutus in civitate	ayant obtenu dans la cité
principem locum	la première place
studiis civilibus;	par *ses* études de-droit-civil; [Sylla,
sed avo centurione Sullano,	mais *son* aïeul *étant* un centurion de-*son*
patre prætorio.	père un ancien-préteur.
Augustus	Auguste
acceleraverat	avait hâté (donné-prématurément)
consulatum ei,	le consulat à lui,

bus præcellentem, dignatione ejus magistratus anteiret. Namque illa ætas duo pacis decora simul tulit : sed Labeo incorrupta libertate[1], et ob id fama celebratior ; Capitonis obsequium dominantibus magis probabatur. Illi, quod præturam intra stetit, commendatio ex injuria ; huic, quod consulatum adeptus est, odium ex invidia oriebatur.

LXXVI. Et Junia, sexagesimo quarto post Philippensem aciem anno, supremum diem explevit, Catone avunculo genita, C. Cassii uxor, M. Bruti soror[2]. Testamentum ejus multo apud vulgum rumore fuit ; quia, in magnis opibus, quum ferme cunctos proceres cum honore nominavisset, Cæsarem omisit. Quod civiliter acceptum ; neque prohibuit quominus laudatione pro rostris ceterisque solemnibus funus cohonesta-

l'éclat de cette dignité, il éclipsât Antistius Labéon, son rival de gloire ; car le même siècle vit briller ces deux ornements de la paix. Mais Labéon, républicain incorruptible, a laissé plus de réputation ; Capiton, plus courtisan, obtint plus de faveur. L'un ne parvint qu'à la préture, et tira de l'injustice un nouveau lustre ; le consulat valut à l'autre la haine et l'envie.

LXXVI. Ce fut cette même année, soixante-quatre ans après la bataille de Philippes, que mourut Junie, nièce de Caton, veuve de C. Cassius et sœur de M. Brutus. Son testament fit beaucoup de bruit, parce qu'étant fort riche, et ayant distingué presque tous les grands par des legs, elle oublia Tibère. Le prince n'en parut pas blessé, et n'empêcha pas que l'éloge funèbre fût prononcé à la tribune, que la pompe accoutumée présidât aux funérailles. On y

ut anteiret	afin qu'il surpassât
dignatione	par la dignité
ejus magistratus	de cette magistrature
Labeonem Antistium,	Labéon Antistius,
præcellentem	qui excellait
iisdem artibus.	par les mêmes talents.
Namque illa ætas	Car cette époque-là
tulit simul	porta (produisit) à la fois
duo decora pacis :	ces deux ornements de la paix :
sed Labeo	mais Labéon
libertate incorrupta,	fut d'une liberté incorruptible,
et ob id	et pour cela
celebratior fama;	plus célébré par la renommée ;
obsequium Capitonis	l'obséquiosité de Capiton
probabatur magis	était approuvée davantage
dominantibus.	de ceux qui commandaient.
Illi commendatio	A celui-là la considération
oriebatur ex injuria,	naissait de l'injustice,
quod stetit	parce qu'il s'arrêta
intra præturam;	en deçà de la préture ;
huic odium ex invidia,	à celui-ci la haine venait de l'envie,
quod adeptus est	parce qu'il obtint
consulatum.	le consulat.
LXXVI. Et Junia,	LXXVI. Aussi Junia,
genita Catone avunculo,	issue de Caton son oncle,
uxor C. Cassii,	épouse de C. Cassius,
soror M. Bruti,	sœur de M. Brutus,
explevit supremum diem,	accomplit son dernier jour,
sexagesimo quarto anno	la soixante-quatrième année
post aciem Philippensem.	après la bataille de Philippes.
Testamentum ejus	Le testament d'elle [beaucoup]
fuit rumore multo	fut d'une rumeur considérable (fit parler
apud vulgum ;	parmi le peuple ;
quia, in magnis opibus,	parce que, dans une grande fortune,
quum nominavisset	lorsqu'elle avait nommé
cum honore	avec honneur
ferme cunctos proceres,	presque tous les grands,
omisit Cæsarem.	elle omit César (Tibère).
Quod acceptum	Ce qui fut reçu par Tibère
civiliter ;	comme-il-convient-à-un-citoyen ;
neque prohibuit	et il n'empêcha pas
quominus funus	que ses funérailles
cohonestaretur	ne fussent honorées
laudatione pro rostris	d'un éloge du haut des rostres
ceterisque solemnibus.	et des autres distinctions usitées.
Imagines	Les images
viginti familiarum	de vingt familles

retur. Viginti clarissimarum familiarum imagines antelatæ sunt, Manlii, Quinctii, aliaque ejusdem nobilitatis nomina; sed præfulgebant [1] Cassius atque Brutus, eo ipso quod effigies eorum non visebantur.

porta les images de vingt familles illustres, des Manlius, des Quinctius, et autres Romains également distingués; mais Cassius et Brutus les effaçaient tous en éclat, par cela même qu'on n'y voyait point leurs images.

clarissimarum
antelatæ sunt,
Manlii, Quinctii,
aliaque nomina
ejusdem nobilitatis;
sed Cassius atque Brutus
præfulgebant,
eo ipso quod effigies eorum
non visebantur.

très-illustres
furent portées-en-tête *du cortège*,
les Manlius, les Quinctius,
et d'autres noms
de la même noblesse ;
mais Cassius et Brutus
brillaient-surtout,
par cela même que les images d'eux
ne se voyaient pas.

———

NOTES.

Page 4 : 1. *Corcyram.* Corcyre, île de la mer Ionienne, à l'entrée de la mer Adriatique, célèbre dans l'*Odyssée*, sous le nom de Σχεδίη. Homère y place les Phéaciens et les jardins d'Alcinoüs. C'est aujourd'hui l'île de *Corfou.*

— 2. *Calabriæ.* Les Romains appelaient de ce nom la pointe de l'Italie voisine de la Grèce : on appelle aujourd'hui Calabre l'autre pointe voisine de la Sicile, et qui est séparée de la première par le golfe de Tarente.

— 3. *Brundusium,* Brindes, aujourd'hui *Brindisi.* Port célèbre de l'Adriatique, dans le pays des *Calabri.*

— 4. *Fidissimum.* Poétique pour *tutissimum.* Virgile, *Énéide*, II, 28 : *Statio malefida carinis*; et 400 : *Littora cursu fida.*

— 5. *Proxima maris* équivaut à *proxima mari.* De même, *Histoires,* III, XLII : *Proxima littorum*; V, XVI : *Propiora fluminis.*

Page 6 : 1. *Duobus cum liberis.* Ces deux enfants étaient Julie, née à Lesbos l'année précédente (voy. liv. II, ch. LIV), et un fils, on ignore lequel.

— 2. *Munera fungerentur.* Le verbe *fungor* gouverne habituellement l'ablatif. Tacite emploie indifféremment l'un et l'autre cas.

— 3. *Versi fasces.* Probablement les faisceaux de Germanicus, rapportés avec ses restes. Les faisceaux renversés étaient un signe de douleur.

Page 8 : 1. *Trabeati.* La trabée était le costume militaire des chevaliers, et non un insigne de deuil. Les chevaliers s'en parent en cette occasion pour honorer la mémoire de Germanicus.

— 2. *Consules.* Marcus Valérius Messala, Caïus Aurélius Cotta.

— 3. *Aberat quippe adulatio.* Montesquieu, *Grandeur et Décadence des Romains*; ch. XIV : « Il (le peuple) s'était si fort accoutumé à obéir et à faire sa félicité de la différence de ses maîtres, qu'après la mort de Germanicus il donna des marques de deuil, de regret et de désespoir, que l'on ne trouve plus parmi nous. Il faut voir les historiens décrire la désolation publique si grande, si longue, si peu modérée ; et tout cela n'était pas joué : car le corps entier du peuple n'affecte, ne flatte, ni ne dissimule. »

Page 8 : 4. *Matrem Antoniam.* Antonia, mère de Germanicus. Elle était fille du triumvir Antoine et veuve de Drusus le Germanique. L'histoire fait l'éloge de sa sagesse et de sa beauté. Caligula, son petit-fils, après l'avoir accablée d'honneurs, la fit mourir de chagrin ; peut-être même employa-t-il le poison.

— 5. *Diurna Actorum scriptura* équivaut à *diurnorum Actorum scriptura.* Ce sont les journaux du temps, où l'on racontait les événements publics, les jeux, les fêtes, etc.

Page 10 : 1. *Dies per silentium vastus.* Expression neuve et hardie pour dire que pendant une partie de cette journée Rome fut morne et silencieuse comme un désert. On dit ordinairement *vastum silentium.* Tacite pouvait dire : *In illo die vastum silentium ;* ce serait la même idée, mais quelle différence dans l'effet produit !

— 2. *Nihil spei reliquum.* Montesquieu, *Grandeur et Décadence des Romains,* ch. xiv : « Le peuple romain, qui n'avait plus de part au gouvernement, composé presque d'affranchis ou de gens sans industrie, qui vivaient aux dépens du trésor public, ne sentait que son impuissance ; il s'affligeait comme les enfants et les femmes, qui se désolent par le sentiment de leur faiblesse. Il était mal : il plaça ses craintes et ses espérances sur la personne de Germanicus ; et, cet objet lui étant enlevé, il tomba dans le désespoir. »

— 3. *Solum Augusti sanguinem.* C'est là une exagération de la douleur publique. Auguste avait d'autres descendants, par sa petite-fille Julie, qui avait épousé Lucius Émilius Paulus.

Page 12 : 1. *Ticinum.* Ville de la Gaule cisalpine, aujourd'hui *Pavie.*

— 2. *Claudiorum Juliorumque.* Ernesti remplace *Juliorum* par *Liviorum,* mais à tort. Si les images des Jules figurèrent aux funérailles de Drusus, ce fut une distinction accordée par Auguste à la mémoire de son beau-fils. C'est ainsi qu'aux funérailles d'Auguste on avait porté les images de ce que Rome avait eu de plus illustre depuis Romulus jusqu'au grand Pompée inclusivement. V. Dion, LVI, xxxiv.

— 3. *Fratrem.* Le pluriel serait plus exact, puisque Drusus était allé avec Claude jusqu'à Terracine, et que tous deux étaient frères de Germanicus. Mais les démarches de Claude n'avaient aucune importance, et la critique ne porte ici que sur Drusus, fils de Tibère. Germanicus lui-même, à son lit de mort, n'avait pensé qu'à Drusus : *Referatis fratri* (*Annales*, II, LXXI). Voyez aussi les réflexions qui suivent sur Claude, au chap. XVIII.

Page 12 : 4. *Doloris imitamenta.* Tacite emploie la même expression à propos des funérailles de Claude : *Ceterum peractis tristitiæ imitamentis* (*Annales*, XIII, IV).

Page 14 : 1. *Ex mœrore solatia.* C'est la pensée d'Ovide, *Tristes*, IV, III, v. 38 :

> Expletur lacrimis egeriturque dolor.

— 2. *Divus Julius.* V. Sénèque, *Consolation à Marcia*, chap. XIV.

— 3. *Divus Augustus.* Voy. *Annales*, I, III.

— 4. *Principes mortales, rempublicam æternam esse.* M. J. Chénier a traduit cette pensée dans sa tragédie de *Tibère*, acte II, sc. IV :

> Les princes, les héros, ces astres d'un moment,
> Vont s'éteindre à jamais dans la nuit éternelle;
> Mais Rome leur survit, Rome est seule immortelle.

Page 16 : 1. *Ludorum Megalesium.* Les jeux de la grande déesse (de la Mère des dieux), qui tombaient aux nones d'avril.

— 2. *Petendæ e Pisone ultionis.* Génitif elliptique, comme il s'en rencontre tant dans les auteurs, et particulièrement dans Tacite. Le mot qu'il faut sous-entendre pour expliquer ces sortes d'ellipses n'est pas toujours *causa*; ici par exemple ce pourrait être *spé* ou *expectatione*.

— 3. *Ut dixi.* Voy. *Annales*, II, LXXIV.

Page 18 : 1. *Dalmatico mari.* Aujourd'hui *le golfe de Venise*.

— 2. *Anconam.* Colonie de Syracuse, sur la mer Adriatique ; aujourd'hui, chef-lieu de la légation d'Ancône.

— 3. *Picenum.* La légation d'Ancône.

— 4. *Pannonia*, la Pannonie. Cette province répond aujourd'hui à une partie de l'Autriche, de l'Esclavonie et de la Croatie.

— 5. *Narnia.* Aujourd'hui *Narni*, ville de l'État ecclésiastique. Patrie de Nerva.

— 6. *Nare*, le Nar, aujourd'hui la *Néra*. Cette rivière sortait du mont Fiscellus, coulait entre l'Ombrie et la Sabine, passait à Narnia, et tombait dans le Tibre.

Page 20 : 1. *Festa ornatu.* C'était une habitude à Rome, quand on donnait une fête, de décorer sa maison de couronnes, de guirlandes, de branches de laurier. Juvénal, *Satires*, VI, 227 :

> Ornatas paulo ante fores, pendentia linquit
> Vela domus et adhuc virides in limine ramos.

Page 20 : 2. *Conscientiæ matris innexum.* Voy. *Annales*, II, XXVII et LXXXIII.

Page 22 : 1. *Distraheretur.* Tacite emploie plus fréquemment dans ce sens le verbe *differre*. *Annales*, I, IV : *Pars multo maxima imminentes dominos variis rumoribus differebant.*

— 2. *L. Arruntium.* C'est probablement le même dont il est question au livre I, ch. XIII, et au livre VI, ch. VII. Il fut consul en 759. Sénèque (lettre CXIV) l'appelle *raræ frugalitatis virum.*

— 3. *Vinicium.* Il y eut à Rome plusieurs orateurs du nom de Vinicius.

— 4. *Æserninum Marcellum.* Petit-fils d'Asinius Pollion. Voy. Suétone, *Vie d'Auguste*, XLIII.

— 5. *Sex. Pompeium.* Sextus Pompée était consul à l'avénement de Tibère (Voy. *Annales*, I, VII). Il est exalté pour son éloquence par Valère Maxime (II, VI, 8), et par Ovide (*Pontiques*, IV, I, 4, 5).

— 6. *M. Lepidus.* Probablement celui dont il est question au livre I, ch. XIII. — *L. Piso.* C'est l'orateur véhément et indépendant dont il a été parlé au livre II, ch. XXXIV. On croit qu'il était frère de l'accusé.

— 7. *Haud alias.* Ces deux mots ne tombent pas seulement sur *intentior*, mais sur tout l'ensemble de la phrase.

— 8. *Patris sui legatum.* En Espagne, comme on le voit au chapitre suivant : *Ambitiose avareque habitam Hispaniam.*

Page 24 : 1. *Contrectandum vulgi oculis.* Expression neuve et qui fait image. Cicéron, *Tusculanes*, III, XV : *Mente contrectare.*

Page 28 : 1. *Si quæ in nos adversa finguntur.* Allusion aux bruits odieux qui couraient sur le compte de Tibère. Voy. plus haut, ch. X.

— 2. *Servæus.* Le même dont il est question au livre II, ch. LVI, et au livre VI, ch. VII.

— 3. *Devotionibus et veneno.* Voy. *Annales*, II, LXIX.

— 4. *Sacra et immolationes.* Voy. *Annales*, II, LXXV.

— 5. *Petitam armis rempublicam.* Voy. *Annales*, II, LXXIX et suivant.

Page 30 : 1. *Ministros.* Les esclaves de Germanicus, qui avaient servi à table.

— 2. *Interiisse.* Nous supprimons ici une phrase qui est demeurée inexplicable, malgré tous les efforts des commentateurs : *Scripsissent expostulantes, quod haud minus Tiberius quam Piso abnuere.*

— 3. *Effigies Pisonis,* etc. Juvénal dit, en parlant de Séjan, X, 58 :

Descendunt statuæ restemque sequuntur.

Page 32 : 1. *Si ita ferret.* Sous-entendu *res* ou *fortuna.* Ellipse usitée.

— 2. *Infensas patrum voces.* Cela fait penser aux murmures qu'excitèrent parmi les sénateurs les invectives de Catilina contre Cicéron, après sa première harangue : *Obstrepere omnes; hostem atque parricidam vocare.*

Page 34 : 1. *Suam invidiam,* etc. Sous-entendu *queritur,* ou *refert,* ou quelque mot semblable; la phrase serait inexplicable autrement.

— 2. *Exquirit.* A qui s'adressent ces interrogations de Tibère? aux témoins, selon quelques-uns; mais plus probablement à l'affranchi qui apportait la lettre de Pison. En effet, les mots *atque illo... respondente* ne peuvent guère se rapporter qu'à cet affranchi.

Page 36 : 1. *Per collegium consulatus.* Pison avait été consul avec Auguste en 731, et avec Tibère en 747. C'est de ces deux consulats qu'il veut parler ici, du premier tout aussi bien que du second.

Page 38 : 1. *Cum pudore et flagitio,* pour *cum pudore flagitii.* Tacite a dit ailleurs (*Histoires,* IV, LXII) : *Cum rubore et infamia.*

— 2. *Super hæc.* Synonyme de *præter hæc.* De même plus bas, ch. XXII : *Super Æmiliorum decus,* et au livre XIII, ch. XVIII : *Super ingenitam avaritiam.* D'autres expliquent comme s'il y avait *in his.* Ainsi, dans Quinte-Curce, VIII, IV : *Super vinum et epulas;* et dans Stace, *Thébaïde,* I, 676 :

Non super hos divum tibi sum quærendus honores.

D'autres enfin lisent *hac* au lieu de *hæc,* et le rapportent à *imagine;* quant à *super,* ils lui donnent pour complément *biduum,* par anastrophe.

Page 40 : 1. *Nam, referente Cæsare,* etc. Du temps de l'ancienne république, jamais les magistrats n'opinaient dans le sénat. Sous le nouveau gouvernement, ils opinaient seulement quand l'empereur proposait. Voy. la dissertation de La Bléterie intitulée : *L'empereur romain dans le sénat. (Mémoires de l'Académie des Belles-Lettres,* t. XXVII.)

Page 40 : 2. *Prænomen mutaret.* Il prit depuis le prénom de Lucius. Voy. Dion , LIX, xx.

— 3. *Exuta dignitate.* Il était sénateur.

— 4. *Quinquagies sestertio* équivaut à *quinquagies sestertium* ou *sestertii* , cinq millions de sesterces (un million de francs environ).

— 5. *Relegaretur.* La rélégation était une peine moins rigoureuse que l'exil. Elle laissait au citoyen ses droits ; l'exil les lui faisait perdre.

— 6. *Iuli Antonii.* Fils du triumvir Antoine et de Fulvie, puni de mort en 732, comme complice des débordements de Julie, pendant qu'elle était femme de Tibère.

— 7. *Signum aureum.* Sans doute une statue de Mars lui-même.

Page 42 : 1. *Futurum principem.* Quoi de plus inattendu, en effet, que l'élévation de Claude à l'empire ? « Caligula ayant été tué, le sénat s'assembla pour établir une forme de gouvernement. Dans le temps qu'il délibérait, quelques soldats entrèrent dans le palais pour piller : ils trouvèrent dans un lieu obscur un homme tremblant de peur ; c'était Claude : ils le saluèrent empereur. » Montesquieu, *Grandeur et décadence des Romains* , ch. xv.

Page 44 : 1. *Etiam secutis.* L'omission de *sed* devant *etiam* est fréquente dans Tite Live et dans Salluste.

— 2. *Adeo maxima quæque*, etc. On trouve la même pensée dans Thucydide, I, xx : Οἱ γὰρ ἄνθρωποι τὰς ἀκοὰς τῶν προγεγενημένων, καὶ ἢν ἐπιχώρια σφίσιν ᾖ, ὁμοίως ἀβασανίστως παρ' ἀλλήλων δέχονται. Οὕτως ἀταλαίπωρος τοῖς πολλοῖς ἡ ζήτησις τῆς ἀληθείας, καὶ ἐπὶ τὰ ἕτοιμα μᾶλλον τρέπονται.

— 3. *Utrumque.* La crédulité et le mensonge.

— 4. *Urbe egressus.* Les généraux romains étant obligés de déposer le commandement en entrant dans Rome, il fallait, pour que Drusus pût jouir de l'ovation qui lui avait été décernée par le sénat, qu'il sortît de Rome, où l'avaient appelé les funérailles de son frère, et qu'il reprît le commandement et les auspices. L'empereur seul était affranchi de cette loi.

— 5. *Vipsania.* Tibère, qui aimait beaucoup Vipsania, l'avait répudiée par complaisance pour Auguste, qui lui fit épouser la trop fameuse Julie.

— 6. *Ferro.* Agrippa Postume. Voy. *Annales*, I, vi.

Page 44 : 7. *Veneno*. Caïus et Lucius. Voy. *Annales*, I, III. — *Fame*. Agrippine, et probablement aussi Julie, bien que Tacite, en racontant sa mort, ne l'attribue pas à la faim. Voy. *Annales*, IV, LXXI.

— 8. *Tacfarinas*. Voy. *Annales*, II, LII.

— 9. *Pagida flumine*. Selon Brotier, qui écrit *Pagyda*, c'est la rivière d'*Abéadh*, dans la province de Constantine.

Page 46 : 1. *Fusti necat*. Sur ce genre de supplice, voy. Polybe, VI, XXXVI.

— 2. *Thala*. Ville de Numidie, voisine du désert, et dont on ignore la vraie position. Elle fut ruinée dans la guerre de Juba contre César. Voy. Salluste, *Jugurtha*, LXXV.

Page 48 : 1. *Jure proconsulis*. Suétone, *Vie d'Auguste*, XXXII : *Corripuit consulares exercitibus præpositos, quod de tribuendis quibusdam militaribus donis ad se referrent, quasi non omnium tribuendorum ipsi jus haberent.*

Page 50 : 1. *Quæsitumque per Chaldæos*. Ces sortes de questions étaient toujours réputées criminelles. Tertullien, *Apol.*, XXXV : *Cui autem opus est perscrutari super Cæsaris salute, nisi a quo aliquid adversus illam cogitatur vel optatur, aut post illam speratur et sustinetur ? Non enim ea mente de caris consulitur, qua de dominis.*

— 2. *Post dictum repudium*. Il y avait vingt ans que Quirinus avait répudié Lépida. Voy. Suétone, *Vie de Tibère*, XLIX.

— 3. *Militari custodia*. Il y avait trois sortes de détention : les esclaves et les scélérats les plus vils étaient renfermés dans des prisons ; les citoyens de marque et les sénateurs étaient confiés à la garde des consuls et des préteurs ; quant au commun des accusés, on les mettait sous la garde d'un soldat, qui répondait de leur personne, au moyen d'une chaîne très-lâche, attachée par un bout à la main droite de l'accusé, et par l'autre au bras gauche du gardien. De là ces mots de Sénèque, lettre V : *Eadem catena et custodiam et militem copulat ;* et, *De la tranquillité de l'âme*, X : *Alligatique sunt etiam qui alligaverunt, nisi tu forte leviorem in sinistra catenam putas.*

— 4. *Consulem designatum*. C'était l'usage déjà sous la république que le consul désigné opinât le premier.

— 5. *Damnandi officio*. Drusus condamne cependant, comme nous le voyons au chapitre suivant ; mais il condamne après les autres, ce qui atténue singulièrement l'effet de son vote. La majorité ayant prononcé, qu'importait un avis d'absolution ?

— 6. *Ludorum*. Les grands jeux, les jeux romains, qui se célébraient des nones aux ides de septembre , c'est-à-dire du 5 au 13 de ce mois.

Page 52 : 1. *Ea monumenta*. Sur le théâtre de Pompée , voy. *Annales*, XIV, xx.

— 2. *Senectæ atque orbitati*. Suétone (*Vie de Tibère*, XLIX) nous donne l'explication de ce reproche : Tibère ne doutait pas que Quirinus, par reconnaissance, ne testât en sa faveur.

Page 54 : 1. *Adulteros earum*. Jules Antoine, amant de la première Julie, fille d'Auguste, fut puni de mort : Décimus Silanus , amant de la seconde Julie, fille de la première, fut exilé.

— 2. *Gravi nomine læsarum religionum ac violatæ majestatis*. Montesquieu, *Esprit des lois*, VII, XIII : « La loi Julia établit une peine contre l'adultère. Mais, bien loin que cette loi et celles que l'on fit depuis là-dessus fussent une marque de la bonté des mœurs, elles furent au contraire une marque de leur dépravation. Tout le système politique à l'égard des femmes changea sous la monarchie. Il ne fut plus question d'établir chez elles la pureté des mœurs , mais de punir leurs crimes. On ne faisait de nouvelles lois pour punir ces crimes , que parce qu'on ne punissait plus les violations qui n'étaient pas des crimes....

« Auguste et Tibère songèrent principalement à punir les débauches de leurs parentes. Ils ne punissaient point le déréglement des mœurs, mais un certain crime d'impiété ou de lèse-majesté qu'ils avaient inventé, utile pour le respect, utile pour leur vengeance. De là vient que les auteurs romains s'élèvent si fort contre cette tyrannie. »

— 3. *Cetera illius ætatis memorabo*. On voit par là que Tacite avait formé le projet d'écrire l'histoire du règne d'Auguste.

— 4. *Effectis in quæ tetendi*. Voici l'ordre des ouvrages historiques de Tacite : 1° la Vie d'Agricola; 2° les Mœurs des Germains ; 3° les Histoires; 4° les Annales.

— 5. *Exsilium sibi demonstrari intellexit*. « Sous la monarchie , dit Montesquieu , la disgrâce est un équivalent à la peine. » (*Esprit des Lois*, VI, XXI.) — Châteaubriant, *Génie du christianisme*, quatrième partie, livre VI, ch. XIII : « Si les Romains tombèrent dans la servitude , ils ne durent s'en prendre qu'à leurs mœurs. C'est la bassesse qui produit d'abord la tyrannie, et, par une juste réaction , la tyrannie prolonge ensuite la bassesse. »

Page 56 : 1. *Papia Poppæa*. Loi ainsi nommée de M. Papius Mutilus et de Q. Poppéus Sécundus , sous le consulat desquels elle fut

promulguée, en 762. — Montesquieu, *Esprit des Lois*, XXIII, xxi :
« Auguste donna la loi qu'on nomme de son nom Julia, et Papia
Poppéa du nom des consuls d'une partie de cette année-là. La
grandeur du mal paraissait dans leur élection même : Dion nous dit
qu'ils n'étaient point mariés et qu'ils n'avaient point d'enfants.
Cette loi d'Auguste était proprement un code de lois et un corps
systématique de tous les règlements qu'on pouvait faire sur ce sujet.
On y refondit les lois juliennes, et on leur donna plus de force :
elles ont tant de vues, elles influent sur tant de choses, qu'elles
forment la plus belle partie des lois civiles des Romains. »

Page 56 : 2. *Julias rogationes*. La loi Julia, portée par Auguste
vingt-cinq ans avant la loi Papia Poppéa, et depuis refondue dans celle-
ci. Les célibataires pouvaient hériter de leurs plus proches parents ;
hors ce cas, tous les legs qu'on leur faisait par testament revenaient
au fisc, à moins que, dans l'espace de cent jours, ils ne se mariassent ; ce qui fait dire à Plutarque qu'on ne se mariait plus pour
avoir des héritiers, mais pour l'être. Tacite emploie le pluriel *rogationes*, ou parce que cette loi fut renouvelée plusieurs fois, ou parce
qu'elle contenait un grand nombre de titres. — *Incitandis* a le même
sens que *augendis*, *intendendis*. Ainsi dans Cicéron, *De l'orateur*,
I, xx : *Incitare celeritatem;* et dans Columelle, IV, xxxiii : *Incitare
proceritatem.*

— 3. *Delatorum interpretationibus*. Ce qui encourageait les délateurs, c'est qu'ils recevaient pour récompense une partie des biens
qu'ils signalaient comme devant faire retour à l'État.

— 4. *Utque antea flagitiis*, etc. Montesquieu, *Grandeur et décadence des Romains*, ch. xiv : « Il n'y a point de plus cruelle tyrannie
que celle que l'on exerce à l'ombre des lois et avec les couleurs de
la justice, lorsqu'on va pour ainsi dire noyer des malheureux sur la
planche même sur laquelle ils s'étaient sauvés. »

— 5. *Vetustissimi mortalium*. Ce siècle d'or n'est qu'une chimère,
éclose du cerveau des poëtes. Tacite y croyait apparemment. Lucrèce envisage les choses d'une tout autre manière, et le tableau
qu'il trace de la vie des premiers hommes, s'il n'est pas aussi séduisant, est sans doute beaucoup plus vrai. Voy. le livre V de son
poëme, à partir du vers 923.

Page 58 : 1. *Postquam regum pertæsum*. Voy. Montesquieu, *Esprit
des Lois*, XI, xi.

— 2. *Nobis Romulus*. Voyez encore Montesquieu, *Esprit des Lois*,
XI, xii. — Pomponius, *De origine juris*, II : *Initio civitatis nostræ*

populus sine certa lege, *sine jure certo*, *primum agere instituit : omnia-*
que manu a regibus gubernabantur.

Page 60 : 1. *Pulso Tarquinio.* Voy. Montesquieu, *Esprit des Lois*,
XI, XIII et suivant.

— 2. *Finis æqui juris.* Dernier contrat fondé sur l'équité, et non
pas chef-d'œuvre de l'équité humaine. En effet, *secutæ* de la phrase
suivante est certainement opposé à *finis*, et *per vim latæ sunt* à *æqui
juris.*

— 3. *Hinc Gracchi et Saturnini.* Voy. Florus, III, XIV-XVI.

— 4. *Nec minor largitor.* Le tribun Drusus voulait rendre au
sénat les jugements qui lui avaient été enlevés par C. Gracchus.
il alla, après maintes largesses au peuple, jusqu'à promettre au
nom du sénat, aux peuples d'Italie, le droit de cité romaine. De là
la guerre sociale ou d'Italie.

— 5. *Turbidis Lepidi rogationibus.* Cè Lépidus était le père du
triumvir. Partisan de Marius, il voulut, après la mort de Sylla,
abolir les lois de ce dictateur. Le sénat lui opposa Catulus, qui le
battit.

— 6. *Tribunis reddita licentia.* Il s'agit des priviléges dont les tri-
buns avaient été dépouillés par Sylla, et que Pompée, consul avec
Crassus, leur rendit en 683. Voy. Salluste, *Catilina*, XXXVIII;
Cicéron, *des Lois*, III, IX.

Page 62 : 1. *In singulos homines latæ quæstiones.* Lois spécialement
rendues contre les personnes, en opposition avec les Douze Tables,
qui constituaient le droit commun.

— 2. *Cn. Pompeius, tertium consul.* Nommé consul en 702, pour
réformer l'État, Pompée remit en vigueur, entre autres lois, celle
qui obligeait les candidats à solliciter en personne lés suffrages
aux comices. Il fit, de plus, confirmer par le peuple le sénatus-
consulte qui ne donnait les provinces aux consuls et aux préteurs
que cinq ans après leur sortie de charge. Enfin il fit une loi sur la
brigue qui s'étendait aux délits commis depuis vingt ans. Or il viola
la première en autorisant César à demander le consulat, quoique
absent; la seconde, en se faisant proroger pour cinq ans le gouvernement de l'Espagne; la troisième, en arrachant à la justice son
beau-père Scipion Métellus, contre lequel s'élevaient les charges
les plus manifestes. C'est à ces infractions que Tacite fait allusion
dans ces mots de la même phrase : *suarum legum auctor idem ac subversor.*

Page 62 : 3. *Per viginti annos.* Du troisième consulat de Pompée à la bataille d'Actium, en 723, c'est-à-dire, en tout, vingt-quatre ans.

Page 64 : 1. *Neronem.* Voy. *Annales*, IV, VIII; Suétone, *Vie de Tibère*, LIV.

— 2. *Vigintiviratus.* Le vigintivirat comprenait quatre sortes de magistrats : les *triumviri capitales*, les *triumviri monetales*, les *quatuorviri viales*, et les *decemviri litibus judicandis*. Il y en avait vingt-six avant Auguste : ce prince les réduisit à vingt. C'était le premier degré pour arriver aux honneurs.

— 3. *Quinquennio maturius.* Il fallait avoir vingt-sept ans pour être questeur.

Page 66 : 1. *Quo primum die forum ingressus est.* C'est-à-dire le jour où il prit la robe virile.—*Congiarium.* Largesse ainsi appelée du *conge*, mesure romaine qui contenait de trois à cinq pintes, selon les diverses évaluations. On donna le *congiarium* d'abord en huile et en vin, ensuite en argent.

— 2. *Nuptiis Neronis et Juliæ.* Tacite avait dit plus haut (*Annales*, II, XLIII) que la fille de Silanus était fiancée à Néron. Le mariage avait sans doute été rompu.

— 3. *Quod filio Claudii socer Sejanus destinaretur.* Ce mariage n'eut pas lieu. Le jeune prince, nommé Drusus, s'amusant à jeter en l'air une poire et à la recevoir avec la bouche, la poire lui entra si avant dans le gosier, qu'elle l'étouffa. Voy. *Annales*, IV, VII.

— 4. *Equitum decuriis.* Il s'agit ici de la formation des listes des juges, lesquels étaient pris parmi les chevaliers.

Page 68 : 1. *Tiberii quartus consulatus.* An de Rome 774 ; de Jésus-Christ, 21.

Page 70 : 1. *Longam et continuam absentiam.* Tibère quitta Rome, cinq ans après cette époque, pour n'y plus revenir. Voy. *Annales*, IV, LVII.

— 2. *Domitius Corbulo.* Celui qui acquit tant de gloire à la guerre sous Claude et sous Néron.

— 3. *Loco non decessisset.* Les places des différents ordres, d'abord marquées au théâtre, ne le furent au cirque que sous Claude, pour les sénateurs, et sous Néron, pour les chevaliers.

— 4. *Juventutis irreverentiam.* Montesquieu, *Esprit des Lois*, V, VII : « Rien ne maintient plus les mœurs que l'extrême subordination des jeunes gens envers les vieillards. Les uns et les autres seront contenus, ceux-là par le respect qu'ils auront pour les vieillards, et ceux-ci par le respect qu'ils auront pour eux-mêmes. »

Page 70 : 5. *Patruus simul ac vitricus Sullæ*. Il avait éponsé la mère de Sylla.

Page 72 : 1. *Motam rursum Africam*. Voy. *Annales*, II, LIY; III, xx.

— 2. *M'. Lepidum*. Manius Lépidus, dont il a été question plus haut, au chapitre xxii, et non pas Marcus Lépidus, dont il va être parlé au chapitre xxxv.

Page 74 : 1. *Severus Cæcina*. Le même dont Tacite a dit (*Annales*, I, lxiv) : *Quadragesimum id stipendium Cæcina parendi aut imperitandi habebat*.

— 2. *Feminam*. Plancine, femme de Pison. Voy. *Annales*, II, lv.

Page 76 : 1. *Oppiis legibus*. La loi Oppia fut portée, en 541, par le tribun C. Oppius, et révoquée en 559, malgré l'opposition énergique de Caton, alors consul. Voy. Tite Live, XXXIV, 1.

Page 80 : 1. *Tot communium liberorum parente*. Drusus avait trois enfants. Voy. plus loin, chap. lvi : *Esse illi conjugem, et tres liberos*.

— 2. *Proximi senatus die* équivaut à *proximo senatus die*.

— 3. *Junium Blæsum*. Celui qui commandait les légions de Pannonie, lorsqu'elles se révoltèrent. Voy. *Annales*, I, xvi.

Page 82 : 1. *Jutus*. Tacite préfère le plus souvent les simples aux composés. Ainsi *paratus* pour *apparatus*, *vincire* pour *devincire*, *firmare* pour *affirmare*, *noscere* pour *cognoscere*, *premere* pour *opprimere*.

— 2. *Arrepta imagine Cæsaris*. Au rapport de Philostrate, *Vie d'Apollonius*, I, xv, un maître fut condamné comme impie pour avoir frappé son esclave, qui portait sur lui une drachme d'argent à l'effigie de Tibère.

Page 84 : 1. *Huc potius intenderet*. Juvénal dit en parlant de Domitien, *Satires*, IV, v. 150 :

Atque utinam his potius nugis tota ille dedisset
Tempora sævitiæ, claras quibus abstulit urbi
Illustresque animas, impune et vindice nullo.

— 2. *Editionibus*. Sous-ent. *spectaculorum munerumque*. Sur cette passion de Drusus pour les spectacles, voyez *Annales*, I, lxxvi, et Dion, LVII, xiv.

Page 86 : 1. *E primoribus Macedoniæ*. C'était sans doute un Macédonien qui avait reçu le droit de cité romaine.

— 2. *Fratre*. Cotys était neveu de Rhescuporis. (Voy. *Annales*, II, lxiv). Le mot *fratre* est donc pris ici dans un sens un peu large.

— 3. *Cœletæ*. Ces peuples habitaient au pied de l'Hémus et du

Rhodope. — *Odrusæ*. Les Odryses étaient plus près des sources de l'Hèbre, aujourd'hui la *Maritza*.

Page 88 : 1. *Hæmum*, l'Hémus, aujourd'hui le *Balkan*.

— 2. *Philippopolim*. D'abord nommée *Eumolpias*, elle fut rebâtie et agrandie par Philippe, qui lui donna son nom. C'est aujourd'hui *Philippopoli*.

— 3. *P. Velleio*. Il est possible qu'il s'agisse ici, comme le pensent quelques-uns, de l'historien Velléius. Cependant il n'a rien dit de cette expédition dans son histoire, et d'ailleurs son prénom était Caïus, et non Publius.

Page 90 : 1. *Æduos*. Leur pays répondait à une partie du Nivernais et de la Bourgogne.

— 2. *Gravitate fenoris*. Dès le temps de la république, M. Brutus faisait ou laissait tourmenter par ses agents la ville de Salamine, qui refusait de payer l'usure d'une somme qu'il lui avait prêtée. Voy. la dernière lettre du VI° livre des Lettres de Cicéron à Atticus.

— Plus tard, sous Néron, Sénèque causa la révolte des peuples de la Grande-Bretagne, en voulant retirer tout à coup une somme de quatre millions environ de notre monnaie, qu'ils lui avaient empruntée à gros intérêt. Voy. Dion, LXII, II.

Page 92 : 1. *Andecavi ac Turonii*. L'Anjou et la Touraine.

— 2. *Acilius Aviola*. Il finit ses jours d'une façon bien tragique. On le crut mort : le feu du bûcher le fit sortir de sa léthargie. Il demanda du secours, mais on ne put le sauver. Voy. Pline, VII, LIII.

— 3. *Lugduni*. Capitale de la Gaule lyonnaise, qui comprenait la Touraine, l'Anjou, l'Armorique, etc.

— 4. *Negotiatoribus Romanis*. Les Romains ou Italiens établis dans les Gaules pour le commerce et les affaires d'argent.

Page 94 : 1. *Obæratorum*. Les débiteurs de Florus, et non pas, d'une manière absolue, des hommes perdus de dettes. — *Clientium*. Voy. César, *Guerre des Gaules*, VII, XL.

— 2. *Procul*. Un comparatif rendrait la phrase plus régulière. Mais Tacite se plaît à ces irrégularités.

— 3. *Augustodunum*, Augustodunum ou Bibracte, aujourd'hui *Autun*.

— 4. *Liberalibus studiis*. L'école de cette ville était pour la littérature latine ce que l'école de Marseille était pour les lettres grecques. Elle fut florissante surtout sous Constantin et sous ses fils.

— 5. *Juventuti*. Ce mot s'applique aux hommes de toute la contrée en état de porter les armes, et non pas aux enfants dont il vient d'être parlé. Voy. la note de Burnouf, t. I, p. 525.

Page 96 : 1. *Cruppellarios*. Mot qui ne se rencontre pas ailleurs, et dont l'origine est incertaine.

Page 98 : 1. *Altitudine animi*. Ce n'est pas ici fermeté d'âme, comme on traduit généralement, mais profondeur de dissimulation. Ainsi Salluste dit en parlant de Sylla (*Jugurtha*, XCV) : *Ad simulanda negotia altitudo ingenii incredibilis*.

— 2. *Sequanorum*. Aujourd'hui les *Francs-Comtois*. Leur pays était borné à l'ouest par la rive droite de la Saône, au nord par les Vosges, à l'est par le Jura, au sud par les Allobroges. Il avait pour capitale *Vesontio* (aujourd'hui *Besançon*).

Page 100 : 1. *Ferratos*. Voy. plus haut XLIII.

— 2. *Intolerantior* est ici synonyme de *intolerabilior*: *Annales*, XI, CI : *Subjectis intolerantior*. De même *gnarus* pour *notus*, et quantité d'exemples analogues. Voy. Burnouf, t. V, p. 400.

— 3. *Neque oculis... competebant*. Salluste (cité par Nonius, IV, 110): *Formidine attonitus, neque animo, neque auribus, aut lingua competere*.

Page 102 : 1. *Evincite*, achevez de vaincre. De même Cicéron, *de la République*, III, XXI : *Nobis evigilatum fere est*, nous avons presque achevé notre veille. On dit ainsi *expugnare urbem*, achever le siège d'une ville, la prendre ; *debellare*, achever une guerre.

— 2. *Fugientibus consulite*. Phrase ironique, qui correspond à peu près à celle-ci : *Je vous recommande les fuyards*. La Blèterie s'est mépris en traduisant : *Épargnez les fuyards*.

Page 104 : 1. *Decora*. Par opposition à l'absurde flatterie de Cornélius Dolabella (*absurdam in adulationem progressus*).

Page 106 : 1. *Consulatum*. Il fut consul avec M. Valérius Messala, en 742.

— 2. *Homonadensium*. Peuple de la Cilicie Trachée, sur les confins de l'Isaurie ; capitale *Homonada*, aujourd'hui *Ermeneck*. Voy. Strabon, XII, p. 569.

— 3. *M. Lollio*. Le même qui éprouva en Germanie la défaite dont il est parlé au Ier livre des *Annales*, ch. X.

— 4. *Pravitatis et discordiarum*. Tite Live, IV, XXVI : *Pravitas consulum discordiaque inter ipsos*.

— 5. *Ut memoravi*. Voy. plus haut, XXII et XXIII.

— 6. *Ad dicendum... exterritis*. Forme concise empruntée aux Grecs, et qui se reproduit souvent dans Tacite. *Annales*, II, LXII : *Corruptis primoribus ad societatem*; IV, X : *corrupta ad scelus Livia*.

De même Tite Live, VII, XLII : *Multitudinem ad arma consternatam esse.*

Page 108 : 1. *Sæpe audivi.* Voy. *Annales*, II, XXXI.

Page 110 : 1. *Aqua et igni.* Formule de l'exil. Cette interdiction ne s'étendait qu'à une certaine distance de Rome ou de l'Italie, au delà de laquelle le condamné était libre de fixer sa résidence.

— 2. *Pietatem.* Ce zèle pieux dont Tibère loue ses flatteurs n'était en réalité qu'une basse et cruelle flatterie. Suétone dit aussi, en parlant d'Auguste (*Vie d'Auguste*, LXVI) : *Laudavit quidem pietatem tantopere pro se indignantium.* Et ailleurs il met le même mot dans la bouche de Domitien (*Vie de Domitien*, XI) : *Permittite, patres conscripti, a pietate vestra impetrari.*

— 3. *Ante diem decimum.* Suétone, *Vie de Tibère*, LXXI, et Dion, LVII, XX, disent la même chose. Dans la suite, ce délai fut prolongé de vingt jours, on ne sait pas précisément par quel empereur. Cependant on disait toujours que c'était en vertu du sénatus-consulte de Tibère. — *Ad ærarium deferrentur.* Ce n'était qu'après cette formalité que les sénatus-consultes étaient obligatoires.

Page 112 : 1. *Consules sequuntur.* L'an de Rome 775.

— 2. *Sumptuariam legem.* Allusion à la loi somptuaire portée par César, et remise en vigueur par Auguste. Voy. Aulu-Gelle, II, XXIV.

Page 116 : 1. *Villarum infinita spatia*, etc. Voy. Sénèque, *des Bienfaits*, VII, X.

— 2. *Promiscuas... vestes.* Sénèque, *Lettres*, CXXIII : *Non videntur tibi contra naturam vivere, qui commutant cum feminis vestem?* — Pline, XI, XXVII : *Nec puduit has vestes usurpare etiam viros, levitatem propter æstivam. In tantum a lorica gerenda discessere mores, ut oneri sit etiam vestis.*

— 3. *Lapidum causa.* Pline, XII, XLII : *Arabiæ etiamnum felicius mare est; ex illo namque margaritas mittit : minimaque computatione millies centena millia sestertium annis omnibus India et Seres peninsulaque illa imperio nostro adimunt.*

Page 118 : 1. *Externæ opis.* Voy. *Annales*, IV, XXVII.

— 2. *Vita populi Romani.* Rome s'approvisionnait de blé en Sicile, en Afrique, en Égypte; il suffisait donc d'une tempête pour l'affamer. Voy. *Annales*, XII, XLIII.

Page 122 : 1. *Rerum adeptus est.* Archaïsme. On trouve encore (*Annales*, VI, XLI) : *Nihil abnuentem, dum dominationis apisceretur.* On disait aussi *rerum potiri.*

Page 122 : 2. *Clientelas.* Ce mot s'applique à *plebem*, *socios*, *regna*. Cicéron, *Lettres*, XV, IV, range dans la clientèle de Caton toute la Cappadoce.

Page 126 : 1. *Eamque ætatem.* Drusus avait donc trente-six ans ; car Tibère était né en 712, et il fut associé au pouvoir par Auguste en 748, sous les consuls Munatius Plancus et M. Lépidus.

— 2. *Monumentis.* Il s'agit ici également des actes écrits et des monuments de l'architecture.

Page 128 : 1. *Sorte haberet.* Expression consacrée pour les provinces du sénat, par opposition aux provinces impériales, que l'on obtenait *missu principis*. Dans la réalité, il n'y avait pas ici à tirer au sort. Voy. plus haut, XXXII.

— 2. *Non licere Dialibus egredi Italia.* Tite Live, V, LII : *Flamini Diali noctem unam manere extra urbem nefas est.*

— 3. *Martialium Quirinaliumque flaminum.* Servius Maluginensis se trompe. Les prêtres de Mars et de Quirinus étaient autrefois soumis à la même obligation que les flamines de Jupiter. Voy. Tite Live, XXXVII, V ; Cicéron, *Philippiques*, II, VIII.

— 4. *Pontifices.* Les pontifes avaient dans leurs attributions le culte de tous les dieux, à la différence des flamines qui étaient attachés à tel ou tel Dieu.

— 5. *Post Cornelii Merulæ cædem.* Après le retour de Marius, en 667, Cornélius Mérula, flamine de Jupiter, se tua au pied de l'autel de ce dieu, en le priant de faire retomber son sang sur Cinna et tout son parti.

Page 130 : 1. *Insolentiam sententiæ.* Cela s'applique seulement à l'avis de Silanus.

— 2. *Bellum scilicet.* Ellipse très-naturelle ; c'est comme s'il y avait : *Bellum scilicet esse quod moretur Drusum.*

Page 132 : 1. *Asyla statuendi.* Montesquieu, *Esprit des lois*, XXV, III : « Comme la divinité est le refuge des malheureux, et qu'il n'y a pas de gens plus malheureux que les criminels, on a été naturellement porté à penser que les temples étaient un asile pour eux ; et cette idée parut encore plus naturelle chez les Grecs, où les meurtriers, chassés de leur ville et de la présence des hommes, semblaient n'avoir plus de maison que les temples, ni d'autres protecteurs que les dieux. Ceci ne regarda d'abord que les homicides involontaires ; mais, lorsqu'on y comprit les grands criminels, on tomba dans une contradiction grossière : s'ils avaient offensé les hommes, ils avaient à plus forte raison offensé les dieux. Ces asiles se multiplièrent dans la Grèce. Les temples, dit Tacite, étaient remplis de débiteurs insolvables et d'esclaves méchants ; les magistrats avaient de la peine à exercer la police ; le peuple protégeait les crimes des hommes comme les cérémonies des dieux ; le sénat fut obligé d'en retrancher un grand nombre. »

Page 134 : 1. *Delo*. Une des Cyclades, au nord de Naxos ; aujourd'hui *Sdilo* ou *Dili*.

— 2. *Oleæ*. La même chose est rapportée par Strabon : Καὶ τὴν πλησίον ἐλαίαν, ᾗ πρῶτον ἐπαναπαύσασθαί φασι τὴν θεὸν ἀπολυθεῖσαν τῶν ὠδίνων.

— 3. *Supplicibus Amazonum*. Voy. Pausanias, IV, XXXI, et VII, II.

Page 136 : 1. *Magnetes*. La ville de Magnésie était sur le Méandre, en Lydie ; c'est aujourd'hui *Ghuzel-Hissar* ou *Ienibazar*.

— 2. *L. Scipionis*. Scipion l'Asiatique, le vainqueur d'Antiochus.

— 3. *Dianæ Leucophrynæ*. L'étymologie de ce mot est incertaine ; les uns la tirent d'une femme nommée Leucophryne, qui fut enterrée dans ce temple ; d'autres, de l'île de Ténédos, qui se nommait autrefois Leucophryne, et où Diane avait aussi un temple magnifique.

— 4. *Aphrodisienses*. Aphrodisias, ville de Carie, nommée aussi autrefois *Ninæ* et *Megale-polis*.

— 5. *Stratonicenses*. Stratonice, autre ville de Carie, qui tirait son nom de Stratonice, femme d'Antiochus Soter.

— 6. *Parthorum irruptionem*. Il s'agit de l'expédition que firent les Parthes, sous la conduite de Labiénus, dans les possessions romaines d'Asie, à l'époque où Antoine y commandait.

— 7. *Hierocæsarienses*. Hiérocésarée, ville de Lydie. La Diane Persique, à qui elle était consacrée, est la même dont il est parlé dans les livres des Machabées sous le nom de *Nanæa*, et dans les auteurs profanes, sous celui d'*Anaitis*.

— 8. *Perpennæ*, *Isaurici*. Perpenna ou Perperna, vainqueur d'Aristonicus, qui se donnait pour héritier d'Attale, et qu'il fit prisonnier à Stratonice, en 624. — Isauricus (P. Servilius), ainsi surnommé pour avoir subjugué les Isauriens, en 676.

Page 138 : 1. *Pergamum*. Ville de l'Asie-Mineure, fameuse par l'invention du parchemin, appelé de son nom *charta Pergamena*.

— 2. *Tenios*. Ténos, île de la mer Égée, l'une des Cyclades, appelée aussi Ophiussa et Hydrussa ; aujourd'hui, *Tina* ou *Teno*.

Page 140 : 1. *Figere æra*. Les sénatus-consultes étaient gravés sur des tables d'airain.

— 2. *Ludi magni*. On nommait ainsi les jeux du cirque.

Page 142 : 1. *Quindecimviri*, les quindécemvirs, prêtres chargés de la garde des livres sibyllins. — *Septemviris*, les septemvirs, autre collége de prêtres, qui présidait aux repas religieux.

— 2. *Pedarii senatores*. Nom donné aux sénateurs sans illustration personnelle ; il venait probablement de ce que les sénateurs qui n'avaient exercé aucune magistrature curule ne pouvaient parler qu'à la fin d'une discussion et le plus souvent ne votaient guère qu'en passant, *pedibus eundo*, du côté de celui dont ils approuvaient l'avis.

Page 144 : 1. *O homines ad servitutem paratos*. Voy. Chateaubriant, *Génie du Christianisme*, IV⁰ partie, l. VI, chap. 13. — Racine, *Britannicus*, act. IV, sc. IV :

Leur prompte servitude a fatigué Tibère.

— 2. *L. Cottam a Scipione Africano*. On ne sait pas quel fut l'objet de ce procès. Cotta fut absous, quoique manifestement coupable, les juges ayant craint de paraître céder à l'ascendant de l'accusateur.

— 3. *Ser. Galbam a Catone censorio*. Ser. Sulpicius Galba avait fait un terrible massacre des Lusitaniens dans un guet-apens. Accusé pour ce fait par Scribonius Libon, tribun du peuple, et par Caton le Censeur, il fut absous, bien que son crime fût avéré.

— 4. *P. Rutilium a M. Scauro*. Tous deux étaient candidats pour le consulat. Scaurus l'ayant emporté fut accusé de brigue par Rutilius, que peu après il accusa à son tour.

— 5. *Junio Othoni*. Déclamateur de quelque mérite, selon Sénèque.

Page 146 : 1. *Brutidium*. Brutidius Niger, rhéteur dont Sénèque cite quelques phrases fort médiocres sur la mort de Cicéron.

— 2. *M. Paconius*. Il fut accusé à son tour de lèse-majesté et condamné à mort. Voy. *Annales*, XVI, XXVIII.

— 3. *Neque refellere*, etc. De crainte sans doute d'augmenter la colère de Tibère.

Page 148 : 1. *Voleso Messala*. Il était coupable des plus atroces barbaries. Voy. l'anecdote racontée par Sénèque, *de la Colère*, II, v.

— 2. *L. Pisonem*. Probablement le même dont il est question plus loin (*Annales*, VI, x).

Page 150 : 1. *Cornelius Dolabella*. Le même qui avait proposé de décerner l'ovation à Tibère pour la pacification de la Gaule.

Page 152 : 1. *Cythnum*. Ile voisine de l'Attique, au sud de l'Eubée.

— 2. *Discessio*. Expression tirée du mode de votation. C'est ainsi que l'on disait *pedibus ire in sententiam*, se ranger à un avis.

— 3. *Cyrenenses*. Ils accusaient de concussion Césius Cordus, proconsul de Crète. La Crète et la Cyrénaïque étaient réunies dans un même gouvernement.

Page 154 : 1. *Equestri Fortunæ*. Ce surnom de la Fortune venait probablement de ce que le temple avait été voué par l'ordre des chevaliers.

Page 156 : 1. *Aulum Postumium.* En 512, pendant la première guerre punique, au moment où il se préparait à partir pour la Sicile.

— 2. *Basilicam Paulli*. Commencée en 704 par le consul L. Émilius Paulus, elle fut achevée par le consul Paulus Émilius Lépidus, et relevée, après un incendie, par un autre Émilius : de là *Æmilia monumenta*.

— 3. *Taurum.* Statilius Taurus, préfet de Rome sous Auguste, construisit à ses frais un amphithéâtre dans le champ de Mars. — *Philippum.* Marcius Philippus éleva un temple à Hercule Musagète. — *Balbum.* Il bâtit un théâtre et le dédia en 741.

Page 158 : 1. *Inexplicabile*, sans fin. On trouve de même dans Tite Live, XXXIX, LI : *Inexplicabile odium*.

Page 160 : 1. *Hostium more.* En appelant guerre ce qui n'était qu'un brigandage.

Page 162 : 1. *Leptitanos.* La petite Leptis, à l'ouest du pays de Tripoli. — *Garamantum.* Peuple de l'intérieur de l'Afrique.

Page 164 : 1. *Asinius Saloninus.* Fils d'Asinius Gallus et de Vipsania Agrippina, première femme de Tibère et mère de Drusus. Voy. *Annales*, I, XII.

— 2. *Capito Ateius.* Voy. plus haut, chap. LXX.

Page 166 : 1. *Incorrupta libertate.* Suétone cite un trait remarquable de l'indépendance de Labéon (*Vie d'Auguste*, LIV).

— 2. *M. Bruti soror.* Servilie, mère de Junie, et sœur de Caton, avait épousé en secondes noces M. Brutus, et de ce second mariage naquit Brutus, meurtrier de César. Junie était donc sœur de Brutus et nièce de Caton.

Page 168 : 1. *Præfulgebant.* En effet, comme le dit Tacite, *Annales*, IV, XXVI : *Negatus honor gloriam intendit.*

Imprimerie de Ch. Lahure (ancienne maison Crapelet), rue de Vaugirard, 9, près de l'Odéon.

LIBRAIRIE DE L. HACHETTE ET Cie.

TRADUCTIONS JUXTALINÉAIRES

DES

PRINCIPAUX AUTEURS CLASSIQUES LATINS.

FORMAT IN-12.

*Cette collection comprendra les principaux auteurs
qu'on explique dans les classes.*

EN VENTE LE 1er JANVIER 1854 :

CÉSAR: Guerre des Gaules.
CICÉRON : Catilinaires (les quatre).
La 1re Catilinaire séparément.
— Dialogue sur l'Amitié.
— Dialogue sur la Vieillesse.
— Discours pour la loi Manilia.
— Discours pour Ligarius.
— Discours pour Marcellus.
— Discours contre Verrès sur les Statues.
— Discours contre Verrès sur les Supplices.
— Plaidoyer pour Archias.
— Plaidoyer pour Milon.
— Plaidoyer pour Muréna.
— Songe de Scipion.
HORACE: Art poétique.
— Epîtres.
— Odes et Épodes. 2 vol.

On vend séparément :
Le 1er et le IIe livre des Odes.
Le IIIe et le IVe livre des Odes et les Épodes.
— Satires.

LHOMOND : Epitome historiæ sacræ
PHÈDRE : Fables.
SALLUSTE : Catilina.
— Jugurtha.
TACITE: Annales, liv. Ier.
— Livre II.
— Livre III.
— Livres IV et suiv. (sous presse).
— Germanie (la).
— Vie d'Agricola.
TÉRENCE : Adelphes.
— Andrienne.
VIRGILE : Églogues.
La 1re Églogue, séparément.
— Énéide. 4 volumes.
Livres I, II, III réunis en un vol.
Livres IV, V, VI réunis en un vol.
Livres VII, VIII, IX réunis en un vol.
Livres X, XI, XII réunis en un vol.
Chaque livre séparément.
— Géorgiques (les quatre livres 1 volume.
Chaque livre séparément.

A la même Librairie :

TRADUCTIONS JUXTALINÉAIRES

DES PRINCIPAUX AUTEURS GRECS,

à l'usage

des classes et des aspirants au baccalauréat ès lettres.

De l'imprimerie de Ch. Lahure (ancienne maison Crapelet),
rue de Vaugirard, 9, près de l'Odéon.

www.ingramcontent.com/pod-product-compliance
Lightning Source LLC
Chambersburg PA
CBHW051954050726
47504CB00017B/1264